HEYNE <

D1933495

Das Buch

»Klar ist ein Mann ohne Frau glücklicher. Aber wenn man keine hat, weiß man das nicht.«

Joachim ist ein ganz normaler Mann Mitte Dreißig, leidenschaftlicher Windsurfer, freiwilliger Feuerwehrmann und aus dem Ruhrgebiet. Und einmal im Jahr ist er ein Mallorciner. Eines Abends rettet er einer schönen Fremden fast das Leben. Die beiden reden die ganze Nacht. Als er sie zum Abschied nur küsst, dann aber nicht flachlegt, sondern einfach gehen lässt, ist seinen drei Freunden klar: Jo hat es erwischt. Und plötzlich ist er ohne diese Frau gar nicht mehr so glücklich.

Der Autor

Philip Tamm wurde 1967 in Köln geboren. Nach verschiedenen Stationen im Ausland, darunter USA, China und Düsseldorf, lebt er heute wieder in seiner rheinischen Heimatstadt. Er ist Reisejournalist, Drehbuchautor und Schriftsteller. Er verbringt mehrere Monate im Jahr auf der größten der deutschen Urlaubsinseln, Mallorca.

PHILIP TAMM

BILLIGFLIEGER

Roman

WILHELM HEYNE VERLAG
MÜNCHEN

FSC
Mix
Produktgruppe aus vorbildlich
bewirtschafteten Wäldern und
anderen kontrollierten Herkünften

Zert.-Nr. SGS-COC-1940
www.fsc.org
© 1996 Forest Stewardship Council

Verlagsgruppe Random House FSC-DEU-0100
Das für dieses Buch verwendete FSC-zertifizierte Papier *Super Snowbright* liefert
Hellefoss AS, Hokksund, Norwegen.

Vollständige deutsche Erstausgabe 03/2009
Copyright © 2009 by Wilhelm Heyne Verlag, München
in der Verlagsgruppe Random House GmbH
Printed in Germany 2009
Gemälde: © mauritius images / Artur Cupak
Umschlaggestaltung: Eisele Grafik Design, München
Satz: Greiner & Reichel, Köln
Druck und Bindung: GGP Media GmbH, Pößneck
ISBN: 978-3-453-40590-5

www.heyne.de

1. Appetitholen ist erlaubt

Ich heiße Joachim Kampmann, und meine Freunde nennen mich Jo. Ich bin 34 Jahre alt, Versicherungskaufmann, Mitglied der freiwilligen Feuerwehr und leidenschaftlicher Windsurfer. Und ich stehe kurz davor, einen entscheidenden Schritt im Leben zu gehen: Ich werde heiraten.

Das ist kein Grund, um mich zu bemitleiden. So schlimm wird's schon nicht werden. Ich opfere ja nur meine Freiheit, meine Würde und die Möglichkeit, mit anderen Frauen Sex zu haben und hinterher darüber sprechen zu können. Andere Typen haben das auch geschafft. Ich werde es also auch irgendwie durchstehen.

Mein Freund Hacki, der eigentlich Harald heißt und selbst seit fünfzehn Jahren verheiratet ist, hat mich erst neulich getröstet, indem er etwas sehr Interessantes von sich gegeben hat. »Klar ist ein Mann ohne Frau glücklicher im Leben«, meinte er. »Aber wenn du keine hättest, wüsstest du das nicht.«

Ich musste damals ziemlich lange darüber nachdenken, bis ich es verstand. Und dabei wurden mir zwei Dinge klar. Erstens, Hacki wusste selber nicht, was er da sagte. Zweitens, er hatte Recht.

Darum ist es völlig in Ordnung, wenn ich Nina, mit der ich seit einem Jahr, fünf Monaten und 13 Tagen zusammen bin, das Jawort gebe. Und zwar genau in einer Woche. Dazu stehe ich, auch wenn ich genau weiß, dass das Zusammenleben von Mann und Frau schwieriger ist als das zwischen Löwen und Antilopen in der Steppe oder das zwischen Bernhard Hoëcker und Hugo Egon Balder bei »Genial daneben«.

Mein Plan ist es, diese eine Woche bis zur Trauung so gut es geht zu genießen – und zwar *ohne* Nina. Darum werde ich vorher mit meinen besten Freunden, also mit Hacki, Benni und Schröder, nach Mallorca fahren. Und da werde ich die letzten Tage meiner Freiheit noch einmal so richtig auskosten. Mit allem, was dazugehört.

Als ich Nina davon erzählte, sah sie mich an, als hätte ich gerade einen akuten Anfall von BSE, gepaart mit frühzeitiger Demenz und einem plötzlich eintretenden Vollrausch. Sie tippte sich mit dem Zeigefinger an die Stirn und meinte: »Moment mal, Jo. Wir heiraten – und du willst eine Woche vorher nach Mallorca fahren?«

»Genau.«

»Du willst dich eine Woche lang mit deinen Freunden volllaufen lassen, faul am Strand herumliegen und den halbnackten Mädchen hinterherschauen?«

»Das war der Plan.«

»Und was ist mit den ganzen Vorbereitungen? Das Hochzeitsfest, die Trauung, die Gäste, der Polterabend – soll ich das alles ganz alleine machen?«

»Wieder richtig.«

»Dir ist wirklich nicht zu helfen.«

Ich habe Nina dann erklärt, wie die Dinge stehen. Zum Beispiel, dass die Jungs es mir einfach nicht verzeihen würden, wenn ich nicht mit nach Malle käme. Wir fahren nämlich seit über zehn Jahren regelmäßig dorthin, wohnen immer im selben Hotel, liegen immer am selben Strandabschnitt und tun auch ansonsten immer das Gleiche – nämlich genau das, was

Nina aufgezählt hat: saufen, gaffen und schlafen. Warum? Weil es nun einmal nichts Schöneres gibt auf der Welt.

Unsere Malle-Fahrt ist also so eine Art Tradition, und ich finde, Traditionen muss man einfach bewahren. Auch wenn man heiratet.

Nina hat mich nach dieser Erklärung kopfschüttelnd angesehen, tief geseufzt und schließlich gesagt: »Na, dann fahr um Himmels willen, Jo. Aber bau keinen Mist, hörst du? Vor allem nicht mit anderen Frauen. Du weißt ja, Appetitholen ist erlaubt – aber gegessen wird zu Hause.«

»Versprochen.«

»Das will ich auch sehr hoffen.«

2. Weiche Landung

Drei Tage nach diesem Gespräch sitze ich in einer Air-Berlin-Maschine mit Kurs auf Mallorca. Gelegentlich gibt der Kapitän unsere aktuelle Position durch, und darum wissen wir, dass wir inzwischen Frankfurt, Straßburg und Marseille überflogen haben. Warum er uns das sagt, ist mir nicht ganz klar, denn jedes Mal, wenn wir erwartungsvoll hinausblicken, ist nichts als eine geschlossene Wolkendecke zu sehen. Aber egal. Wir nähern uns unserem Ziel, und dort soll strahlender Sonnenschein herrschen.

Ich winke der Stewardess und bestelle vier Bier. In den letzten zwei Stunden haben wir nämlich nichts getrunken. Na ja gut, abgesehen von etwa drei Litern Tomatensaft, ein paar Tassen Kaffee und jeder Menge Sprudelwasser. Aber diese ganzen Dinge sind ja nur *Flüssigkeit* und keine *Getränke*.

Der Grund für unsere Zurückhaltung ist einfach. Alkohol ist neuerdings nicht mehr Bestandteil der normalen Versorgung an Bord. Man muss ihn *kaufen*. Und er kostet natürlich ein Vermögen. Letztes und vorletztes Jahr haben wir uns mit einem einfachen Trick geholfen: Statt Handgepäck haben wir einfach jeder einen Kasten Bier mit in die Maschine genommen. Das genügte für uns selbst und auch noch für ein paar andere durstige Kerle an Bord.

Aber seit diese Spaßbremsen aus Arabien, diese sogenannten

Terroristen, weltweit ihre dunklen Machenschaften betreiben, ist ja nichts mehr wie vorher. Neuerdings ist es nicht einmal mehr erlaubt, überhaupt Flüssigkeit mit ins Flugzeug zu nehmen. Und schon gar nicht etwas Hochprozentiges. Traurige Zeiten sind das!

Heute aber ist mir das egal. Ich möchte diesen Moment mit meinen Freunden zusammen genießen, und das heißt, ich stoße mit ihnen an: auf uns, auf unseren Urlaub und darauf, dass sie mir in dieser schwierigen Zeit so kurz vor meiner Hochzeit beistehen.

Hacki, Benni, Schröder und ich kennen uns seit Jugendtagen. Wir sind im selben Sportverein groß geworden, haben gemeinsam als Kinder Zigaretten geklaut, dann unsere Mofas frisiert und etwas später die ersten Mädchen aufgerissen. Wir haben zusammen die Schule abgeschlossen, sind in die freiwillige Feuerwehr eingetreten und haben uns dabei geholfen, einen Ausbildungsplatz und dann einen Beruf zu finden. Noch später haben wir uns gegenseitig als Trauzeugen zur Seite gestanden und die Patenschaften für unsere Kinder übernommen – bis auf mich, denn als Einziger in unserer Runde bin ich ja immer noch Junggeselle und kinderlos. (Okay, für Benni gilt dasselbe, aber er ist ein paar Jahre jünger als wir anderen und genießt daher noch eine Art Welpenschutz.) Kurz und gut, die Jungs und ich, wir sind das, was man eine eingeschworene Gemeinschaft nennt. Echte Freunde. Oder noch besser: echte *Männerfreunde*.

Kurz darauf serviert uns Katja – ich lese ihren Namen auf dem Namensschild an ihrer Uniformbluse – vier Dosen Bier und vier Plastikbecher. Ja, jetzt ist mir wieder einmal klar, warum diese ganzen neuen Airlines *Billigflieger* heißen: Eine Flugreise ist einfach nicht mehr der Genuss, der es früher einmal gewesen ist. Ich spreche jetzt übrigens nicht von dem

Dosenbier, das gab es früher schon. Nein, ich rede von dieser Katja. Die war früher bestimmt mal Metzgereifachverkäuferin, danach Modell für XXXL-Dessous und schließlich Fotomodell für Aknecreme-Werbung, allerdings nur in der Rubrik »Vorher«. Dann beschloss sie aus lauter Verzweifelung Stewardess zu werden, natürlich in der Hoffnung, dass sich irgendein sexuell ausgehungerter Fluggast doch noch ihrer erbarmt.

Soll heißen, die Zeiten, in denen Flugbegleiterinnen Spitzenklassefrauen waren, bei denen man sich wünschte, dass die Maschine über dem offenen Meer abstürzt und man mit ihnen drei Wochen in einer Rettungsinsel durch den Ozean treibt, sind einfach vorbei. Aber dafür kostet das Flugticket eben auch nur noch ein Zehntel von dem, was man früher berappen musste.

Die Jungs heben ihre Becher und prosten mir so lautstark zu, wie es sich für Malle-Urlauber gehört: »Auf dich, Jo.«

»Auf deine letzte Reise in Freiheit.«

»Und darauf, dass es eine unvergessliche Woche wird!«

Ich bin total gerührt. »Und auf euch, Jungs. Und glaubt mir, auch wenn ich heirate: Eigentlich seid ihr die Menschen, mit denen ich zusammenleben möchte!«

Der Kapitän sagt gerade durch, dass wir unsere aktuelle Flughöhe verlassen und mit dem Landeanflug auf Palma beginnen. Super, dann kann die Party ja bald losgehen!

Die Maschine macht eine sanfte Linkskurve, und ich drücke die Stirn gegen das Bullauge. Tief unter uns liegt Mallorca, diese wunderschöne Baleareninsel, die jetzt im Sommer eher braun als grün im Sonnenlicht schimmert.

Was ist nicht alles schon über dieses Stück Land im Mittelmeer gesagt worden: Es sei das siebzehnte Bundesland, das Paradies für Partymacher, die Perle des Mittelmeers. Vermutlich stimmen alle diese Dinge. Und trotzdem treffen sie nicht die wahre Bedeutung der Insel, die sich rund achtundneunzig Kilometer in der Breite und achtundsiebzig Kilometer in der Länge erstreckt und deren höchster Gipfel sich immerhin fast eintausendfünfhundert Meter über den Meeresspiegel erhebt. Mallorca ist so vielfältig, bezaubernd und fruchtbar, dass es sich schon die Römer vor über zweitausend Jahren hier bequem gemacht haben. Danach kamen die Spanier, zwischendurch die Araber und jetzt eben wir Deutschen, unterstützt von ein paar sonnenhungrigen Engländern.

Nein, die wahre Dimension von Malle ist viel tiefgehender. Ein Urlauber, den ich hier vor etlichen Jahren einmal getroffen habe, hat es mir folgendermaßen erklärt: Nachdem Gott Deutschland erschaffen hatte, besah er sich sein Werk und war nicht besonders zufrieden: zu kalt, zu grau, zu traurig. Kurz, zu wenig Spaß. Und darum gab es für die Menschen zwischen Flensburg und Garmisch-Partenkirchen so eine Art Nachschlag. Sie bekamen einen Ort, an dem sie sich trösten konnten, an dem sie die nötige Dosis Sonne, Entspannung und Vergnügen bekamen. Und so ist Mallorca entstanden.

Es ist also ganz natürlich, dass wir Deutschen uns hier wie zu Hause fühlen. Weil – wir sind's eben.

Ach ja, und wo ich gerade dabei bin, kann ich auch gleich ein paar Takte zum Thema *Trinken* auf Malle verlieren. Weil man immer wieder die Meinung hört, Leute wie ich und meine Freunde würden nur zum Saufen auf die Insel kommen. Um das ein für alle Mal klarzustellen: Es stimmt. (Darum kommen uns die Urlaube auf Malle auch immer so lang vor. Jeder Tag fühlt sich wie der erste an. Unter anderem, weil wir uns an den davor kaum noch erinnern können. Praktisch, oder?)

Die Maschine setzt mit quietschenden Reifen auf das Rollfeld auf, und Hacki, Benni, Schröder und ich sind uns nicht zu schade, in den allgemeinen Applaus an Bord miteinzustimmen. Ich finde, so ein Pilot hat es verdient, dass man seine Arbeit würdigt. Zumal der arme Kerl ja nicht wie wir hierbleiben darf, sondern in ungefähr einer halben Stunde wieder zurück nach Deutschland fliegen muss. Ja, Piloten sind heutzutage auch nichts anderes als Taxifahrer, nur dass die Jungs im Cockpit nicht einmal das Taxameter ausschalten können, um ein paar Euro schwarz dazuzuverdienen.

Kurz darauf marschieren wir gemeinsam mit den anderen Fluggästen in Richtung Gepäckausgabe. Der Flughafen von Palma ist nicht gerade klein, und so versteht es sich von selbst, dass wir unterwegs an einigen Bars Zwischenstopps einlegen und ein paar kühle *Cerveza* zu uns nehmen. Natürlich nicht wegen des Alkohols. Aber die Hitze hier auf der Insel gebietet einfach eine gesteigerte Flüssigkeitsaufnahme. Da könnt ihr ruhig euren Arzt oder Apotheker fragen!

Wir treten durch die automatische Schiebetür in die Empfangshalle, und schon sehen wir eine freundliche *Señorita* in einer blauen Uniform, die ein Schild mit dem Namen unseres Reiseveranstalters in die Luft hält. Wunderbar. Es bedeutet nämlich, dass wir uns ab sofort um nichts mehr kümmern müssen. TUI, übernehmen Sie! Ab jetzt wird für uns gesorgt.

Wir steigen in den Shuttlebus ein, der uns angeblich auf dem schnellsten Weg in unser Hotel bringen wird. Was das heißt, wissen wir schon aus den Jahren zuvor: Der Bus klappert erst einmal ungefähr zweihundert andere Hotels ab, um die übrigen Gäste zu ihren Behausungen zu bringen. Das ist nämlich die mallorquinische Variante von Murphys Gesetz. (Ihr wisst schon, alles, was schiefgehen kann, geht auch schief.) Hier bedeutet es, dass man grundsätzlich in dem Hotel wohnt, das der Zubringer als Letztes ansteuert.

Aber selbst das kann uns nicht aus der Ruhe bringen. Wir haben Urlaub! Wir haben gute Laune! Und daran kann nicht einmal dieser spanische Busfahrer etwas ändern, der seinen Führerschein vermutlich auf dem Eselskarren seines Großvaters gemacht hat und mit unserem Bus jetzt den Fahrstil von Fernando Alonso kopieren möchte.

3. Aufwärmtraining

Eine gute Stunde später checken wir in unserem altvertrauten Hotel ein, dem *Los Balearos* in El Arenal. Es hat laut Katalog fünf Sterne, was wohl bedeutet, dass es für Leute wie uns ist, die jeden Abend sternhagelvoll ins Bett gehen. Wir lieben das Hotel einfach.

Übrigens haben wir die Entwicklung des Hauses Schritt für Schritt miterlebt in den zurückliegenden zehn Jahren – beziehungsweise Stern für Stern.

Damals, als wir zum ersten Mal hierherkamen, war das *Los Balearos* noch eine kleine Familienpension mit fünfzehn Zimmern, einem gemütlichen Fernsehraum, einem netten Wirt und zwei sechzehnjährigen Wirtstöchtern, die uns beinahe um den Verstand brachten, so hübsch und aufreizend waren sie.

Zwei Jahre später hatte sich das Haus auf dreißig Zimmer und zwei Sterne hochgearbeitet, und eine der Töchter war verheiratet. Ach ja, und es gab jetzt einen Billardtisch.

Fünf Jahre später prangte der dritte Stern über den fünfzig Zimmern, und das erste Enkelkind war auf der Welt. Wobei wir dessen Mutter kaum wiedererkannten, denn aus der hübschen Tochter war eine mollige Mutti geworden. Und das Hotel verfügte jetzt über eine großzügige Gartenanlage mit einem Pool, der allerdings weniger großzügig geschnitten war.

Etwa tischtennisplattengroß. Aber wohl die Voraussetzung für den dritten Stern.

Noch einmal drei Jahre später war auch die zweite Tochter verheiratet und zwanzig Kilo schwerer. Sie trug ein Businesskostüm und hatte die Führung des Vier-Sterne-Hauses mit 25-Meter-Pool, Restaurant, Fitnessraum und Billardsaal übernommen.

Und seit letztem Jahr ist der fünfte Stern dazugekommen, vermutlich für die riesige Schwimmlandschaft, in der sich die Gäste aus den dreihundert Zimmern laben können. Und die beiden Töchter wiegen jetzt jeweils zwei Zentner, haben mehrere Kinder und sind ständig schlecht gelaunt.

Nachdem wir ausgepackt und uns umgezogen haben, wird es höchste Zeit für den ersten Streifzug durch die Umgebung. Allerdings wollen wir es langsam angehen lassen, schließlich ist es unser erster Abend auf Malle. Es soll also nur das *Qualifying* sein, nicht das eigentliche Rennen. Sprich, wir werden uns beim Thema »Alkohol« etwas zurückhalten.

Der Testlauf, den wir daher in den folgenden Stunden absolvieren, fällt bescheiden aus: *Bierkönig*, *Megapark*, *Horst's Bierstübl* und ein paar andere Lokale, die uns aus unseren vorherigen Urlauben in guter Erinnerung geblieben sind. Es ist eine wunderbare Fortsetzung, ein gelungenes Wiedersehen!

Allerdings bleibt unser Alkoholkonsum wirklich kümmerlich – ganz so, wie wir es uns vorgenommen haben. Wir trinken jeder höchstens fünfzehn Bier, fünfzehn Jägermeister und noch ein paar andere Getränke – man verliert ja doch leicht die Übersicht, zumal uns die meisten Wirte, die sich ihrerseits auch sehr gut an uns erinnern können, jede Menge Begrüßungs- und Willkommensrunden ausgeben. Da sagt man schließlich nicht Nein und lässt seinerseits auch ein paar Runden springen!

Aber wie gesagt, nur nicht übertreiben. Die Schinkenstraße läuft uns ja nicht weg. Die ist ja morgen auch noch da. Und übermorgen auch.

Darum – glaubt es oder glaubt es nicht – ist es gerade einmal ein Uhr nachts, als wir beschließen, ganz brav ins Hotel zurückzukehren. Ja, uns kommt es selber komisch vor, schließlich fängt Arenal gerade erst an, so richtig aufzudrehen! Aber wir haben es uns nun einmal vorgenommen, der erste Abend bleibt solide. Wir machen uns also auf den Weg, und das *Los Balearos* ist sogar schon in Sichtweite, als Hacki plötzlich mitten auf der Straße stehen bleibt. Er stützt die Hände in seine fettgepolsterten Seiten – Hacki hat eine Statur in der Art von Rainer Calmund oder Tetje Mierendorf – und schüttelt ärgerlich den Kopf.

»Nee«, sagt er. »Nee. Echt nicht.«

»Was ist los, Hacki?«, frage ich ihn.

»Was los ist? Ganz einfach, wir haben sieben Nächte auf Malle – und davon wollt ihr eine verschenken? Ihr wollt einfach ins Hotel zurückgehen und pennen? Ich glaube, es geht euch zu gut!«

»Ach komm, Hacki. Einmal der Müdigkeit nachgeben kann doch nicht schaden.«

»Der Müdigkeit nachgeben, Jo? Das kannst du tun, wenn du verheiratet bist. Aber doch nicht jetzt. Genieß deine Freiheit – solange du sie noch hast.«

Ich sehe zu den anderen hinüber, die Hackis Ausführungen mit deutlichem Kopfnicken Nachdruck verleihen.

»Lasst mich raten: Ihr seid der gleichen Meinung?«

»Worauf du einen lassen kannst«, sagt Schröder.

»Benni? Was meinst du?«

Unser Youngster grinst. »Sagen wir es mal so: Wenn ich nächste Woche heiraten müsste, würde ich überhaupt nicht mehr ins Bett gehen. Jedenfalls nicht alleine. Und nüchtern schon gleich gar nicht.«

Die drei sehen mich in einer Mischung aus ängstlicher Neugier und ungeduldigem Erwarten an. Wie wird wohl meine Meinung ausfallen? Ich spanne sie nicht lange auf die Folter.

»Wenn ich ehrlich bin – ich habe das schon die ganze Zeit gedacht. Ich denke gar nicht daran, einfach so ins Bett zu gehen. Die Nacht hat schließlich gerade erst angefangen! Und sie soll nicht ohne uns zu Ende gehen!«

Meine Worte gehen im lauten Jubel der Jungs unter. Dann drehen wir um und marschieren in die gleiche Richtung zurück, aus der wir gekommen sind. Wir müssen nicht groß besprechen, was wir jetzt machen werden. Ist nämlich sowieso klar: eine Arenal-Nacht zelebrieren. Und die laufen immer gleich ab, soll heißen, immer gleich gut. Ach, was sage ich? Immer gleich mega-super-unübertroffen-geil!

Also, auf geht's – stürzen wir uns ins Vergnügen!

4. Nächte und Nächte

Am nächsten Morgen liege ich am Strand in der Höhe vom *Balneario* Nummer fünf und müsste nach medizinischen Maßstäben tot sein. Ich bin eben Pauschaltourist: Übernachtung, Frühstück, Alkoholvergiftung. *All inclusive*. Mann, geht's mir gut …

Na ja, das heißt – so richtig gut geht's mir gar nicht. Oder sagen, wir: nicht ganz. Was denn jetzt? Gut oder nicht gut? Klingt alles ziemlich bescheuert, oder? Finde ich auch. In Ordnung, dann will ich einfach mal versuchen, die Vorkommnisse des gestrigen Abends der Reihe nach zu erklären.

Es ist nämlich grundsätzlich so, dass man sich am Morgen nach einer Nacht, wie ich gerade eine hinter mir habe, immer wie ein auf der Straße plattgefahrener Igel fühlt – mehr tot als lebendig. Man wünscht sich eigentlich nur, man HÄTTE ES NICHT GETAN. Ihr wisst schon: man hätte nicht so viel getrunken.

Das Gehirn scheint aus Stahlwolle zu bestehen, die ununterbrochen an der Schädeldecke entlangkratzt. Die Zunge ist aufgequollen und mit einem Belag überzogen, der wie *Pizza Funghi* schmeckt. Und der Rest des Körpers ist auch nicht weit von der Leichenstarre entfernt. Also liegt man da und sagt sich, dass die letzten zehn Bier echt überflüssig waren. Hätte man sie doch nicht getrunken!

Das ist aber in meinem Fall leider nicht alles. Denn mit den Folgen eines ganz normalen El-Arenal-Besäufnisses könnte ich umgehen. Den Zustand kenne ich nämlich schon. Bin schließlich nicht zum ersten Mal hier.

Nein, ausnahmsweise wünsche ich mir noch aus ganz anderen Gründen, dass ICH ES NICHT GETAN HÄTTE. Ich wünsche mir, wir wären nicht noch einmal losgezogen, hätten uns nicht die Kante gegeben und uns nicht wieder ins Nachtleben auf der Schinkenstraße gestürzt. Sondern wir wären ganz brav bei unserem ursprünglichen Plan geblieben und still und brav ins Hotel zurückgekehrt. WEIL MEIN LEBEN DANN ENTSCHIEDEN UNKOMPLIZIERTER WÄRE.

Es war so: Nachdem wir gestern Nacht beschlossen hatten, aus dem *Qualifying* doch noch das richtige Rennen zu machen, sind wir auf direktestem Wege zum *Oberbayern* gegangen. Dazu muss man wissen, dass diese Kneipen-Diskothek für uns so etwas wie das Herz des Ballermann ist. Ganz egal, was man sucht – ein Bier, eine Tanzfläche, eine Frau fürs Leben (oder eine Frau für eine Nacht) – hier findet man alles. Und zwar mit Garantie.

Benni, Hacki und Schröder waren schon die ersten Stufen hinunter zum Eingang des *Oberbayern* gegangen (liegt nämlich im Keller, der Laden), als sich unten für einen kurzen Moment die Tür öffnete. Ein paar angetrunkene, fröhlichlaute Gäste kamen herausgetorkelt, begleitet von einer Wolke aus Bierdunst, Zigarettenqualm und Schweiß – das typische *Oberbayern*-Aroma, das wir so sehr lieben.

Bei mir aber hatte dieser kurze, intensive Eindruck eine überraschende Wirkung. Ich wusste plötzlich, dass ich einen kurzen Boxenstopp brauchte, bevor ich für den Rest der Nacht auf die Rennstrecke ging. Sprich, ich wollte einfach für einen Augenblick alleine sein. Ist ja auch kein Wunder – mir wurde nämlich mal wieder siedend heiß klar, dass ich in einer Woche heiraten werde. Da hat man schon mal sentimentale Anwandlungen. Immerhin würde dieses freie, unbeschwerte Leben, in das ich mich gerade stürzen wollte, demnächst vorbei sein. Und zwar für immer.

Darum sagte ich zu den Jungs: »Geht schon mal vor. Ich komme gleich nach.«

»Wohin willst du denn?«, erkundigte sich Hacki und sah mich verwundert an.

»Ich brauche einfach mal kurz frische Luft.«

»Igitt. Wie gesund!« Daraufhin verschwanden er, Schröder und Benni im *Oberbayern*, während ich genau in die andere Richtung ging, nämlich zum nahe gelegenen Strand von Arenal.

Ich wusste sofort, dass meine Entscheidung richtig gewesen war. Je weiter ich mich nämlich entfernte von der Promenade, die auch um diese Zeit noch voll mit Kneipenbummlern, Animateuren, afrikanischen Uhrenverkäufern und albanischen Hütchenspielern war, desto besser ging es mir. Ich näherte mich dem Ufer, und die Stille und die leichte Brise, die vom Wasser herwehte, taten mir unendlich gut. Ich wurde sogar so etwas wie nüchtern.

Eine ganze Weile wanderte ich durch den Wald der zusammengeklappten Sonnenschirme und vorbei an den Bergen aus ineinandergestapelten Strandliegen. In wenigen Stunden schon würde es hier wieder rammelvoll sein wie in einer Sardinenbüchse. Die Sonnenanbeter würden dicht an dicht nebeneinanderliegen und ihre sonnenverbrannte Haut mit weiteren Karzinomen bestücken. Jetzt aber war niemand hier. Absolut niemand. Das Meer und die Nacht gehörten mir ganz alleine.

Ich zog meine Turnschuhe aus und spazierte ein gutes Stück

am Strand entlang. Die Wellen umspielten meine Füße, in der Ferne glitzerten die Lichter von Palma, und über mir leuchteten Millionen Sterne am klaren Himmel von Malle. Es war ein perfekter Augenblick, und allmählich kamen auch meine Gedanken zur Ruhe, in denen zuvor ein ziemliches Durcheinander aus Alkohol, Kneipentalk und Go-go-Girls geherrscht hatte.

Ich schlenderte in Richtung *Balneario* Nummer zehn. In dieser Höhe der Bucht ist nachts nicht mehr viel los. In den Hotels, die hier die Promenade säumen, wohnen gutsituierte Rentner und Patchworkfamilien mit ihren Kinderhorden. Menschen also, die um diese Uhrzeit längst schlafen.

Es war still und dunkel und einsam. Und ich dachte, dass ich vermutlich, wenn ich das nächste Mal nach Malle käme, um diese Uhrzeit auch in einem Hotel liegen und schlafen würde – in einem Zimmer mit meiner Frau und meiner Kinderhorde.

Der Gedanke löste ziemlich gemischte Gefühle in mir aus. Denn einerseits war es doch nur natürlich zu heiraten, Nachwuchs zu zeugen und nach und nach übergewichtig, schlecht gelaunt und antriebslos zu werden. Andererseits – ja, was eigentlich?

Während ich mir gerade Gedanken über dieses »andererseits« machte, sah ich – SIE.

Das heißt, zuerst war ich mir gar nicht sicher, was ich sah. Stand da ein Mensch in den Wellen? Oder eine Säule? Oder ein Walfisch, der zu viel Viagra geschluckt hatte und seine Erektion nicht mehr loswurde?

Ich ging ein paar Schritte weiter in die Richtung und stellte fest, dass ich keineswegs einer optischen Täuschung erlegen war. Was ich da sah, war ein Mensch. Es war sogar, genau genommen, eine Frau.

Sie stand bis zur Hüfte im Wasser, mitten in den Wellen, mitten im pechschwarzen Mittelmeer, vielleicht zehn Meter vom Strand entfernt, und rührte sich nicht. Sie stand da wie hypnotisiert.

Doch das allein war noch nicht einmal ungewöhnlich. Schließlich traf man hier immer mal wieder Mitternachtsbadegäste, die sich mit so viel Alkohol angeglüht hatten, dass sie im Meer eine Abkühlung suchten. Ungewöhnlich war höchstens, dass diese Frau alleine war. Und dass sie vollständig angezogen war, obwohl sie wie gesagt im Wasser stand.

Irgendwie spürte ich, dass da etwas nicht in Ordnung war. Und dass sie möglicherweise vorhatte, noch tiefer ins Wasser zu gehen und nicht wieder rauszukommen. Aber auch das war normalerweise noch kein Grund, um gleich Alarm zu schlagen.

Weil sich Frauen ja bekanntermaßen wegen allem möglichen Blödsinn immer direkt umbringen wollen. Weil ihre Frisur nicht sitzt. Oder weil der Typ, den sie anbeten, zufällig ein Rockstar ist und nur mit Dreizehnjährigen ins Bett geht. Oder weil ihre besten Freundinnen ein halbes Kilo weniger wiegen als sie selbst. (Darum ist man gut beraten, nicht direkt in Panik zu verfallen, nur weil sie ihrer Umwelt androhen, auf der Stelle aus dem Leben scheiden zu wollen. Sollen sie ihre Epiliergeräte doch einfach an ihre Handgelenke halten und feststellen, dass man sich damit die Pulsadern gar nicht aufschneiden kann. Sollen sie doch ruhig eine Handvoll Schlaftabletten runterwürgen, um dann auf dem Weg zum Klo festzustellen, dass sie aus Versehen ihr neues Abführmittel geschluckt haben. Sollen sie doch mit dem Aufzug aufs höchste Haus in der Stadt fahren und dann, statt runterzuspringen, feststellen, dass da oben gerade ein neues Luxusrestaurant aufgemacht hat, in das sie von ihrem Freund unbedingt noch einmal ausgeführt werden wollen, bevor sie dem Ganzen ein Ende setzen – was dann aber gar nicht mehr nötig ist, weil sie dahinterkommen, dass sie eigentlich ziemlich glücklich sind.)

Klar, all das stimmt. Aber ich wollte es in der Situation gestern Abend nun einmal nicht darauf ankommen lassen. Weil man es nie wissen kann. Vielleicht meinte sie es ja doch ernst. Und ich hatte nun einmal nicht vor, in dieser wunderbaren Nacht Zeuge davon zu werden, dass eine Frau sich etwas antut.

Ich ließ meine Schuhe, die ich in der Hand hielt, in den Sand fallen und watete kurz entschlossen durch die Wellen zu ihr hinaus. Und zwar langsam und so leise wie möglich. Ich wollte ja auf keinen Fall eine Panikreaktion bei ihr auslösen.

Um also möglichst beruhigend auf sie einzuwirken, gab es eigentlich nur eine Möglichkeit. Ich trat direkt hinter sie und legte einfach meine Arme um sie – so als würden wir uns kennen und lieben und sehr vertraut miteinander umgehen.

Und sie, was soll ich euch sagen, ließ es einfach geschehen. Sie zuckte nicht zusammen, drehte sich nicht um und gab mir keine Ohrfeige, auch riss sie sich nicht los, um sich tatsächlich ins Meer zu stürzen und zu ertränken.

Nein, sie legte einfach ihre Hände auf meine, und ich konnte spüren, wie sie sich in meiner Umarmung entspannte und sich sogar gegen mich lehnte.

Und dann standen wir da, zwei Fremde, die voneinander nicht einmal wussten, wie sie hießen oder woher sie kamen. Wir standen mitten in der Nacht im Mittelmeer, am Strand von Mallorca, wärmten uns und sahen gemeinsam hoch zu den Sternen.

Ich weiß nicht, wie lange es so ging. Vielleicht zehn Minuten? Vielleicht eine halbe Stunde? Jedenfalls war es eine geile Zeit. Wann hat man das auch schon einmal, dass man eine unbekannte Frau in die Arme schließen kann, ohne sich vorher mit Smalltalk, Einladungen zu Drinks und allerlei anderen Versprechen abstrampeln zu müssen? Ich dachte einfach gar nichts und genoss es, so dazustehen und sie an meinem Körper zu spüren.

Irgendwann merkte ich dann, dass das Wasser zwar warm war, aber *sooo* warm eben auch wieder nicht. Und vermutlich sahen wir jetzt schon aus wie zwei Wasserleichen: blau angelaufen, aufgequollen und mit einer Haut wie alte Nektarinen. Außerdem würde in nicht allzu ferner Zukunft die Sonne aufgehen, die ersten Badegäste würden kommen, und spätestens dann würde irgendjemand die Ambulanz oder den Fangdienst von der örtlichen Nervenklinik alarmieren.

»Was meinst du? Wollen wir ans Ufer zurück? Mach dir keine Sorgen. Egal, was dich zu dem Schritt getrieben hat, du wirst das Problem lösen können. Glaub mir. Es gibt keinen Grund, Schluss zu machen«, sagte ich dann mit einer möglichst milden Stimme zu ihr. Es waren die ersten Worte, die überhaupt zwischen uns fielen.

Sie löste sich daraufhin aus meinen Armen, drehte sich um, sah mich verwundert an und lachte dann aus vollem Hals auf. »O doch. Es gibt sogar tausend Gründe, um Schluss zu machen. Zum Beispiel, weil er mich betrogen hat, der Mistkerl. Und weil er eigentlich überhaupt ein furchtbarer Mensch ist, von dem ich schon kaum mehr weiß, warum ich ihn eigentlich mal geliebt habe. Und darum bin ich sogar sehr froh, dass ich Schluss gemacht habe. Mit ihm. Endlich. Ich habe es nämlich schon lange vorgehabt. Jetzt habe ich endlich den Trennungsstrich gezogen. Ich bin so froh, dass ich ihn los bin und einfach hier stehen und das Leben genießen kann ...«

»Dann wolltest du dich gar nicht umbringen?«

»Nein, eigentlich nicht. Ich hoffe sehr, du bist jetzt nicht enttäuscht.«

»Na ja, ich …« Zugegeben, ich hatte keine Ahnung, was ich jetzt sagen sollte. Aber ich musste auch gar nichts sagen. Denn sie übernahm das Wort.

»Aber im Übrigen hast du Recht«, sagte sie versöhnlich. »Lass uns ans Ufer gehen. Mir ist nämlich verdammt kalt. Und ich will bestimmt nicht doch noch sterben. An Unterkühlung oder so.«

5. Eine echte Frau

Eine Viertelstunde später saßen wir am Ufer in einer winzigen spanischen Bodega. Wir waren die einzigen Gäste. Mit etwas Kleingeld und flehenden Blicken hatte ich den Besitzer dazu überredet, uns noch einen Kaffee zu kochen, obwohl er eigentlich gerade schließen wollte. Er hatte ganz offensichtlich die Nase voll von betrunkenen Deutschen, die mitten in der Nacht zu ihm kamen und deren Wortschatz auf Spanisch aus einem einzigen Wort bestand: *Cerveza*. Aber offenbar hatte der Mann gespürt, dass wir, also ich selbst und diese Frau aus dem Meer, *anders* waren. (Unter uns gesagt, ich bin eigentlich gar nicht anders. Ich kann nämlich auch nur *Cerveza*. Aber sie schon. Und das reichte.)

Wir setzten uns an einen Tisch, hielten unsere dampfenden Becher in den Händen, und dann begann sie zu erzählen, einfach so. Ich musste sie gar nicht fragen oder dazu auffordern. Ganz offenbar war sie so voll mit Gedanken und Gefühlen, dass diese ganz von selbst den Weg über ihre Lippen fanden.

Sie hieß Katie, war 32 Jahre alt und hatte als Innenarchitektin Karriere gemacht. Außerdem war sie bis vor ungefähr drei Stunden in einer festen Beziehung gewesen – bis sie gemerkt hatte, dass ihr bisheriger Freund sie nach Strich und Faden betrogen hatte.

Er hieß Gerd und war der Typ Mann, der einer Frau alles

bieten kann: Geld, Schmuck, ein teures Auto. Kurz, ein Leben ohne Sorgen. Er war selbstständiger Immobilienmakler in Hamburg, verbrachte aber das halbe Jahr hier auf Malle. Außerdem besaß er eine Villa in Blankenese und eine Finca in Valldemossa, dazu zwei Autos und ein Cabriolet. (»Ist das kein Auto?«, fragte ich dazwischen. »Nicht für Gerd. Für ihn ist es ein Spielzeug«, antwortete Katie.) Er war Besitzer einer Motorjacht, die im Hafen von Port d'Antratx lag und auf die er wichtige Geschäftskunden einlud. Und ja, sie gab es zu, Katie hatte dieses Leben mit Gerd genossen, und es wäre gelogen, wenn sie sagen würde, dass sie ihn nicht geliebt hat. Jedenfalls irgendwann einmal.

»Und jetzt? Wie denkst du jetzt darüber?«, fragte ich sie.

Sie legte die Stirn in Falten. »Du meinst, ob ich ihn immer noch liebe? Ob mein Herz immer noch ihm gehört?«

»Das ist wohl die entscheidende Frage.«

»Ich weiß es nicht«, sagte sie nachdenklich. »Ich weiß es wirklich nicht. Aber mir ist heute Nacht klargeworden, dass sich die Dinge zwischen Gerd und mir schon vor langer Zeit verändert haben. Ich weiß nicht genau, wann. Vielleicht vor drei Monaten, vielleicht auch schon vor einem Jahr. Und ich habe die ganze Zeit die Augen davor verschlossen. Vielleicht weil ich Angst hatte. Angst vor den Folgen, vor dem, was dann auf mich zukommen würde.«

»Dass du zum Beispiel nicht mehr mit dem Cabrio spielen dürftest? Und auch nicht mit der Motorjacht?«

Sie sah mich verdutzt an und lachte dann. »Nein, das ist nicht der Grund. Und weißt du auch, warum nicht?«

»Ich bin gespannt.«

»Weil ich ein eigenes habe. Du weißt schon, ein Cabriolet. Und eine Jacht könnte ich mir auch leisten, wenn ich wollte. Aber ich will es nicht. Weil das alles wirklich nur Spielzeug ist, das einem nach einer Weile mehr Sorgen als Vergnügen bereitet und ...«

»Das würde ich auch gerne mal sagen: Ich habe meine Jacht verkauft. Hat nur Ärger gebracht, das Ding. Dafür habe ich mir jetzt einen Jet zugelegt. Mal sehen, wie lange ich an dem Spaß habe.«

»Ich sag's dir, tu das nicht. Gerds Cessna war wirklich dauernd kaputt, und seine Beteiligung an dem Learjet hat auch nur Schwierigkeiten gemacht und ...«

Sie merkte wohl, dass ihre Worte eine seltsame Wirkung auf mich hatten. Ist ja auch klar. Ich hatte natürlich sofort gespürt, dass eine Frau wie sie nicht gerade arm ist. Aber dass sie offenbar in der absoluten Topliga der Superreichen mitspielte, überraschte mich dann doch.

Ich versuchte, gute Miene zum bösen Spiel zu machen. Außerdem, so ganz arm bin ich schließlich auch nicht. Ich bin zum Beispiel stolzer Besitzer eines Audi TT, immerhin mit Alu-Optik und Xenonlichtern. Nur, das sollte ich fairerweise dazusagen, gehört der Wagen eigentlich gar nicht mir, sondern der Leasinggesellschaft. Und ich muss jeden Euro dreimal umdrehen und mich ausschließlich von Aldi, Lidl und Plus ernähren, um die verdammten monatlichen Raten bezahlen zu können. Katie dagegen geht garantiert bei Feinkost Käfer, Schlemmermeyer und den Galeries Lafayette einkaufen.

Kurz und gut, mir war schnell klar, dass sie und ich nicht gerade viele Gemeinsamkeiten haben. Wir kommen von unterschiedlichen Enden der Gesellschaft – sie von oben, ich von unten.

Umso stolzer war ich natürlich darauf, dass ausgerechnet diese Frau, die mehr Stil, mehr Geld und mehr Klasse hat als zehn von meiner Sorte, mir mitten in der Nacht ihr Herz ausschüttete.

»Und was genau ist heute Nacht passiert?«, erkundigte ich mich.

Sie schlürfte ihren Kaffee, in den sie zuvor ungefähr ein halbes Kilo Zucker geschüttet hatte. Sie konnte es sich leisten, schlank wie sie war.

»Wir sind gestern Abend hier nach Arenal gekommen, weil Gerd einen ganz großen Hoteldeal abgeschlossen hat. Das ist auch für ihn neu. Er möchte selbst in das Business einsteigen und nicht nur Makler sein. Es ist ein gigantisches Projekt, natürlich alles sehr geheim, weil es um Zigmillionen geht.

Gestern wurden die letzten Einzelheiten des Vertrags verhandelt, und zur Feier des Tages hat er mich mitgenommen. Eigentlich war es ein netter Abend, auch wenn mir Gerds Geschäftspartner ganz und gar nicht gefallen haben. Seltsame Menschen. Zwielichtige Typen … Immobilien-Haie halt.«

»Die armen Haie«, sagte ich. »Das haben sie wirklich nicht verdient, dass sie immer als Vergleich für solche Typen herhalten müssen.«

»Du hast Recht … Sagen wir doch einfach Immobilien-Nacktschnecken. Das trifft es viel besser. Jedenfalls saßen wir nach dem Dinner in einem ziemlich exklusiven Club herum …«

»Hey, gibt es so etwas? Hier in Arenal?«

»Allerdings. Ist aber nicht für die normalen Urlauber. Nur für die Macher hinter den Kulissen. Da saßen wir also und tranken Cocktails. Gerd hatte mich allein gelassen, weil er mit Carlos, seinem spanischen Kompagnon, noch einige Dinge zu besprechen hatte. Na ja, ich musste mal verschwinden und habe dann wohl die falsche Tür aufgemacht. Gerds angebliche Besprechung war blond, schlank und nuttig. Und er war sehr vertieft in die Materie …«

»Vielleicht bin ich doch in der falschen Branche …«, sagte ich seufzend, biss mir aber im gleichen Moment auf die Zunge.

Die Dinge waren zu ernst für dumme Sprüche. Zum Glück war Katie fair genug, es einfach zu überhören.

»Ich bin wütend davongerannt, und er ist hinter mir her. Das hätte doch alles nichts zu bedeuten, beteuerte er. Ich habe gesehen, was es zu bedeuten hat, sagte ich, die Bedeutung würde ihm nämlich immer noch aus der Hose hängen. Er meinte, ich solle mich nicht so anstellen, und solche Dinge gehörten für einen Mann wie ihn einfach dazu. Es sei nichts, eine Lappalie, und ich solle es doch einfach vergessen ...«

Sie sah mich an, und in ihren Augen glühte immer noch die Wut, die das Erlebnis in ihr ausgelöst hatte. Ihre Unterlippe bebte, und ich traute ihr in diesem Moment ohne weiteres zu, dass sie aufstand und einen Stuhl oder einen Tisch zu Kleinholz schlug, nur um ihren Ärger herauszulassen – und das Ganze machte sie mir ungeheuer sympathisch. Weil sie eben nicht nur edel und geziert und artig war. Sondern ein echter Mensch, eine echte Frau, mit der ganzen Wut und Leidenschaft und Verletzlichkeit, die dazugehörte.

»Und da ist mir klargeworden, dass es nicht das erste Mal war, sondern dass er es schon die ganze Zeit gemacht hat. Immer wieder ...«, fuhr sie mit ihrem Bericht fort. »Ich kann gar nicht glauben, wie blind ich war. Aber das ist noch gar nicht das Schlimmste ...«

Ein paar Tränen kullerten über ihre Wangen. Ich griff über den Tisch und wischte sie ihr vorsichtig ab. Sie nahm meine Hand und schmiegte ihre Wange daran, und für einen Augenblick saßen wir einfach nur so da. Es war ein seltsamer, stiller Moment, der nur vom grummelnden Seufzen des Bodega-Besitzers begleitet wurde, der ständig irgendetwas auf Spanisch murmelte, was vermutlich nicht gerade freundlich gegenüber den Deutschen und ihren Schlaf-, Trink- und Ausgehgewohnheiten war.

»Was hat dich noch mehr verletzt?«, fragte ich.

»Dass es ihm nicht leidtat. Im Gegenteil. Der Mann, mit dem ich seit sechs Jahren eine Beziehung führe, verlangte von mir, dass ich seine Seitensprünge einfach hinnehme! Weil sie zu seinem Job nun einmal dazugehörten! Das ist doch ...«

»... ziemlich dreist.«

»Dreist? Verachtenswert ist das. Gerd meinte, die Blondine wäre eine Art Geschenk von Carlos gewesen und ...«

»O Mann, und ich kriege immer nur Socken oder höchstens Mal eine Armbanduhr.«

»... und er hätte es einfach annehmen müssen, weil alles andere total unhöflich und geradezu eine Beleidigung gewesen wäre.« Katie blitzte mich aus ihren dunklen Augen an, halb sauer wegen meiner spitzen Bemerkung, aber auch halb dankbar, dass ich den Ernst der Situation etwas entschärfte.

»Und? Hast du ihm gesagt, wie du darüber denkst?«

»Das habe ich allerdings – und er hat nur mit den Schultern gezuckt.«

»Klingt nicht nach einem Mann, der dich wirklich liebt.«

»Ja, das stimmt. Und das ist auch der Grund, aus dem ich eigentlich froh bin, dass es endlich aus ist. Diese Nacht hat mir die Augen geöffnet und mir gezeigt, wie die Dinge wirklich stehen.«

»Ich weiß, was du meinst. Ab und zu sind Schmerzen erträglicher, als Lügen es sind.«

Sie nickte. »Genauso ist es.«

Zwischen uns entstand eine lange Pause, in der wir beide unseren Gedanken nachhingen.

»Es tut mir leid, dass ich so viel von mir geredet habe«, sagte Katie schließlich. »Nun möchte ich auch etwas über dich erfahren.«

Ich sah sie überrascht an. Gibt es das wirklich – Frauen, die merken, dass sie viel reden? Und sich dann auch noch dafür entschuldigen? Na ja, noch überraschender ist eigentlich die Tatsache, dass es mir gar nichts ausgemacht hatte. Im Gegenteil, ich habe es genossen.

»Das macht überhaupt nichts«, sagte ich versöhnlich. »Außerdem sind mir auch einige Dinge klargeworden, während ich dir zugehört habe.«

»Echt? Das freut mich.«

Unsere Blicke begegneten sich, und wenn der ganze Kaffee mein Herz noch nicht aus dem Takt gebracht hatte, dann war es spätestens jetzt so weit.

»Also, Jo, was ist mit dir? Was ist gerade das Thema in deinem Leben? Immerhin bist du genau wie ich mitten in der Nacht mutterseelenallein am Strand von Arenal gewesen. Dafür gibt es doch bestimmt einen Grund?«

»Allerdings. Den gibt es«, sagte ich – und schwieg danach.

»Willst du mir davon erzählen?«

Ja, Leute, ich gebe es zu. Ich war in diesem Augenblick kurz davor, Katie alles zu sagen: von mir, von Nina, und davon, was wir in einer Woche vorhatten. Aber warum hätte ich das tun sollen? Ich hätte damit doch nur diese seltsame Vertrautheit, die zwischen Katie und mir entstanden war, zerstört. Dazu war kein Anlass, schließlich würde ich uns beide dadurch nur um die schöne Erinnerung an diese besondere Nacht bringen.

Ich entschied mich also, mich einfach elegant aus der Affäre zu ziehen. Ich räkelte mich, gähnte demonstrativ und sagte: »Von mir erzähle ich dir lieber ein andermal. Ich bin nämlich todmüde. Höchste Zeit, ins Bett zu gehen.«

Sie sah enttäuscht aus, fand aber schnell zu ihrem Lächeln zurück und sagte: »Du hast Recht. Ich bin nämlich ehrlich gesagt auch total fertig.«

In der Tat hatte sie Augenringe von der Farbe reifer Pflaumen. Ich selbst sah vermutlich ebenfalls wie eine Kiste Fallobst aus, allerdings eine mit längst verdorbenen Früchten. Immerhin war es inzwischen früh am Morgen, und ich hatte nicht nur nicht geschlafen, sondern auch noch ein stilechtes Ballermann-Besäufnis mit den Jungs hinter mir. Von dem merkte ich allerdings nicht mehr allzu viel. Während der zurückliegenden Stunden war ich ziemlich nüchtern geworden.

Ich bezahlte unseren Kaffee, und wir traten hinaus in das dunstige Morgenlicht. Wir sahen uns an, unschlüssig, wie wir unseren Abschied gestalten sollten.

Ich nahm sie an der Hand und fragte sie: »Wo willst du jetzt eigentlich hin? Ich meine, hast du eine Unterkunft? Du willst doch bestimmt nicht zurück zu deinem Gerd, oder?«

»Er ist nicht mehr *mein* Gerd. Verlass dich drauf. Zu dem bringen mich keine zehn Pferde zurück.«

Am liebsten hätte ich ihr jetzt einfach angeboten, mit in mein Hotel zu kommen – und sie wusste das. Ich bin mir sicher, dass sie einverstanden gewesen wäre. Warum ich es nicht getan habe? Keine Ahnung. Vermutlich, weil ich blöd bin.

Wir nahmen uns in den Arm, dann berührten sich unsere Lippen, und aus einem unverfänglichen Abschiedskuss wurde binnen Sekundenbruchteilen so etwas wie Sex. Na ja okay, nicht ganz – immerhin waren wir vollständig angezogen und standen auf einer Straße, auf der noch die letzten Spätheimkehrer unterwegs waren. Ich will damit auch nur sagen, dass das nicht einfach nur eine Umarmung zum Abschied war. Wir küssten uns mit einer seltsamen, fast unheimlichen Gier, die uns beide überraschte und gegen die wir uns nicht wehren konnten und nicht wehren wollten. Dann löste Katie sich von mir und entfernte sich einige Schritte, drehte sich aber noch einmal zu mir um.

»Ich wünsche dir alles Gute für deine Zukunft, Jo. Für dich und für … deine Frau. Du hast doch eine Frau, oder?«

Sie lächelte, hob ihre Hand und klimperte mit ihren Fingern. Da fiel es mir wieder ein. Nina hatte mir noch am Flughafen diesen Ring an den Finger gesteckt. »Damit du mich nicht vergisst in dieser einen Woche«, hatte sie dies kommentiert.

»Ich, na ja … Noch ist sie nicht meine Frau. Aber in genau einer Woche wird sie es sein.«

»*Das* ist also das Thema in deinem Leben«, meinte sie und lächelte.

Ich wollte etwas sagen, ließ es aber dann doch bleiben. Was hätte ich ihr auch jetzt noch sagen oder erklären sollen?

Katie winkte mir noch einmal zu und ging dann mit energischen Schritten davon. Sie erreichte die nächste Ecke und war damit endgültig aus meinem Blickfeld verschwunden.

6. Der Kopf ist im Eimer

Was, bitte schön, macht die Menschheit eigentlich falsch? Ich meine, es gibt seit Jahren Bier ohne Alkohol, Bier ohne Kalorien, Bier ohne Geschmack und Bier ohne Zusatzstoffe – aber Bier ohne Kater am nächsten Morgen erfinden sie nicht!

Und was man davon hat, dafür bin ich das beste Beispiel. Ich liege am Strand von Arenal und habe das Gefühl, als würde jemand seinen Presslufthammer genau auf meiner Stirn ausprobieren. Vielleicht haben meine Gehirnzellen aber auch beschlossen, Reise nach Jerusalem zu spielen? Oder ich bin gestern Nacht noch irgendwo mit voller Wucht gegen eine Mauer gelaufen und kann mich einfach nicht mehr daran erinnern?

Aber eigentlich darf mich mein elender Zustand nicht wirklich wundern. Schließlich habe ich vergangene Nacht *Alkohol* getrunken. Genauer gesagt, *viel Alkohol.* Oder noch präziser ausgedrückt, *sehr viel Alkohol.*

Nach dem Abschied von Katie bin ich natürlich nicht direkt ins Hotel gegangen. Wie könnte ich auch? Erstens hatte ich gerade einen Teil der Nacht mit einer klasse Frau verbracht – und zweitens war ich in Arenal! Ich war also verdammt froh, dass unser Hotel nicht weit vom *El Asador* entfernt liegt, einem Lokal, in dem es rund um die Uhr die besten Grillspießchen auf ganz Malle gibt. Und dazu genehmigte ich mir noch ein paar gepflegte Früh-am-Morgen-Biere. Zum Abkühlen und

Müdewerden. Ach ja, und ein paar Klare habe ich mir auch gegönnt. Weil sie so gut zum Bier passen. Und nach dem Essen gab es dann auch noch ein paar Jägermeister.

Warum? Keine Ahnung. Einfach so halt. Man braucht doch nicht für alles einen Grund, oder? Und hier auf Malle schon gar nicht.

Hacki, Benni und Schröder, die direkt neben mir auf ihren Strandlaken liegen, geht es übrigens nicht besser als mir. Sie stöhnen gelegentlich auf oder massieren sich unter leisen Schmerzensschreien die Schläfen. Und die ungefähr fünfhundert anderen Typen, die in Sichtweite am Strand liegen, fühlen sich offenbar auch nicht anders. Das Ganze wirkt irgendwie wie der Blick auf ein Kriegslazarett, aber eines, in das die hoffnungslosen Fälle eingeliefert werden. Fehlen nur das Blut und die abgerissenen Beine.

Doch das, was wir gerade durchmachen, ist nur der ganz normale Vormittagszustand in Arenal – alle Mann total am Ende. Ist eigentlich auch gar nicht weiter schlimm, denn schön ist, wenn der Schmerz nachlässt.

Während ich also so daliege und meine Leber damit beschäftigt ist, die Getränke der vergangenen Nacht abzuarbeiten, fange ich an nachzudenken. Über mich, über mein Leben und den ganzen Rest. Aber keine Sorge, ich meine damit nicht, dass ich *herumgrüble* – das mache ich sowieso nie. Und hier auf Malle schon gar nicht.

Nein, ich meine mit *Nachdenken* diesen ganz entspannten Zustand, in dem man die Dinge, die so im Leben wichtig sind, einfach mal Revue passieren lässt. Um sich vielleicht am Ende dieses Prozesses über das eine oder andere klarzuwerden. Kann doch nicht schaden, oder?

Im Moment zum Beispiel werde ich mir darüber klar, dass meine Beziehung zu Nina ziemlich viel in meinem Leben verändert hat. Und zwar zum Positiven. Und das auch noch mit einer beeindruckenden Geschwindigkeit.

Ja, es ist einfach so, dass manche Frauen so etwas wie *Ordnung* in das Leben eines Mannes bringen. Und damit meine ich nicht, dass sie zum Staubsauger greifen oder den Duschabfluss säubern. So etwas machen die Frauen von heute nämlich nicht. Das muss man schon selber tun – weil die Frauen an unserer Seite einem sonst die Hölle heißmachen.

Nein, worüber ich spreche, ist etwas viel Wichtigeres. Es geht nicht um Hygiene, es geht um *Harmonie*. Nina ist da wirklich ein gutes Beispiel. Und ich genauso.

Früher, also bevor wir uns kennengelernt haben, war ich nämlich ständig total unruhig. Ich musste immer alles infrage stellen und spätestens nach einem halben Jahr etwas Neues anfangen – egal, ob es um meinen Job ging, um mein Auto oder um die Frau, mit der ich gerade zusammen war. Wenn das alte Modell langweilig wurde, musste halt ein neues her.

Ich habe gelebt, wie ich Fernsehen gucke: ständig herumzappen, nie irgendwo lange verweilen, ständig auf der Suche nach dem neuen Kick. Und wenn mir die »Sexy Sportclips« im *DSF* nicht mehr gefielen, schaltete ich halt zur »Erotic Night« im *Vierten* um.

Ich war wie ein Typ, der im Restaurant sitzt und sich einfach nicht entscheiden kann, was er essen soll. Er hat den Kellner gerade mit einer Bestellung in die Küche geschickt, als er ihn auch schon wieder zurück an den Tisch ruft und ihm sagt: »Bringen Sie mir doch nicht das Jägerschnitzel mit Pommes und Salat, sondern das Hühnerragout mit Spargel und Reis.«

»Sehr wohl, der Herr.«

Bevor sich der Kellner auch nur drei Schritte entfernt hat, ruft man ihn schon wieder: »Ach nein, lassen Sie das mal mit dem Ragout. Ich nehme doch lieber die Roulade mit Salzkartoffeln und Bohnen. Oder nein, bringen Sie mir die Sülze mit Remoulade und Bratkartoffeln. Oder das Bauernfrühstück? Die Schmorgurken? Das Rumpsteak? Mann, ich habe keine Ahnung. Ich glaube, ich nehme einfach nur ein Bier und einen Korn.«

Genauso war es früher bei mir in Sachen Frauen. Soll ich jetzt bei Ulrike bleiben? Oder will ich doch lieber mit Conny zusammen sein? Mit Sandra? Jessica? Oder besser mit Manuela? Ach, bringen Sie mir das Bier und dazu einen Korn. Verdammt, das ist doch auf Dauer kein Zustand!

Darum bin ich so froh, dass ich mich endlich einmal entschieden habe. Und zwar für Nina. Vielleicht war es nicht unbedingt die beste Entscheidung – aber es war immerhin überhaupt mal eine Entscheidung! Sprich, auch ich kriege mal ein Essen serviert.

Umso seltsamer finde ich die Tatsache, dass ich hier am Strand von Arenal liege und zum ersten Mal seit Monaten wieder darüber nachdenke, ob die Wahl wirklich so gut war – oder ob ich nicht vielleicht doch etwas voreilig war?

Mannomann, hört das denn nie auf?

7. Total verbeult!

Die meisten Leute sagen mir, dass Nina zum Besten gehört, was mir in meinem Leben passiert ist. Und *Passieren* ist ganz nebenbei bemerkt genau der richtige Ausdruck für unsere Beziehung. Jedenfalls dafür, wie alles anfing.

Nina und ich haben uns nämlich auf einer Kreuzung in Recklinghausen kennengelernt, nachdem sie ihren Polo in die Motorhaube meines Vectras gefahren hatte. Und zwar mit Vollgas. Und obwohl ich Vorfahrt hatte.

Sie stieg nach dem Unfall aus ihrem Wagen, lächelte unsicher und fragte dann mit einem Ausdruck in der Stimme, als hätte sie gerade eine Tasse Kaffee verschüttet: »Ist irgendetwas passiert?«

»Kann man so sagen.«

»Sind Sie verletzt?«

»Nein, ich nicht, aber mein Auto.«

»Dann ist ja gut.«

»Finde ich nicht.«

»Sie sind sauer, oder?« Dabei lächelte sie so süß und unschuldig wie Brooke Shields in der *Blauen Lagune*.

Ich war jedoch auf hundertachtzig. Ein Unfall hatte mir an dem Tag echt noch gefehlt. Ich war auf dem Weg zur Arbeit, hatte sowieso schon schlechte Laune, und dann so was!

Nina aber ging seufzend zu meinem Wagen hinüber, um

sich das Ganze einmal aus der Nähe anzusehen. Jedem Volltrottel musste klar sein, dass das Auto einen Totalschaden hatte. Das vordere Drittel war noch ungefähr so breit wie ein Schuhkarton, die Windschutzscheibe war in tausend Splitter zerbrochen, und der Motorblock hing mehr oder weniger auf der Straße. Eigentlich war es ein Wunder, dass mir nichts passiert war.

Nina nickte mit einem fachmännischen Gesichtsausdruck, und ich dachte, dass auch ihr allmählich dämmerte, wie die Dinge standen. Sie aber legte den Zeigefinger auf die Unterlippe und sagte: »Meinen Sie, wir können das ohne Versicherung regeln? Ich kenne eine sehr gute Werkstatt, die das bestimmt hinkriegt. Vielleicht kann man es ja ausbeulen.«

Ich musste aus vollem Hals lachen – wobei ich übrigens merkte, dass mein Nacken sich ungefähr so geschmeidig bewegen ließ wie eine verrostete Kettensäge. Schleudertrauma. Aber das war in dem Augenblick meine geringste Sorge. Meine Aufmerksamkeit gehörte ganz allein der Tatsache, dass mir diese Frau, die vor einem Haufen Schrott stand und es mit »Ausbeulen« versuchen wollte, ganz offenbar auch noch meine letzten verbliebenen Nerven ruinieren wollte.

»Ohne Versicherung? Aber klar doch«, sagte ich und bemühte mich um Gelassenheit. »Sie können den Schaden ja bei mir abarbeiten.« Sie konnte natürlich nicht wissen, dass ich selbst bei einer Versicherung angestellt war.

»Und eine Werkstatt, die brauchen wir auch nicht. Sie fassen einfach vorne an, ich hinten, und dann biegen wir das Auto wieder zurecht. Kein Problem. Das kriegen wir hin.«

»Echt? So einfach ist das?«

Sie umrundete das Auto und ging in Stellung. Vermutlich würde sie auch glauben, dass man Autos, die aus der Schrottpresse kommen, einfach wieder aufpusten kann. Oder dass man Lackschäden mit Wasserfarbe behandelt und kaputte Auspuffrohre mit Wattebäuschchen repariert. Rührend. Aber mir platzte dennoch der Kragen.

»Hören Sie zu, es ist ganz einfach: Sie haben meinen Wagen zu Schrott gefahren, und Sie sind schuld. Und wenn wir nicht bald die Sache regeln, verliere ich höchstwahrscheinlich auch noch meinen Job. Kapiert?«

Das entsprach zwar nicht der Wahrheit, aber voll und ganz meiner Stimmung. Sie allerdings war nicht im mindesten beeindruckt.

»Jetzt seien Sie doch nicht gleich so unfreundlich, Sie! Was habe ich Ihnen denn getan?«

»Was Sie mir getan haben?«

»Ja, genau. Oder gehören Sie auch zu den Typen, die ihr Auto mehr lieben als ihre Frau?«

Sie hatte, ohne es zu merken, ins Schwarze getroffen – was aber nur daran lag, dass ich zu der Zeit gar keine Frau hatte. Ich hatte nämlich ein paar Monate zuvor mit meiner Freundin Sabine Schluss gemacht, weil die in einer Nacht-und-Nebel-Aktion nicht nur meine alten Perry-Rhodan-Hefte ins Altpapier geschmissen, sondern auch noch meinen Lieblingsjogginganzug (den, den ich immer sonntagnachmittags zu Hause trage) weggeworfen hatte. Und das nur, weil er ein paar Löcher hatte.

»Löcher?«, hatte sie gefragt. »Das Oberteil sah aus wie ein Netzhemd. Und die Hose wie Reizwäsche für ein SM-Model!«

»Ich möchte einfach nicht, dass du Dinge von mir wegschmeißt, ohne mich vorher zu fragen.«

»Jo, deine Wohnung sieht aus wie eine Müllkippe!«

»Na und? Vielleicht gefällt es mir ja so! Außerdem ist es, wie du ganz richtig bemerkt hast, *meine* Wohnung!«

»Aber wenn du weiter mit mir zusammen sein willst, musst du das nun einmal ändern.«

»Okay, dann sind wir halt nicht mehr zusammen.«

Ich meinte das in dem Augenblick eigentlich gar nicht ernst. Aber nachdem Sabine wutentbrannt weggerannt war, merkte ich, dass ich das im Grunde ganz in Ordnung fand.

Jedenfalls war ich zu dem Zeitpunkt, als das mit Nina passierte, auf das Thema »Frauen« nicht gerade gut zu sprechen. Nina merkte es.

»Oh ... Habe ich etwas Falsches gesagt? Tut mir echt leid.«

»Machen Sie sich nichts draus. Sie haben nur mein Auto zu Klump gefahren. Und mich danach auf meinen empfindlichsten Punkt angesprochen. Aber das ist schon in Ordnung. Kein Problem.«

»Dann ist ja gut.«

»Außerdem war der Wagen sowieso schon alt. Ist auch nicht so schlimm. Nur das mit der Versicherung, da sollten wir noch einmal drüber reden.«

Erst jetzt merkte ich übrigens, dass Nina von dem Unfall in Wahrheit auch ganz schön mitgenommen war. Sie zitterte am ganzen Körper, und ihre scheinbar so fröhliche Art war nichts anderes als ein Schocksymptom.

»Gerne«, sagte sie. »Reden finde ich immer gut. Und es wäre sehr nett, wenn Sie auch gleich einen Krankenwagen holen könnten. Ich glaube, ich werde nämlich gleich ohnmächtig.«

Es dauerte dann noch etwa vier Wochen, bis aus Nina und mir ein Paar wurde. Genau gesagt, war es an dem Tag, an dem ich mir ein neues Auto kaufte. Einen alten Citroën, mit Ledersitzen und Niveauregulierung. Ich steh drauf, auch wenn Schröder, der Kfz-Mechaniker ist, eine ganz andere Meinung von französischen Autos hat. (»Nimm lieber einen Trabant oder einen Einkaufswagen, hält beides länger«, war sein einziger Kommentar.)

Ich fuhr von dem Autohändler direkt zu ihr, um sie zu einer Spritztour abzuholen. Darauf hatte sie bestanden, schließlich war sie es gewesen, die den Anlass für einen neuen Wagen geliefert hatte.

Wir fuhren ins Grüne, picknickten und unterhielten uns. Ich erzählte ihr von meinen vorangegangenen Beziehungen und davon, dass ich es bisher noch nie allzu lange an der Seite einer Frau ausgehalten hatte.

»Dann probier es doch einfach mal mit der anderen Seite«, sagte Nina daraufhin.

Ich lachte, weil ich es für einen Witz hielt.

Sie aber legte nach und meinte: »Doch, wirklich. Das ist genauso, wie wenn du nicht schlafen kannst. Oft liegt es einfach daran, dass dein Bett in der falschen Ecke des Zimmers steht. Wegen der Erdstrahlen und so.«

»Und du meinst, die könnten auch daran schuld sein, wenn eine Beziehung nicht klappt?«

»Wer jetzt?«, fragte sie.

»Na, die Erdstrahlen.«

»Wieso?«

Okay, wir hatten ein paar Verständigungsschwierigkeiten. Aber das war ja normal. Wir kannten uns schließlich noch nicht so lange.

»Ach, vergiss es«, sagte ich einfach. »Auf jeden Fall habe ich mir vorgenommen, ab jetzt etwas mehr Durchhaltevermögen an den Tag zu legen. Immerhin bin ich jetzt über dreißig. Da wird es langsam Zeit, oder?«

»Das finde ich auch«, sagte sie und strahlte mich an, und obwohl die Situation etwas merkwürdig war, genoss ich es einfach, zumal ihr Lächeln wirklich süß und vielversprechend war.

»Und du? Wie ist es bei dir so?«, erkundigte ich mich.

»Ach, ich weiß auch nicht. Ich habe einfach Pech mit Männern. Ich meine, ich bekomme genug Aufmerksamkeit und so. Ich sehe ja auch nicht so übel aus. Aber irgendwie sind es immer die falschen.«

»Ja, das kenne ich«, sagte ich. »Das geht mir genauso, gerade in den letzten Monaten.«

»Erst neulich, zum Beispiel, da habe ich einen in der Disco kennengelernt. Wir haben zusammen getanzt und sogar ein bisschen rumgemacht. Ich fragte ihn dann, ob er mich nach Haus bringen möchte, und er sagte, ja klar, mach ich. Als wir dann zusammen über den Parkplatz gingen, war ich natürlich gespannt, was der wohl für ein Auto fährt. Da standen eine Menge schicker Wagen herum. Er sah dann auf die Uhr und meinte, sein Chauffeur müsste jeden Moment vorfahren. Wow, dachte ich, das ist ja ein toller Typ. War leider ein Irrtum. Das merkte ich, als der Nachtbus um die Ecke bog und er dann sagte: ›Siehst du, da kommt er schon!‹«

Nina sah mich stirnrunzelnd an, und ihr Gesichtsausdruck war angeekelt.

Ich musste dennoch lachen und meinte: »Was hast du denn? Der Typ hatte Humor. Also ich finde den Spruch witzig.«

»Ich auch. So witzig, dass ich ihm spontan eine gescheuert habe.«

Wir schwiegen eine Weile und sahen hinaus auf den Waldsee, an dessen Ufer wir es uns bequem gemacht hatten.

»Schön hier, nicht?«, sagte ich.

»Ja.«

»Diese Ruhe ist einfach toll.«

»Ich hör nichts.«

»Und die frische Luft ...«

Sie sah mich forschend an, hüstelte und sagte dann: »Sag mal, du bist nicht verklemmt oder so?«

»Was? Nein, also bisher nicht. Wieso?«

»Oder magst du Blonde etwa nicht?«

»Doch, sehr sogar.«

Sie legte sich die Hand vor den Mund, atmete hauchend rein und schnüffelte ihrem eigenen Atem nach. Dann schüttelte sie den Kopf und sagte: »Komisch, daran liegt es auch nicht.«

»Was ist denn los? Ich verstehe nicht ...«

»Mensch, Joachim. Ich dachte, wir sind hier, um rumzumachen.«

Der Nachmittag wurde wirklich schön. Wir küssten uns erst lange und intensiv und dann zogen wir uns nach und nach aus.

»Du kannst total toll streicheln«, sagte sie irgendwann mit gurrender Stimme. Sie lag neben mir und hatte die Augen geschlossen. Ich gebe zu, ich hörte es gerne. Dann zündete ich mir eine Zigarette an und fragte sie, ob sie auch eine wolle. Sie öffnete die Augen, starrte auf meine Hände, zog die Stirn in Falten und sprang wie von der Tarantel gestochen auf und schrie herum: »Igitt, Ameisen! Uhh, ich will sofort nach Hause.«

Jedenfalls waren wir nach diesem Tag ein Paar. Wir trafen uns ziemlich oft, schliefen miteinander, und auf ihr Drängen hin gab ich den Citroën, den ich gerade erst gekauft hatte, zurück und nahm dafür den Audi TT, den ich immer noch abbezahle.

Wir haben auch ziemlich schnell damit angefangen, uns zu streiten. Meistens ging es dabei um Dinge, die sie an mir gestört haben.

»Jo! Kannst du nicht einfach mal einen einzigen Abend nichts trinken?«

»Aber gestern und vorgestern habe ich doch nichts getrunken.«

»Ach ja?«

»Ja, bloß fünf Bier. Und ein paar Korn.«

Nina ist nicht unbedingt eine Frau, die viel lacht oder Witzen was abgewinnen könnte. Aber das ist in Ordnung. Wenn ich mit den Jungs zusammensitze, lachen wir die ganze Zeit. Da kann es zu Hause etwas ruhiger zugehen, das stört mich nicht.

Obwohl, so ruhig ist es gar nicht. Weil wir uns, wie gesagt, des Öfteren mal in die Haare bekommen. Neben dem Trinken – zugegebenermaßen treffe ich einfach gerne die Jungs und gehe mit ihnen einen heben – störte sie noch eine Menge anderer Kram an mir:

– meine Auffassung von Ordnung (»Ich dachte, Jungs hören mit zwölf oder dreizehn damit auf, ihre Sachen einfach unters Bett zu schieben.«),

– meine Auffassung von Mode (»Natürlich bist du keine Führungskraft, aber deswegen musst du doch nicht mit Jeans und Sweatshirt ins Büro gehen.«) und

– meine Auffassung von anspruchsvoller TV-Unterhaltung (»Du kannst doch nicht im Ernst bis drei Uhr morgens Pokern gucken! Und wenn ich noch einmal auf deiner Telefonrechnung die *Neun-Live*-Verbindung entdecke, nur weil du aus dem Wort ›Plüschgiraffe‹ fünf weitere Tiernamen bilden kannst, kündige ich eigenhändig deinen Kabelanschluss.«).

Mein Trost besteht darin, dass Nina in gewisser Weise mit all diesen Dingen ausdrückt, dass sie mich liebt. Sonst würde sie sich schließlich nicht so viel Mühe mit mir geben. Erst neulich hat sie es mal wieder bestätigt: »Irgendwann, Jo, wird aus dir nochmal der Mann, den ich mir immer gewünscht habe. Und ich weiß, dass wir dann eine wunderschöne Zeit miteinander haben werden.«

Rührend, so etwas, oder?

8. Airbags am Strand

Höchste Zeit, auf andere Gedanken zu kommen. Ich taste suchend neben mich und werde auch gleich fündig: meine Diesel-Sonnenbrille, Modell 0003. Ein Geschenk von Nina zu meinem letzten Geburtstag. Die Brille muss mir von der Nase gerutscht sein, während ich am Strand eingeschlafen bin.

Ich setze sie auf und öffne die Augen. Die dunklen Gläser machen den Blick auf die Welt schon erträglicher. Aus dem Weiß, dem Blau und den vielen bunten Flecken dazwischen formt sich eine fröhliche Strandszenerie: ein paar spielende Kinder, ein paar Kreuzworträtsel lösende Senioren und dazu mehrere Tausend schlafende, verkaterte, in der Sonne brutzelnde Ballermann-Touristen, die genau wie wir im Laufe des Vormittags aus ihren Hotelzimmern gekrochen sind und mit reichlich Restalkohol im Blut den Weg zum Strand gefunden haben. Hier liegen sie nun und hoffen, dass die Kopfschmerzen nachlassen, damit sie heute Abend wieder fit genug sind, um dasselbe Programm wie gestern zu erleben.

Während mein Blick leicht trudelnd über die Leute gleitet, meldet sich mein Kopf mit einem Pochen, das auf der Richterskala mindestens die Stärke acht aufweisen würde. Immer noch die Auswirkungen der letzten Nacht. Ich presse die Finger gegen meine Schläfen. Hoffentlich überlebe ich.

Auf der Suche nach etwas Tröstendem entdecke ich zwei

Mädchen, die etwa drei Meter von uns entfernt auf ihren Badelaken liegen. Im Vergleich zu ihnen müsste Tatjana Gsell als natürliche Schönheit gelten. Die eine ist blond, die andere dunkelhaarig, aber bei beiden sind die aufgespritzten Lippen nach vorne gewölbt wie bei einem Goldfisch beim Luftholen, ihre Brüste erinnern an Airbags nach einem Auffahrunfall, und ihre künstlich verlängerten Pferdeschwänze sind so lang wie die Treibnetze, mit denen eine Hochseefangflotte die Meere plündert. Echte Arenal-Schönheiten, die beiden.

»Ja, sieh dich nur satt, Jo. Ist schließlich bald vorbei damit. Nina wird dir solche Blicke nämlich nicht durchgehen lassen.«

Hacki, der das von sich gegeben hat, muss zwischenzeitig an Tuberkulose erkrankt sein. Jedenfalls klingt sein Lachen wie eine Eisenfeile, die über ein paar rostige Nägel schleift. Okay, denke ich, er arbeitet auch noch die vergangene Nacht ab.

Sehr vorsichtig und sehr langsam drehe ich den Kopf in seine Richtung – bloß keine hektischen Bewegungen.

»Kein Interesse, Hacki. Das ist zwar solides chirurgisches Handwerk. Aber du kannst sie haben. Alle beide.«

»Echt? Beide?«

»Mit allem, was dran ist.«

Hackis Gesichtsausdruck verwandelt sich in ein entrücktes Grinsen. »Na, dann werde ich mein Glück gleich mal bei denen probieren. Ich fühle mich nämlich gut in Form heute. Ich habe das Gefühl, da geht was. Oder, was meinst du? Sehe ich scharf aus, oder was?«

Hacki erinnert mich an eine aufgedunsene, halbtote Wasserleiche mit einem mächtigen Sonnenbrand auf der Halbglatze. Von seinem Mundgeruch ganz zu schweigen. Und davon, dass sich die Schweißströme auf seinem Oberkörper zu einem Kratersee in seinem Bauchnabel vereinigen. Dazu kommen die Senfflecken an seinem Kinn, die vermutlich noch von dem halben Meter Bratwurst stammen, den wir vergangene Nacht verputzt haben.

»Klar, Hacki. Du bist absolut unwiderstehlich. Wirst garantiert bei den Mädchen landen.«

Hacki will es wirklich tun. Er dreht sich auf den Bauch, geht in den Vierfüßlerstand und will gerade schnaufend aufstehen, als ihn eine weitere angekratzte Stimme innehalten lässt.

»Vergiss die beiden, Hacki. Viel zu anstrengend. Lass uns lieber frühstücken gehen.«

Das ist Benni, unser Youngster. Er lächelt Hacki aufmunternd an, und der lässt seine drei Zentner Lebendgewicht bereitwillig zurück auf das Badelaken plumpsen. Wenn es etwas gibt, was ihn mehr anzieht als gut aussehende Frauen, dann ist das Essen, und zwar egal in welcher Form.

In diesem Augenblick meldet sich auch Schröder zu Wort. Das heißt, zunächst hören wir nur, wie er aus seinem üblichen vormittäglichen Arenal-Koma erwacht. Es klingt ungefähr wie ein brünftiger Hirsch bei der Morgendusche. Er grunzt, schnauft, ächzt und stöhnt. Dann macht er ein Auge auf, ein paar Sekunden später das zweite, sieht uns an, erkennt uns und sagt: »Leute, ich brauche ein Bier. Und zwar schnell.«

9. Frühstück an der Theke

Klar, eigentlich hätten wir schon vor Stunden im Hotel frühstücken können. Bezahlt haben wir es schließlich. Dumm nur, dass die Türen zum Speisesaal pünktlich um zehn Uhr morgens schließen, zu einer Zeit also, zu der kein normaler Malle-Tourist in einem Zustand ist, in dem er feste Nahrung zu sich nehmen könnte.

Darum werde ich ehrlich gesagt den Verdacht nicht los, dass es in Wahrheit gar kein Frühstück gibt im Hotel. Warum auch – ist ja sowieso niemand da. (Okay, gerüchtehalber sitzen morgens um sieben eine Handvoll Rentner und ein paar Familien mit Kindern im Speisesaal, aber ob das stimmt oder nicht, kann ich nicht sagen. War, wie gesagt, um diese Uhrzeit noch nie da.)

Das soll übrigens keine Beschwerde sein. Denn nach einer ganz gewöhnlichen Ballermann-Nacht könnte ich früh am Morgen den Anblick von gelb leuchtenden Spiegeleiern, fettglänzendem Bacon, rot gezuckerten Frühstücksbohnen und spanischer *Chorizo*-Salami, die so billig ist, dass man oft noch ganze Schweineohren darin finden kann, sowieso nicht ertragen. Insofern bin ich nicht böse, wenn wir es nie zum Frühstück schaffen. Falls es das, wie gesagt, überhaupt gibt.

Außerdem ist es eh viel vernünftiger, mit dem Essen so lange zu warten, bis auch der Magen die vergangene Nacht vergessen hat. Und jetzt ist es so weit. Es ist fast Mittag, und wir sind bereit für die erste feste Nahrung an diesem Tag. Und für die flüssige sowieso.

Hacki, Schröder, Benni und ich helfen uns gegenseitig auf die Beine und schlurfen dann einer hinter dem anderen mit unseren Adiletten an den Füßen in Richtung Schinkenstraße. Dass wir dabei jede Menge bewundernde Blicke von den sich in der Sonne räkelnden Bikini-Mädchen auf uns ziehen, ist kein Wunder.

Wir sind vier Prachtkerle, vor allem in der Reihenfolge, in der wir gehen: vorne Hacki mit seinen hundertvierzig Kilo und seinem weißen, unbehaarten Bauch, der an die aufrecht gestellte Karosserie eines VW-Käfers erinnert; dahinter Schröder, der hundertzehn Kilo auf die Waage bringt und dessen Körper so mit Tattoos übersät ist, dass er aussieht wie ein wandelndes Comicheft (Warum es in dem Cartoon geht? Unter anderem um Drachen, prallbusige Frauen, chinesische Schriftzeichen, deren Bedeutung Schröder selbst nicht kennt, und um ein Mädchen, das er liebt und das *Mutti* heißt).

Dann komme ich, achtzig Kilo schwer, einigermaßen durchtrainiert vom Handballspielen und Surfen. Im Prinzip wirke ich wie ein ganz normaler Mann – das ist zwar nicht unbedingt eine prachtvolle Selbstbeschreibung, aber es stimmt.

Und Benni, der Letzte in der Reihe, bringt siebzig Kilo auf die Waage, ist schlank, sehnig und hat eine Frisur wie Jürgen Drews. Er ist derjenige von uns, der am meisten hermacht, ein sonnengebräunter Surfertyp, obwohl er gar nicht surfen kann – außer auf Pornoseiten im Internet. Jedoch müssen wir Benni immer wieder ermahnen, die Lippen aufeinanderzupressen, da er für gewöhnlich mit offenem Mund durch die Welt geht, wodurch er den Eindruck erweckt, er wäre auf dem Weg zu seiner betreuten Wohneinheit verlorengegangen.

Das ist zwar übertrieben, widerspricht aber der Wahrheit nicht komplett. Zugegeben, Benni ist hübsch, aber der Hellste unter dieser Sonne ist er nicht.

Kurz darauf betreten wir *Walter's Bierstube*, eine Kneipe, die ich noch in bester Erinnerung aus den vorangegangenen Jahren habe. Walter ist ein bodenständiger Kerl, dessen Gesicht zur Hälfte hinter einem Schnauzbart verschwindet, der die Dimension einer Rundbürste in einer Autowaschanlage hat. Er stammt ursprünglich aus Köln und hat sich vor über zehn Jahren seinen großen Traum erfüllt: Er ist nach Malle übergesiedelt und hat sein eigenes Lokal eröffnet.

Als wir die Kneipe betreten, empfängt uns ein angenehmes Schummerlicht, das uns sofort vergessen lässt, ob es gerade morgens oder abends ist – was übrigens genau der erwünschte Effekt des Betreibers ist. Auf diese Art und Weise ist hier nämlich immer die richtige Uhrzeit, um ein Bier zu trinken.

An einigen Tischen sitzen ein paar einzelne Gäste sowie einige Ehepaare, die diesen Vorteil offensichtlich seit dem frühen Morgen auskosten. Zusätzlich wird die Stimmung durch dezente Bläck-Fööss-Musik und bunt blinkende Lämpchen und farbenfrohe Luftschlangen unterstützt – bei Walter ist das ganze Jahre Karneval.

Wir setzen uns an die Theke und bestellen uns erst einmal ein Bier. Schließlich sind wir erschöpft und durstig, die stundenlange Sonneneinstrahlung am Strand hat uns regelrecht ausgedörrt. Walter fängt an zu zapfen und sieht uns dabei forschend an, denkt nach, bricht in ein Lachen aus, das in einem Radiohörspiel ohne weiteres als Gewitter durchgehen würde, und dröhnt dann in seinem herzlichen Kölsch:

»Isch werd bekloppt, dat is doch der Joachim. Und der Hacki, der Schröder und der Benni. Mensch, Jungens, hannisch eusch lang nit jesehen.«

»Genau ein Jahr ist es her, Walter«, sage ich.

»Isch han eusch nit verjesse. Nä, wat hamma Spass jehabt zusamme. Wat seid ihr für präschtije Burschen! Wartens ihr, da muss isch doch mal ordentlisch Joote Tach sagen.«

Walter umrundet die Theke und schließt uns nacheinander herzlich in seine Arme. Der Spaß, von dem er redet, bestand in erster Linie aus unendlich viel Alkohol, den wir zusammen getrunken haben. Walter ist nämlich nicht nur ein guter Wirt, sondern gleichzeitig auch sein bester Kunde.

So oder so haben wir in Walters Lokal einige der schönsten Stunden in allen Urlauben der zurückliegenden Jahre verbracht. In der Regel kehren wir hier immer am frühen Abend zum Aufwärmen ein – um uns sozusagen für die langen Nächte im *Oberbayern*, im *Megapark* oder im *Bamboleo* bereitzumachen.

Nicht selten aber haben wir den Weg zum Ausgang nicht mehr gefunden und einfach die ganze Nacht hier verbracht. Bereut haben wir es nie. Als echte Jungs aus dem Ruhrgebiet ist uns die rheinische Mentalität zwar total fremd. Aber nach dem zehnten Bier ist das wirklich kein Problem mehr. Da sind doch sowieso alle gleich, oder?

Nach alter Tradition bestellen wir alle dasselbe zum Frühstück. Holzfällersteak mit Pommes dazu, ohne Salat und ohne Gemüse. Wir lassen es zunächst einmal ganz gemächlich angehen und nehmen während der Mahlzeit höchstens drei oder vier Bier zu uns. Oder fünf. Dazu kommen noch ein Aperitif vor der Vorspeise, ein erster Verteiler vor dem Hauptgang, ein Kurzer zum Nachtisch und ein Digestif zum Abschluss.

»Und jetzt einen Schnaps«, sagt Hacki nach dem Essen und seufzt dazu aus tiefstem Herzen.

»Und ein Bier. Ich meine, ein richtiges Bier. Nicht so eins zum Essen. Sondern eins zum Genießen.«

»Gute Idee.«

»Aber vor dem Genuss-Bier könnten wir doch erst mal ein Nach-dem-Essen-Bier trinken?«

»Stimmt. Und einen Nach-dem-Nachtisch-Schnaps.«

»Hatten wir den nicht schon?«

»Das war der Nachtisch-Schnaps. Nicht der Nach-dem-Nachtisch-Schnaps-Schnaps.«

»Mensch, ihr bringt mich ganz durcheinander.«

»Macht nichts, Benni. Trink einfach.«

Hacki winkt den Wirt heran. »Walter, bring uns einfach die nächsten anderthalb Stunden Bier. Wäre das möglich?«

Walter grinst müde, aber nachsichtig. Er kennt uns halt. Und auf seine Art liebt er uns. »Ich lur mal, wat isch für eusch don kann, Jungs. Et jibt auch noch andere Jäste«, sagt er.

»War ja nur eine Frage«, erwidert Hacki in bester Laune.

Wir stoßen an und sind mit uns und der Welt zufrieden.

10. Filmreif

Nein, stimmt nicht. Ich bin nicht mit mir und der Welt zufrieden. Ich wäre es gerne, aber ab und zu sind die Dinge nun einmal nicht so, wie man sie sich wünscht.

Nachdem wir unser Frühstück verputzt haben und auch die Getränkefrage geklärt wurde, kehren wir ins Hotel zurück und legen uns an den Pool. So vergehen ein paar Stunden, in denen wir mehr oder weniger gar nichts tun.

Das heißt, einer von uns tut doch etwas. Schröder macht sich offenbar Gedanken über mich. Irgendwann beugt er sich zu mir rüber, sieht mich fragend an und meint: »Was ist eigentlich mit dir los, Jo?«

»Was soll mit mir los sein?«

»Das will ich doch gerade von dir wissen.«

»Nichts ist mit mir los.«

Unsere kleine Diskussion weckt natürlich sofort die Aufmerksamkeit der anderen. Sie richten sich von ihren Pool-Liegen auf und rücken an uns heran. Und dann sitzen sie auch schon zu dritt um mich herum und betrachten mich wie ratlose Ärzte einen vor ihnen liegenden Komapatienten.

Ich muss unwillkürlich lachen. Weil ich merke, wie viel mir die drei bedeuten. Und wie wichtig sie für mich sind – gerade in einer schwierigen Phase wie dieser, der Vor-der-Hochzeit-Phase. Und darum weiß ich auch, dass sie mich jetzt nicht mehr so ohne weiteres davonkommen lassen. Ich bin ihnen eine Erklärung schuldig. Und das heißt, dass ich ihnen von der Sache mit Katie erzählen muss. Also schön, sollen sie haben.

Ich schildere ihnen also in Kurzform meine Begegnung am Strand, und alles in allem bleibe ich dabei bei der Wahrheit. Warum auch nicht? Schließlich ist nichts passiert zwischen Katie und mir. Jedenfalls nichts, was ich verschweigen müsste. (Okay, den Kuss am Ende schildere ich nicht ganz so, wie er wirklich war. Ich muss die Jungs ja nicht wegen so einer Lappalie direkt beunruhigen. War schließlich nur ein Abschiedskuss. Nichts von Bedeutung. Eine harmlose Knutscherei, wie man sie in Arenal jede halbe Stunde erleben kann, wenn man es will.)

Die Jungs sehen die Sache allerdings anders. Während ich mit beiläufiger Stimme meinen Bericht abgebe, wachsen ihre Augen auf Tennisballgröße an. Besonders die von Hacki. Und der ist auch derjenige, der als Erster die Sprache wiederfindet.

»Moment mal, Jo. Erst rettest du diese Frau aus dem Meer, und dann trinkst du drei Stunden lang mit ihr Kaffee? Dann küsst ihr euch wie ... wie Tiere? Und am Ende nimmst du sie nicht mit aufs Zimmer, um sie zu vernaschen?«

»Genau so ist es.«

Die drei schütteln in einer synchronen Bewegung ihre Köpfe.

»Kein Wunder, dass du heute so seltsam bist«, erklärt Hacki entrüstet.

»Was für eine Verschwendung! Dafür hat Gott dir nicht einen Schwanz gegeben, damit du ihn dann einfach nicht benutzt«, fügt Benni hinzu.

»Normal ist das jedenfalls nicht«, meint Schröder.

»Ich glaube, Jo ist krank«, sagt Hacki.

»Wenn er mit einer Frau, die ihm gefällt, nicht ins Bett geht, muss es was Ernstes sein«, wirft Benni ein.

»Was sehr Ernstes«, pflichtet Schröder bei.

Ich starre die drei an und bin, was selten genug vorkommt, sprachlos. Und ich weiß auch nicht genau, ob ich mich jetzt freuen soll oder nicht. Und überhaupt weiß ich nicht, ob sie nicht vielleicht Recht haben und ich wirklich der größte Idiot der Welt bin, weil letzte Nacht nichts weiter mit Katie gelaufen ist.

Erst einmal beschließe ich, sauer zu sein. Ich sehe Hacki, Schröder und Benni nacheinander an und sage zu ihnen: »Darf ich euch vielleicht daran erinnern, dass ich nächste Woche heirate? Ich kann doch nicht so kurz davor mit einer anderen was anfangen! Das meint ihr doch nicht ernst, oder?«

Die drei sehen mich immer noch an wie Ärzte – allerdings sind sie jetzt anscheinend der Überzeugung, es mit einem absolut hoffnungslosen Fall zu tun zu haben.

»Eben, Jo, eben. Das ist doch der springende Punkt«, sagt Hacki schließlich kopfschüttelnd.

»Was ist der springende Punkt?«

»Du heiratest *nächste Woche*. Noch bist du also *nicht* verheiratet. Noch kannst du tun, was du willst. Aber du tust es nicht. Und jetzt hattest du vielleicht zum letzten Mal die Chance, ein bisschen Spaß zu haben. Und was tust du? Nichts! Das soll verstehen, wer will. Ich kann es nicht.«

»Ich auch nicht«, ergänzt Schröder.

»Und ich sowieso nicht«, meint dann auch noch Benni.

11. Jäger und Sammler

Ich sollte an dieser Stelle vielleicht einige grundsätzliche Worte zum Thema »Urlaubsflirts« und »Urlaubsaffären« verlieren. Weil das neben Trinken, Tanzen und Am-Strand-Liegen nun einmal die wichtigste Angelegenheit in Arenal ist. Auch für uns.

Praktischerweise stellen Hacki, Schröder, Benni und ich nämlich so etwas wie die Paradebeispiele der verschiedenen *Flirttypen* dar, die man hier so trifft.

1. Hacki, der ewige Jäger. Er baggert im Urlaub grundsätzlich jede Frau an, der er begegnet, inklusive der Zimmermädchen im Hotel, der Go-go-Girls im *Megapark* und der Frau von der TUI, die bei ihm anruft, um mit ihm über die Beschwerden jener Hotelangestellten zu sprechen. Erfolg hat er allerdings nie. Bei keiner einzigen.

Das liegt meiner Meinung nach nicht an seinem Übergewicht. Gerade auf Malle gibt es Frauen, die auf den athletischen Körperbau eines Sumo-Kämpfers stehen. Es liegt eher an Hackis plumper Art, mit der er Frauen anspricht. Noch dazu, wenn Alkohol im Spiel ist.

Nach dem ersten Bier klingt das ungefähr so: »Hey Süße, haste nicht Lust auf einen Spaziergang im Mondlicht? Und mach dir keine Sorgen, ich habe Kondome dabei.«

Nach dem fünften Bier: »Hey, ich würde euch beiden gerne

mal mein Hotelzimmer zeigen« (wobei er mit dem Zeigefinger auf die Brüste des Mädchens tippt).

Nach dem zehnten Bier: »Die meisten Typen könnten in meinem Zustand sowieso nicht mehr, aber bei mir geht's noch, jede Wette. Hältst du dagegen?«

Nach dem zwanzigsten Bier: »Ey, sssuuu mir oder suu dir?«

2. Schröder, der Treue. Bei ihm liegen die Dinge anders. Er redet zwar ständig über Urlaubsflirts und heiße One-Night-Stands, interessiert sich aber in Wahrheit nicht im Geringsten dafür. Weil es nur zwei Dinge gibt, die Schröder mehr liebt als seine Frau Gabriele, nämlich seine beiden Töchter Gabriele-Laura und Gabriele-Gabriela. Mit diesen drei Frauen ist sein Leben voll ausgelastet, und es besteht kein Bedarf nach weiteren weiblichen Wesen. Nicht einmal für eine Hündin oder ein weibliches Meerschweinchen wäre da noch Platz. Und schon gar nicht für ein Mädchen für eine Nacht.

3. Benni, der Schwerenöter. Sein Fall ist am einfachsten zu erklären: Benni vögelt im Urlaub alles, was einer Frau auch nur im Entferntesten ähnlich sieht, inklusive Staubsaugerrohren, Friseusen aus Bergheim und den Go-go-Girls aus dem *Megapark.* Allerdings macht Benni auch nichts anderes, wenn er zu Hause ist, weil Sex nun mal das Einzige ist, wofür er sich interessiert.

(Er ist inzwischen 31 Jahre alt, und wir vermuten, dass er noch nie in seinem Leben zweimal mit derselben Frau geschlafen hat. »Wieso? Kann man das denn überhaupt?«, fragt er auf entsprechende Bemerkungen hin zurück und führt dann im Hinblick auf die Wiederverwendbarkeit von Frauen eine ganze Reihe mehr oder weniger treffender Vergleiche von Einwegprodukten an: Tempo-Taschentücher, Kontaktlinsen von One Day Acuvue oder Plastikrasierer von BIC.)

4. Ich selbst, der Normale. Ich stelle auch in der Kategorie

»Urlaubsflirts« das ganz gewöhnliche Mittelmaß dar. Sprich, ich bin nicht unbedingt darauf aus, eine Frau kennenzulernen und abzuschleppen. Aber wenn es passiert und diejenige mir gefällt, würde ich nicht unbedingt Nein sagen.

Ich muss zugeben, dass das schon mehr als einmal vorgekommen ist, sogar in Zeiten, in denen ich in einer festen Beziehung war. Aber immerhin habe ich strikt die Konsequenzen getragen. Ich habe dem Mädchen, mit dem ich die Nacht verbracht habe, möglichst schonend beigebracht, dass es kein zweites Mal geben wird. Oder ich habe meine jeweilige Freundin angerufen und ihr gesagt, dass es aus ist, weil ich im Urlaub jemanden kennengelernt habe.

Und genau das erkläre ich auch den Jungs, während wir am Hotelpool sitzen und über die vergangene Nacht reden. Ich sage ihnen, dass ich mit Katie nichts angefangen habe, weil es mir einfach zu *gefährlich* ist.

»Gefährlich, gefährlich ... Mann, Jo, was ist los mit dir? Die einzige Gefahr, die bei einer kleinen Nummer außerhalb der Reihe besteht, ist, dass du dir was wegholst. Filzläuse, die Syphilis oder im schlimmsten Falle einen Knutschfleck am Hals. *Das* bringt dir dann wirklich Scherereien.«

»So seht ihr die Dinge?«, frage ich verblüfft.

»Allerdings«, sagt Hacki daraufhin. »Dieses Mädchen, das du da getroffen hast, war vermutlich das letzte Abenteuer, das du hättest erleben können, bevor du in den Hafen der Ehe einkehrst. Und du hast die Chance nicht genutzt. Na ja, du musst selber wissen, was du tust.«

Mit diesen Worten beenden wir unsere Diskussion erst einmal. In den folgenden Stunden liegen wir schweigend nebeneinander auf unseren Liegen und beobachten die Mädchen aus den Nachbarzimmern beim Schwimmen. Und ich hege dabei die Hoffnung, dass das Thema »Katie« unter uns endgültig erledigt ist. Ist es aber nicht.

Ich merke es unter anderem daran, dass die Jungs neben mir liegen und einfach gar nichts sagen. Sie schweigen. Aber nicht auf diese zufriedene, etwas träge Art, die für einen Urlaubstag am Pool angemessen wäre. Sondern eher auf diese drückende Weise, die an die Stunden vor einem Gewitter erinnert.

Irgendwann kapituliere ich. »Also schön. Was soll ich eurer Meinung nach tun?«

Hacki, Benni und Schröder erwachen augenblicklich zum Leben. Endlich sehen sie mich wieder eine Spur freundlicher an.

»Das kommt ganz drauf an, Jo«, erklärt Schröder. »Normalerweise würde ich dir ja Recht geben und auch sagen: Vergiss die Kleine einfach. Aber wenn ich mir dich so ansehe, bin ich mir da nicht so sicher …«

»Und warum nicht?«

»Na ja. So wie du vorhin von deinem Abenteuer in der vergangenen Nacht …«

»Es war kein Abenteuer.«

»Also gut, von deiner *Begegnung* in der vergangenen Nacht erzählt hast, können wir dir nicht so richtig glauben, dass du die Geschichte einfach so abhakst. Bist du dir ganz sicher, dass es nichts weiter zu bedeuten hat?«

»Ganz sicher.«

»Seltsam nur, dass du es geschafft hast, deinen drei Kumpels hier die Tränen in die Augen zu treiben. Weil das Ganze klang wie ein richtig geiler Spielfilm. Und jetzt würden wir eigentlich gerne wissen, wie der Streifen weitergeht.«

»Und ob nicht doch noch eine Bettszene kommt«, ergänzt Benni – was die anderen beiden mit einem ziemlich albernen Gekicher quittieren.

»Ich kann euch sagen, wie es weitergeht: gar nicht. Weil ich keinen Wert darauf lege, Katie noch einmal wiederzusehen.«

»Eben, Jo. Genau das glauben wir dir nicht. Und so verhältst du dich auch nicht. Darum beantworte mir nur einfach Folgendes: Ist sie wichtig, diese Katie? So wichtig, dass du für sie möglicherweise deinen großen Tag am Sonntag aufs Spiel setzen würdest?«

Schröders Frage trifft mich wie ein Schlag, und es kommt mir vor, als würden tausend Gedanken auf einmal durch mein Hirn schießen. Vor meinem inneren Auge läuft plötzlich mein ganzes bisheriges Leben ab, und all meine verflossenen Beziehungen ziehen vorüber – bis hin zu Nina und dem schicksalhaften Unfalltag.

Und dann frage ich mich, ob das wirklich sein kann. Ob eine Begegnung in einer einzigen Nacht wirklich eine Beziehung, die immerhin schon fast anderthalb Jahre dauert, ins Wanken bringen kann.

»Ehrliche Antwort?«, frage ich.

»Klar.«

»Ich weiß es nicht, Leute. Ich habe keine Ahnung.«

Die drei wechseln erneut Blicke, nicken dann einmütig und wenden sich wieder mir zu. Schröder nimmt die Rolle des Sprechers ein:

»Okay, Jo. Wir sind deine Freunde. Du bedeutest uns eine ganze Menge. Und wir haben so etwas wie Verantwortung für dich. Darum werden wir dir helfen.«

»Wobei?«

»Natürlich dabei, deine Katie wiederzufinden. Damit du ihr noch einmal in die Augen sehen und Klarheit gewinnen kannst. Denn wir glauben, dass du dir das schuldig bist. Und Nina übrigens auch. Heiraten fällt zwar keinem Mann leicht, aber so halbwegs sollte man von der Sache eben doch überzeugt sein. Und wir haben das Gefühl, dass du es eben nicht bist.«

Ich bin gerührt. Das nenne ich wahre Freunde. »Danke. Das vergesse ich euch nie«, stammle ich – oder irgendetwas, das so ähnlich klingt.

Hacki winkt ab, schnalzt mit der Zunge und sagt: »Außerdem glaube ich, dass es in Wahrheit gar nicht gefährlich ist. Vermutlich wirst du nämlich feststellen, dass du in der Nacht einfach nur zu viel getrunken hast. Und dass Katie in Wirklichkeit eine hässliche, notgeile Sumpfschnepfe aus Oberursel ist, die ihre Geschichte Nacht für Nacht irgendeinem armen Teufel erzählt, nur um sich auf die Art einen kostenlosen Kaffee oder einen schnellen Fick im Morgengrauen zu schnorren.«

»Ist sie nicht.«

»Wir werden es herausfinden. Verlass dich drauf.«

12. Frauen sind Außerirdische

Bevor jetzt Missverständnisse aufkommen, sollte ich vielleicht doch noch ein paar Dinge in Bezug auf Nina und mich erklären. Womöglich denkt ihr, ich sei gar nicht davon überzeugt, dass sie die richtige Frau für mich und den Rest meines Lebens ist. Stimmt aber nicht. Ich bin nämlich davon überzeugt.

Glaube ich jedenfalls.

Meistens.

Zumindest an guten Tagen.

Ich gebe zu, dass Nina in der ersten Zeit nicht unbedingt meine Traumfrau war. Aber mit manchen Frauen ist es schließlich wie mit einem guten Whiskey oder einer feinen Zigarre. Du musst das Genießen erst lernen. Wovon dir am Anfang noch kotzübel wird, wird erst nach und nach eine wahre Wonne.

Und das war mit Nina genauso, vor allem nachdem wir zusammengezogen waren. Diese Erfahrung war für mich nämlich neu. Bis dahin hatte ich immer auf der Stelle Schluss gemacht, sobald eine Frau von einem gemeinsamen Zuhause sprach. Ich fand die Vorstellung einfach grauenhaft. Viel zu intim. Wie sollte ich mich von ihr erholen, wenn sie einfach immer da wäre? Das hält doch kein Mann aus! (Und die Kerle, die sich auf eine gemeinsame Wohnung einlassen, flüchten früher oder später in die innere Emigration: Sie hocken vor der Glotze und tun so, als wenn ihre Frau nicht da wäre. Ist auch nicht besser, oder?)

Eine Ausnahme hat es übrigens vor Nina gegeben, aber das war keine Absicht. Das Mädchen hieß Camilla, genau wie die neue Frau von Prinz Charles, wie sie oft genug betonte. Wir hatten uns in einer Disco kennengelernt, und nicht einmal zwei Wochen später, nachdem wir ein Paar geworden waren, stand sie mit ihren Koffern, Taschen und ein paar Kisten vor meiner Wohnungstür und sagte: »Da bin ich«.

Ich machte die Tür einfach wieder vor ihrer Nase zu. Sie klingelte Sturm, und als ich erneut aufmachte, lächelte sie mich entschuldigend an und meinte: »Mein Vermieter hat mich rausgeschmissen. Ich habe keine Bleibe. Kann ich reinkommen?«

Sie wartete die Antwort nicht ab, sondern schob sich an mir vorbei in die Wohnung. Kurz sah sie sich um, und dann begann sie auch schon damit, mein Wohnzimmer umzudekorieren. Sie nahm meine Sachen aus den Regalen heraus und stellte dafür ihre hin.

»Was machst du da?«, fragte ich.

»Gefällt es dir etwa nicht?«

»Doch schon, aber …«

»Na, siehst du.«

Es ging drei Wochen gut, dann lernte sie glücklicherweise einen anderen Mann kennen. Ich half ihr sogar beim Umziehen, und als wir mit ihrem Plunder vor der Wohnung des Neuen standen, war es genau so, wie ich erwartet hatte – er wusste von nichts. Ich überlegte kurz, ob ich ihn auf die Seite ziehen und über Camilla aufklären sollte, hielt dann aber doch die Klappe. Ich hatte zu viel Angst, dass er das Paket direkt wieder an den Absender zurückschicken würde.

Aber, wie gesagt, mit Nina war es etwas anderes. Es trat nämlich ein Phänomen ein, von dem ich bis zu dem Zeitpunkt immer nur gehört hatte, das ich aber nicht aus eigener Anschauung kannte. Mann nennt es wohl *Gewöhnung*. Bis dahin hatte ich es eher für eine Art Krankheit gehalten. Aber das ist es gar nicht.

Gewöhnung bedeutet, dass man Seiten an einer Frau kennenlernt, die man eigentlich nie kennenlernen wollte. (Den Typen unter euch, die immer noch in freier Wildbahn leben, empfehle ich, die folgende Passage nicht zu lesen, sondern geflissentlich zu übergehen. Es kommen nämlich ein paar schmerzliche Wahrheiten darin vor.)

Man erfährt zum Beispiel, dass auch Frauen ganz normale menschliche Bedürfnisse haben, dass sie nachts aufstehen und an den Kühlschrank gehen, dass es unangenehm riecht, wenn sie auf dem Klo waren, dass sie einen bitten, doch mal nachzusehen, ob sich der Pickel auf ihrem Arsch wirklich entzündet hat. Es bedeutet aber auch, dass man mitkriegt, dass sie keineswegs nur Unterwäsche von Passionata haben, sondern auch ganz normale Baumwollslips mit kleinen Löchern drin.

Und als wäre all das nicht genug, erlebt man auf einmal auch Abende, an denen man nicht mit seiner Freundin schläft, obwohl sie neben einem im Bett liegt – weil man einfach zu müde ist. Oder dass man doch mit ihr schläft, obwohl man eigentlich viel lieber fernsehen oder im Internet surfen würde. Weil sie einem sonst die Hölle heißmacht oder die halbe Nacht diskutieren will. (Was sie dann natürlich trotzdem tut: Man hätte sich den Sex also sparen können.)

Dank Nina habe ich erfahren, dass es für all diese Dinge eine wundervolle Entschädigung gibt. Eine Frau bietet dir im Gegenzug so etwas wie ein *Zuhause*. Ich meine damit etwas Tiefes und Wichtiges, ein Gefühl, bei dem du weißt, wo du hingehörst. Und das ist, auch wenn wir Männer es nicht gerne zugeben, gar nicht so schlecht.

Darum erscheint es mir irgendwie auch ganz natürlich, dass Nina und ich heiraten werden – auch wenn der Entschluss dazu nicht ganz so zustande kam, wie ich mir das immer vorgestellt hatte.

Bis dahin hatte ich Heiraten für ähnlich überflüssig gehalten wie eine Jahreskarte für den Zoo oder ein Abonnement für den Pornokanal von Premiere. Warum sich festlegen? Wenn man Lust auf einen heißen Film hat, geht man halt in die Videothek und besorgt sich einen.

Vor ungefähr sechs Monaten nahmen die Dinge dann eine erstaunliche Wendung. Es war an einem Sonntagnachmittag, wir waren zu Besuch bei meinen Eltern. Nina und meine Mutter hatten sich von Anfang an prächtig verstanden. Es war geradezu Liebe auf den ersten Blick gewesen. Sie waren unzertrennlich, weswegen wir regelmäßig meine Eltern besuchten und den Tag mit ihnen gemeinsam im Garten verbrachten. (Vorher hatte ich dies tunlichst vermieden. Ich mag meine Eltern – und mit genügend Abstand mag ich sie noch lieber.)

Ich saß also an dem Tag mit meinem alten Herrn drinnen auf dem Sofa und sah zu, wie Schumi seine Runden durch Imola drehte. Lautlos allerdings, weil wir den Ton abdrehen mussten. Nina hasste es, wenn im Hintergrund der Fernseher Lärm machte. Immerhin konnten wir so hören, was die beiden draußen auf der Terrasse so zu besprechen hatten.

»Wie findest du denn das hier, Elke?«, hörte ich Nina sagen.

»Ganz bezaubernd. Aber ist dieser Schleier nicht ein wenig übertrieben, meine Gute?«

Etwas raschelte, vermutlich waren es die Seiten eines Modekatalogs.

»Oder das hier mit dieser Schärpe – ist das nicht raffiniert?«

»Aber der Preis, Nina. Der Preis.«

»Ach, das geht schon. Hat Jo dir nicht erzählt, dass er jetzt abends immer noch Werbeprospekte austrägt?«

»Ja, dann …«, sagte meine Mutter und juchzte. »Ach, Kinder – ich freu mich ja so für euch. Wird auch wirklich Zeit, dass ihr diesen Schritt geht.«

Ich sah meinen Vater fragend an. Es kam ohnehin nur einoder zweimal am Tag vor, dass er den Blick vom Bildschirm abwandte. Jetzt war es so weit.

»Reden die beiden wirklich über das, was ich vermute?«, fragte ich ihn. (Nur zur Information: Ich dachte immer, ein Paar würde erst einmal *untereinander* übers Heiraten reden, bevor dann die Schwiegereltern eingeweiht werden. Nina hatte offenbar eine andere Vorstellung von der Reihenfolge der Personen, die davon in Kenntnis gesetzt werden mussten.)

Mein Vater, Heinz, nickte resigniert. »Bei uns war es genauso. Deine Mutter kam mit einem Stapel Einladungskarten zu mir und bat mich, sie zu unterschreiben. Wofür sind die denn?, habe ich mich erkundigt. Ach, für nichts Besonderes, Schatz, sagte sie. Wir heiraten, das ist alles.«

»So ist das damals gewesen?«, fragte ich ihn erstaunt.

»Mmmh«, machte er ausweichend.

»Darum redest du nicht so gerne darüber. Endlich verstehe ich es.«

»Mach dir einfach keine Gedanken, Jo. Nina und deine Mutter sind sich einig. Das ist die Hauptsache. Außerdem bist du jetzt über dreißig. Wird höchste Zeit, dass es passiert.«

An diesem Abend wollte ich mit Nina darüber reden. Wir lagen schon im Bett und hatten das Licht gelöscht.

»Sag mal«, fing ich vorsichtig an.

»Ich bin müde.«

»Ja schon, Schatz. Aber … Ich habe heute Nachmittag

gehört, was du mit meiner Mutter besprochen hast, und ich wollte …«

»Was? Du hast uns belauscht, Jo? Das darf ja wohl nicht wahr sein!«

»Also … die Verandatür stand doch offen. Ich konnte gar nicht anders, als alles mitanzuhören.«

»Ich bin ja so enttäuscht von dir, Jo. Soooo enttäuscht.«

»Aber, Nina! Meinst du denn nicht … Also, worüber ihr da gesprochen habt, die Tatsache, dass wir heiraten … Habe ich nicht das Recht, auch etwas dazu zu sagen?«

Ihre Stimme wurde versöhnlich. »Klar hast du das. Aber es sollte halt eine Überraschung werden.«

»Was jetzt genau?«

»Na, dass du mich heiraten darfst. Ich wollte es dir erst sagen, wenn alles so weit feststeht. Damit du dir gar keine Gedanken zu machen brauchst. Ist das nicht süß von mir?«

»Doch, total«, sagte ich.

13. Ganz neue Seiten

Ich kann es einfach nicht glauben. Es ist der dritte Tag unseres Urlaubs, und ich laufe mit meinen Freunden durch Palma de Mallorca und suche eine Frau. Und das, obwohl ich in nicht einmal einer Woche eine andere Frau heiraten werde. Die Erklärung dafür ist ganz einfach: Ich muss ganz offenbar den Verstand verloren haben.

Dass wir übrigens ausgerechnet hier in Palma nach Katie suchen, haben wir Hacki zu verdanken. Eines der Argumente, die ich ihm gestern entgegengehalten habe, war nämlich, dass es überhaupt keinen Sinn hätte, sie zu suchen. Weil ich nicht die geringste Ahnung hätte, wo sie stecken könnte. Ich hätte keine Adresse, keine Telefonnummer, und ich wüsste nicht einmal, wie sie mit Nachnamen heißt.

»Wenn das deine einzige Sorge ist – das ist kein Problem«, verkündete er.

»Da bin ich aber mal gespannt.«

»Du hast doch erzählt, dass sie gerade mit ihrem Typen Schluss gemacht hat, weil der sie betrogen hat.«

»Stimmt.«

»Was macht eine Frau, die wütend auf einen Mann ist?«

»Keine Ahnung. Sie rächt sich an ihm? Schüttet ihm Gift ins Essen? Zerkratzt den Lack an seinem Auto? Fängt ein Verhältnis mit seinem besten Freund an?«

»Falsch. Sie geht shoppen. Gibt Geld aus. Zur Beruhigung ihrer Nerven. Wo kann sie also schon stecken? Da, wo die meisten Geschäfte sind. In Palma.«

Dieser Logik konnte selbst ich mich nicht entziehen. Und so kommt es, dass wir uns heute Morgen in den Bus gesetzt haben, um die Inselhauptstadt zu besuchen.

Palma ist das reinste Museum. Unsere Suche beginnt in der Avinguda de Jaime III. Es ist eine große, altehrwürdige Straße, die rechts und links von Arkaden gesäumt ist, in deren Schatten es sich an einem heißen Tag wie heute gut aushalten lässt.

Wir gehen die meiste Zeit nebeneinanderher, und ich mache mir Sorgen, dass wir die Aufmerksamkeit der Menschen auf uns ziehen. Weil wir anders sind als die anderen Leute um uns herum. Vor allem anders als die Einheimischen. Palma ist nämlich eine ganz normale, geschäftige Stadt, und die meisten Passanten tragen Anzüge in gedeckten Farben und elegante Kostüme oder wenigstens herkömmliche Straßenklamotten.

Wir vier dagegen erinnern mehr an eine Schaustellertruppe, die Eintrittskarten für irgendeine abendliche Veranstaltung an den Mann zu bringen versucht. Hacki trägt seine türkisfarbenen Bermudashorts, ein offenes Hawaiihemd und Sandalen mit Strümpfen. Schröder hat kurze Hosen und sein Muscle-Shirt mit der *Motörhead*-Aufschrift an und trägt dazu sein Ferrari-Cap auf dem Kopf. Benni geht wie immer im Urlaub nur in seiner Tangabadehose, dazu trägt er Flipflops und sonst gar nichts. Nur ich bin mit Jeans und T-Shirt einigermaßen unauffällig gekleidet.

Trotzdem beachtet uns eigentlich niemand. Wir sind halt Touristen. Aus Deutschland. Man erwartet nichts anderes von uns. Wir sind einfach unmöglich von Haus aus. Einzig ein paar weißhaarige Rentner schütteln dezent die Köpfe, als wir an ihnen vorübergehen.

Die Straße mündet auf die Plaça Rei Joan Carles I., wo es typisch spanisch zugeht: laut, hektisch und voller Menschen, die es alle eilig zu haben scheinen, jedenfalls solange ihnen jemand zuschaut.

Auf dem Platz stehen allerlei historische Gebäude, aber vor allem gibt es einen McDonald's, in dem wir uns ein Mittagessen in Form einiger Big Macs gönnen. Hacki nimmt natürlich das XXL-Menü mit dem Ein-Liter-Becher Cola, der Ein-Zentner-Tüte Pommes und einem Burger, der aus einem vollständigen gegrillten Rindvieh besteht. »Aber satt werde ich davon nicht«, erklärt er schmatzend.

Anschließend stärken wir uns nebenan in einem Straßencafé mit einem Bier und einem *Café con leche*, wobei Hacki dazu noch ein paar *Bocadillos de jamon* und ein paar Tortillas verspeist. »Das ist schon besser«, meint er zufrieden. »Dieses Fastfood ist einfach nichts für mich. Es sättigt nicht.«

Um uns herum haben sich fast nur total betrunkene, sonnenverbrannte Touristen aus England niedergelassen, deren schlechte Laune wir verstehen können, weil neben ihnen ihre betrunkenen, sonnenverbrannten Frauen sitzen. Die klügeren von den Typen haben zwischen sich und ihre Begleiterinnen eine englische Tageszeitung gespannt, deren Schlagzeilen wir mitlesen können:

»Deutsche Nazis lästern über unsere schönen Frauen« heißt es da zum Beispiel. Oder: »Prinz Harry wieder im Vollrausch mit Naziuniform erwischt«. Wenigstens sind die Sportmeldungen neutraler: »Schumi gewinnt mit Nazifahrstil in Suzuka«.

»Wisst ihr eigentlich, woran das liegt, dass die Engländer immer so schlecht drauf sind?«, fragt Hacki uns im Flüsterton.

Wir sehen ihn fragend an und machen Vorschläge:

»An ihren Frauen?«

»Oder an ihren ständig besoffenen Prinzen?«

»Oder daran, dass Beckham inzwischen in Amerika ist?«

Hacki schüttelt den Kopf. »Am Essen.«

»Ach. Und was essen die so?«

»Fleisch mit Pfefferminzsauce.«

»Das ist wirklich schrecklich.«

»Finde ich auch. Obwohl, probieren würde ich es schon gerne mal.«

Nach diesem Zwischenstopp steigen wir zur Plaça Mayor hinauf, wo wir uns erst einmal in einem der vielen Straßenlokale mit einem weiteren Bier stärken. Urlaub ist schließlich Urlaub. Der Platz ist ringsum bebaut und hat einen gefliesten Boden. Auch hier tobt das Leben: Souvenirbuden, Schmuckverkäufer, Hütchenspieler und eine ganze Reihe wirklich beeindruckender Artisten und Akrobaten, die mit ihren Kunststückchen die Touristen unterhalten und dafür ihre verdienten Spenden kassieren.

»Aber das Bier ist ungenießbar«, meint Schröder ärgerlich.

»Und die Pizza auch«, fügt Hacki schmatzend hinzu.

Als wir bezahlen möchten, merken wir, dass *ungenießbar* nicht alles ist. *Unbezahlbar* kommt auch noch dazu. Aber, wie gesagt, die Umgebung ist wunderschön. Das hat halt seinen Preis. Man sollte es nur wissen.

In der Calle Sant Miquel sehen wir uns eine Kirche an. Davor sind die üblichen Hobbymaler aufgereiht, die ihre Kunden in den unterschiedlichsten Stilrichtungen porträtieren: als Karikatur à la Loriot, kitschig mit Sonnenuntergang im Hintergrund oder auch als Scherenschnitt. Hacki überlegt, sich malen zu lassen, aber wir reden es ihm aus.

»Vergiss es, Hacki. So viel Farbe haben die gar nicht dabei«, sagt Schröder.

»Außerdem machen die keine Tierporträts«, fügt Benni hinzu.

»Und eine Karikatur kann man von dir auch nicht machen«, ergänze ich.

Hacki sieht uns kopfschüttelnd an. »Wozu brauche ich Feinde? Ich habe ja schon Freunde.«

Wir schlendern durch die engen Gassen der Altstadt, sehen uns den Almudaina-Palast an, trinken hier und da ein Bier und kaufen Benni an einem Straßenstand ein T-Shirt mit einer Fledermaus drauf und dem Wort *Bettmann*. Anschließend besichtigen wir die beeindruckende Kathedrale La Seu. Sie stammt aus dem 13. Jahrhundert und ist berühmt für ihr riesiges Rosettenfenster, das in unendlich vielen Farben schillert.

Wir besuchen sogar das Museum für moderne Kunst, in dem ein paar interessante Bilder von Salvador Dalí und Paul Gauguin hängen. Der Eintritt ist umsonst.

Schröder betrachtet mit schief gelegtem Kopf ein abstraktes Gemälde und meint: »Also, der Picasso war schon toll. Aber malen konnte er nicht.«

Benni stellt sich vor ein anderes Gemälde, reibt sich die Augen und sagt: »Wusstet ihr, dass Klose Künstler ist?«

»Wer?«

»Miroslav Klose, der Stürmer. Hier, er hat mit ›Miro‹ unterschrieben.«

»Ich glaube, wir gehen jetzt besser«, antwortet Hacki. Nicht, dass er sich sonderlich für Kunst interessiert. Aber das ist sogar ihm peinlich.

14. Schwitzen für drei

Warum sind manche Frauen eigentlich wie Linienbusse und andere wie Sportwagen? Klar, beide bringen dich irgendwie ans Ziel, aber bei den einen ist die Fahrt eine lästige Pflicht und bei den anderen ist sie das reinste Vergnügen.

Ich bin mir nicht sicher, was auf Dauer die bessere Lösung ist. Denn eins steht fest: Frauen der Kategorie zwei haben so etwas wie Nebenwirkungen. Du hast zwar eine Menge Spaß mit ihnen, aber du kriegst sie einfach nicht mehr aus dem Kopf. Und dann hast du ein Problem.

Und glaubt mir – ich weiß, wovon ich rede. Manche Frauen, mit denen ich spontan eine Nacht verbracht habe, hatte ich schon vergessen, während sie noch neben mir im Bett lagen. Und das, obwohl wir zuvor das volle Programm abgespult haben: kennenlernen, Sex, falsche Telefonnummern austauschen.

Und Katie? Mit der habe ich einfach nur *geredet*. Wir haben eine ganze Nacht durchgequatscht, ich habe mir ihre Lebensgeschichte angehört, habe ihr dies und das von mir erzählt, und an den Tagen danach stelle ich nun fest, dass ich ständig an sie denken muss. Das ist einfach unfair.

Unser Weg führt uns über die Rambla und den Passeig de Born schließlich in das Viertel vor der Börse Sa Llotja. Wir schlendern durch die winzigen Gässchen und Straßen, in denen sich Restaurants und Bars drängen. Die meisten Lokale in der Gegend sind um diese Uhrzeit noch geschlossen, es herrscht Siesta, so dass die Umgebung still und verschlafen wirkt. Aus einigen Kneipen aber steigt uns der verführerische Duft verschiedenster Tapas entgegen – das heißt, verführerisch ist das nur für einen von uns. Hacki.

Immer wieder bleibt er stehen, schließt die Augen, bläht die Nüstern und sagt schließlich: »Sagt mal, Leute, können wir nicht mal 'ne Pause machen und etwas essen? Dieses ganze Herumgelaufe schafft mich. Ich bin total unterzuckert. Außerdem habe ich Blasen an den Füßen.«

»Mann, Hacki. Du isst wirklich für drei«, halte ich ihm entgegen.

»Er wiegt ja auch für drei«, erklärt Schröder.

»Und er schwitzt für drei«, fügt Benni hinzu.

»Aber dafür *denke* ich auch für drei – nämlich für euch drei. Also lasst uns schon 'ne Pause machen.«

Während Hacki sich durch die mallorquinische Tapas-Küche futtert, stellen wir anderen fest, dass sein Plan nicht hingehauen hat. Wir sind jetzt einen halben Tag durch Palma geschlendert, aber von Katie haben wir nicht das Geringste gesehen.

Schröder zuckt mit den Schultern und sagt: »Ist doch klar, was wir jetzt machen. Wir setzen uns in eine Kneipe, trinken was und warten einfach darauf, dass sie vorbeikommt.«

»Und wenn sie nicht vorbeikommt?«

»Dann trinken wir noch was.«

»Na, super. Wenn wir sowieso nur saufen wollen, hätten wir auch in der Nähe vom Hotel bleiben können«, sage ich.

»Hat jemand einen besseren Vorschlag?«

Ausgerechnet Benni hebt zögerlich den Finger. »Wenn wir glauben, dass sie hier ist, um zu shoppen, dann sollten wir sie auch am besten in den Läden und Geschäften suchen.«

Wir sehen ihn verblüfft an. Es kommt selten vor, dass Benni etwas sagt, das Hand und Fuß hat.

»Gute Idee, Benni«, sage ich. »Wir kehren in die Altstadt zurück und klappern einfach die Boutiquen ab. Und die Schuhgeschäfte. Wenn sie überhaupt hier ist, dann werden wir sie dort garantiert finden.«

Hacki und Schröder sehen sich erst gegenseitig an, dann mustern sie Benni, schließlich mich. Und dabei schütteln sie missmutig die Köpfe.

»Man merkt, dass ihr beiden nicht verheiratet seid.«

»Wieso?«

»Es ist schon schlimm genug, wenn wir mit unseren Frauen einkaufen gehen müssen. Aber dann machen wir das Ganze doch nicht auch noch ohne sie! Und freiwillig! Niemals. Nicht mit uns. Es ist ein blöder Vorschlag.«

»Ach, habt euch nicht so. Ihr könnt bei der Gelegenheit doch gleich Geschenke für Gabriele und Veronika kaufen«, sage ich.

Der Widerwille in ihren Blicken verwandelt sich in blankes Entsetzen. »Bist du total übergeschnappt, Jo? Das wäre der größte Fehler, den wir machen könnten.«

»Wieso? Meint ihr nicht, dass sie sich freuen würden?«

»Doch, das schon. Aber sie würden auch sofort denken, dass wir was ausgefressen haben. Wir bringen ihnen schließlich nie irgendwas aus dem Urlaub mit. Nein, da müssen wir uns schon etwas Besseres einfallen lassen.«

15. Der weiße Hai

Uns fällt nichts Besseres ein. Darum wollen wir gerade unsere Suchaktion in Richtung Hafen fortsetzen, als ich in meiner Hosentasche das Vibrieren meines Handys spüre. Dazu erklingt die Titelmelodie vom *Weißen Hai*, die ich als *Personal Ringtone* für Nina programmiert habe. Was soll ich tun? Rangehen? Einfach klingeln lassen? Das Handy ins Meer werfen?

Immerhin bin ich gerade auf der Suche nach einer anderen Frau! Und das ist nicht unbedingt der Moment, in dem ich mit meiner *Verlobten* am Telefon sprechen möchte.

Ich bin mir übrigens ziemlich sicher, dass Handys sowieso nicht von Männern, sondern von Frauen erfunden wurden. Genau wie Fußfesseln, Handschellen, Bewegungsmelder, Wegfahrsperren und die Ehe als solche. Weil all diese Dinge in erster Linie eine Funktion haben – Männer davon abzuhalten, das zu tun, was sie tun wollen.

Aber es hilft nichts. Ich drücke also auf die kleine grüne Taste und nehme damit das Gespräch an.

»Hallo? Wer ist denn da?«, säusele ich in den Hörer.

»Wer schon, ich natürlich«, ruft mir Nina entgegen. »Oder erwartest du andere Anrufe?«

»Nein, natürlich nicht.«

»Jo-o? Bist du etwa schon wieder betrunken?«

Ihre Stimme klingt nicht wirklich freundlich, aber das kann

mich nicht irritieren. Frauen äußern ihre Liebe nun einmal meistens in Form von Misstrauen. Und je weiter entfernt der Mann ist, desto misstrauischer sind sie. Ergo, desto größer ist die Liebe.

Das ist ungefähr so wie bei Hundebesitzerinnen. Solange sie ihre Scheißerchen sehen können, ist alles in Ordnung. Aber wenn der Kleine mal die volle Länge der Teleskopleine ausnutzt und um die nächste Hausecke verschwindet – dann schlagen sie Alarm! Denn was kann er da schon anderes tun, als im Dreck zu wühlen oder andere Weibchen zu beschnuppern?

»Aber nein, Nina, ich habe noch fast nichts getrunken«, entgegne ich im Brustton der Überzeugung. »Außerdem freue ich mich, deine Stimme zu hören, wirklich. Es ist einfach nur die Überraschung …«

»Soso – und wobei überrasche ich dich gerade?«

»Bei gar nichts. Ich meinte nur, es ist eine *schöne* Überraschung.«

»Dann ist ja gut. Ich vermisse dich, Jo.«

»Ich dich auch, Nina.«

»Der Gedanke ist so seltsam, dass wir in ein paar Tagen heiraten und du trotzdem so weit weg bist.«

»Mach dir einfach keine Gedanken, Nina. Ab Sonntag sind wir doch immer zusammen.«

»Außerdem ist das Küchenwaschbecken verstopft. Und jetzt muss ich einen Klempner rufen. Ach und überhaupt. Ich muss mich hier mit allem Möglichen herumplagen, während du in der Sonne liegst und es dir gutgehen lässt. Das ist einfach unfair. Es wäre mir viel lieber, du wärst jetzt auch hier im Regen und …«

Während Nina spricht, halte ich das Handy immer weiter von meinem Ohr entfernt. Glücklicherweise hat Nina nämlich kräftige Stimmbänder, eine Art natürliche Freisprecheinrichtung. Mir bleibt nicht verborgen, dass sich die Gesichter meiner Freunde von einem schadenfrohen Grinsen in ein mitleidiges Lächeln verwandeln. Klar, sie können ja jedes Wort mitanhören, das Nina zweitausend Kilometer entfernt in Deutschland in den Hörer brüllt.

Seltsamerweise kommt mir, noch während ich ihr zuhöre, plötzlich in den Sinn, ob ich eigentlich irgendwelche Ehen kenne, die das Prädikat »glücklich« verdienen. Nur so – um abschätzen zu können, wie groß die Chancen sind, dass meine es wird.

Wie ist es zum Beispiel mit Markus und Gloria? Die beiden haben sich im Fitnessstudio kennengelernt, haben jahrelang zusammen trainiert und sahen in den ersten Jahren aus wie Ken und Barbie. Nach der Hochzeit war allerdings Schluss mit Sport, weil er das Geld verdienen und sie Kinder kriegen musste. Inzwischen sehen sie aus wie Barbapapa und Barbamama, und das einzige Training, das sie zusammen absolvieren, ist *Extreme-Couching* bei gleichzeitigem Rekordverzehr von Erdnussflips und Schokolade. Nicht wirklich ein Vorbild.

Oder Steve und Margarete. Die beiden hatten sich auf Margaretes USA-Reise ineinander verliebt. Sie stammt aus Köln, er ist Navajo-Indianer, und im ersten Ehejahr nannte sie ihn nur »Häuptling Strammer Pfahl« und er sie »Schöne Muschel«. Inzwischen lauten die Namen »Häuptling Schlappes Schwänzchen« beziehungsweise »Verschlossene Höhle«, und dass die beiden das Kriegsbeil jemals wieder begraben, ist eher unwahrscheinlich. Also auch nicht unbedingt das Idealbild einer Ehe.

Vielleicht aber Kai und Lydia! Immerhin streiten sich die beiden nicht, was allerdings daran liegt, dass sie eigentlich gar nicht mehr miteinander reden. Nie. Über Monate nicht.

Wenn er ihr etwas zu sagen hat, filmt er sich selbst auf der Videokamera und sie sieht es sich auf dem Display an. Wenn sie etwas von ihm will, schreibt sie ihm eine SMS, selbst wenn er neben ihr steht. Auch nicht verlockend.

Aber jetzt habe ich es. Berthold und Doris – die sind glücklich! Behauptet Doris jedenfalls. Und dann erzählt sie, wie sie an Bertholds Grab steht und Stiefmütterchen einpflanzt. Die konnte er zu Lebzeiten zwar nicht leiden. »Aber seit er da liegt und mir nicht mehr widerspricht, ist unsere Beziehung richtig harmonisch«, berichtete sie erst neulich freudestrahlend. Also, es gibt noch Hoffnung!

»Ja, Schatz«, sage ich in den Hörer. »Natürlich … Finde ich auch. Klar, machen wir …«

»Was machen wir?«, dröhnt es auf einmal aus dem Handy. »Jo? Hörst du mir überhaupt zu?«

»Aber natürlich höre ich dir zu, Schätzchen.«

»Dann antworte gefälligst auf meine Frage. Ich wollte wissen, ob du auch glücklich bist? Und ob du dich auf Sonntag freust? Auf unseren großen Tag, meine ich.«

»Und wie, Ninalein. Ich werd fast verrückt vor Freude.«

»Dann ist ja gut. Was treibst du eigentlich gerade?«

»Wir machen eine Besichtigungstour durch Palma«, erkläre ich. »Es ist wirklich eine wunderschöne Stadt. Allein die vielen alten Gebäude und die große Kathedrale – wirklich faszinierend.«

»Stadtbesichtigung? Alte Gebäude? Kathedrale?«, fragt Nina zurück, und das Misstrauen in ihrer Stimme ist unüberhörbar. »Ist irgendwas nicht in Ordnung mit euch? Ihr habt euch doch noch nie für Kirchen interessiert. Oder für Architektur …«

»Alles macht man irgendwann zum ersten Mal.«

»Jo-o? Du verschweigst mir doch nicht etwas, oder?«

»Aber Ninalein, was sollte ich dir denn verschweigen?«

»Das wüsste ich halt auch gerne …«

Hackis, Schröders und Bennis Lächeln wandelt sich erneut – von mitleidig in diabolisch. Dazu schütteln sie alle drei mit einer übertriebenen Unschuld auf den Gesichtern ihre Köpfe. *Nein, wir verschweigen nichts. Gar nichts.*

»Wir wollten einfach nur mal etwas anderes machen, Nina. Und nicht immer nur am Strand liegen. Etwas Kultur kann doch nicht schaden, oder?«

»Nein, kann es wirklich nicht. Hoffentlich nützt es was. Also viel Spaß noch.«

Klick, aufgelegt.

16. Immer schön der Reihe nach

Wir überqueren den vierspurigen Passeig de Sagrera und spazieren an der Uferpromenade entlang, die den Sporthafen von Palma säumt. Vom Meer her weht eine sanfte Brise, die uns guttut nach der Hitze und dem Gedränge in der Altstadt. Während wir zu unserer Rechten die Silhouette der Stadt sehen, erstreckt sich zu unserer Linken eine endlose Landschaft aus Masten, Segeln, Schiffsantennen und Leinen, mit denen die Gefährte der Reichen und Schönen an den Stegen vertäut sind.

Und bald schon sind wir in eine lange und intensive Diskussion über Schiffsmotoren, PS-Zahlen und Dieselverbrauch vertieft. Und natürlich in die Frage, ob länger wirklich immer besser ist.

»Sag mal, Jo«, druckst Hacki auf einmal herum. »Hat Katie während eurer gemeinsamen Nacht wirklich gesagt, sie könnte sich so eine Jacht leisten, wenn sie wollte?«

»Hat sie.«

»Eine große Jacht?«

»Eine sehr große.«

»Ich … Also Folgendes: Nur mal angenommen, wir finden sie wirklich, deine Katie. Und du überlegst es dir dann doch anders und willst nichts von ihr. Könnte ich dann vielleicht? Also, du weißt schon …«

Ich sehe Hacki kopfschüttelnd an. »Ja, ich weiß in der Tat

schon. Und ich denke, dass du das nicht mich fragen musst, sondern sie selbst.«

»Klar, aber ihre Antwort steht ja wohl fest, wenn ich mich um sie bemühe. Ich meine – sieh mich an! Alle Püppis stehen nun mal auf mich. Und ich möchte einfach nicht, dass du dann denkst, ich wollte sie dir wegschnappen.«

»Moment mal, Hacki«, schaltet sich in diesem Moment Benni in unser Gespräch ein. »Ich glaube, da habe ich auch noch ein Wörtchen mitzureden ...«

»Du? Wieso denn du?«

»Weil, wenn Jo verzichtet, ich automatisch an die erste Stelle rücke, und weil ...«

Es ist Schröder, der seine mächtigen, mit Drachen, Ankern und Herzen tätowierten Arme ausbreitet und die beiden Streithähne zum Schweigen bringt.

»Hey, Leute. Verteilt den Bären des Mädchens nicht, bevor ihr ihn erlegt habt. Wenn Jo nicht will, bin ich erst mal dran und ...«

»Du?«, fragt Hacki erstaunt. »Und was ist mit Gabi?«

»Nichts. Aber bei einer Frau, die eine Jacht hat, werde sogar ich schwach ...«

»Sie hat gar keine Jacht«, werfe ich ein. »Sie hat nur gesagt, sie könnte eine haben, wenn sie wollte.«

Aber mir hört sowieso keiner mehr zu. Stattdessen sind die drei in eine handfeste Auseinandersetzung verstrickt. Sie sehen sich in die Augen wie Clint Eastwood, Lee van Cleef und Elli Wallach in den *Zwei glorreichen Halunken*. Ihr wisst schon, der Wildwestfilm, an dessen Ende eines der beeindruckendsten Duelle der Filmgeschichte vorkommt. Nur, dass es in dem Streifen um einen Goldschatz geht und bei meinen Freunden um eine Frau, die, erstens, gar nicht da ist und die, zweitens, eigentlich für mich bestimmt sein sollte.

Dabei hat das Thema für mich eine durchaus ernste Dimension. Immerhin geht es um die Tatsache, dass Katie *reich* ist. Und das unterscheidet sie zum Beispiel fundamental von mir.

Ich kann mir deswegen durchaus vorstellen, dass die ganze Suche nach ihr sowieso keinen Sinn hat. Weil sie mich, wenn ich plötzlich vor ihr stünde, vermutlich nicht mal mit dem Arsch ansehen würde.

Ich liebe diesen Ausdruck übrigens – »mit dem Arsch ansehen«. Einerseits weil das sowieso nicht geht, und andererseits weil es Frauen gibt, bei denen das immer noch besser wäre, als wenn sie einen mit dem Gesicht ansehen würden.

Jedenfalls kann es gut sein, dass unser Wiedersehen so ausfallen würde.

Auf meine Frage: »Hey, erinnerst du dich noch an neulich Nacht?«, würde sie vermutlich die Augenbrauen heben und mit gezierter Stimme antworten: »Kennen wir uns? Und wie kommen Sie überhaupt dazu, mich zu duzen?«

Ich kann euch versichern, dass ich Frauen gegenüber eigentlich ein gesundes Selbstvertrauen habe. Im Prinzip muss ein Mann nämlich die Herausforderung annehmen – auch und gerade wenn er glaubt, dass eine Frau eigentlich nicht seine Kragenweite ist. Weil sie zum Beispiel aus einem besseren Haus kommt als er oder weil sie reicher, berühmter oder mächtiger ist.

In der Regel entspannt sich die Situation, sobald man sich besser kennenlernt. Meistens merkt man dann nämlich, dass sie gelogen hat und gar nicht reich, berühmt oder mächtig ist. Viele Frauen besitzen einfach nur erstaunliche schauspielerische Fähigkeiten. Und die nutzen sie, um mehr darzustellen, als sie wirklich sind. Man sollte daher stets den wahren Sinn ihrer Worte herauslesen können.

Wenn eine Frau zum Beispiel sagt: »Ich möchte nächstes Jahr mit meiner Beautyfarm expandieren«, dann heißt das in Wahrheit nichts anderes, als dass sie die Stellwand, mit der ihr Nagelstudio vom Sonnenstudio ihrer Freundin abgetrennt ist, um einen halben Meter verrücken möchte.

Oder wenn sie sagt: »Mein Freund leitet ein Restaurant mit mediterraner Küche«, dann bedeutet das, dass er Verkäufer in einer Dönerbude ist.

Sagt sie so etwas wie: »Schönheitsoperationen kommen für mich nicht infrage«, dann muss man daraus schließen, dass ihr bisher noch jeder Chirurg beschieden hat, dass ein Eingriff sowieso nichts bringen würde.

Und wenn sie allen Ernstes behauptet: »Materielle Dinge sind mir völlig gleichgültig, ich möchte mich bei einem Mann emotional geborgen fühlen«, dann heißt das in schönen Worten, dass sie jeden und alles nimmt – Hauptsache, sie kriegt nicht schon wieder einen Korb.

Bei Katie aber ist es anders. Weil sie zum einen gar nicht versucht, mehr herzumachen, als sie wirklich ist. Und weil zum anderen alles, was sie in der Richtung sagen könnte, immer noch eine Untertreibung wäre. Und darum muss sogar ein Typ wie ich ernsthaft überlegen, ob es nicht schlauer wäre, die Waffen zu strecken.

Mein einziger Trost ist, dass es bei der ganzen Suche eigentlich gar nicht um mich geht. Und auch nicht um Katie. Im Gegenteil. Mit einer gewissen Zufriedenheit stelle ich fest, dass das Thema für die Jungs nur ein spannender Zeitvertreib im Urlaub ist. So eine Art Schnitzeljagd. Nur, dass wir nicht ein Schnitzel suchen, sondern eine Keule.

17. Hoch über der Stadt

Weitere drei Stunden später ist es dunkel geworden und wir haben Katie natürlich nicht gefunden. Stattdessen sitzen wir total erledigt auf einer Mauer direkt beim Castell de Bellver, das aus dem 14. Jahrhundert stammt und hoch über der Stadt thront.

Von der Burgmauer aus bietet sich uns ein grandioser Ausblick auf die abendliche Stadt: Direkt unterhalb liegt der Hafen, in dem ein paar Kreuzfahrtschiffe festgemacht haben, die von tausend bunten Lampions beleuchtet werden. Daneben glitzert das Straßengewirr der Stadt, in der selbst um diese Zeit noch viel Verkehr tobt. Und am Horizont erstreckt sich das funkelnde Band der Bucht von Palma, angefangen von Can Pastilla bis hinüber nach Arenal, wo gerade eine neue Nacht mit neuen Abenteuern, neuen Saufgelagen und neuen Begegnungen zwischen willigen Männern und willigen Frauen beginnt.

Wenigstens waren die zurückliegenden Stunden in anderer Hinsicht erfolgreich. Wir kennen uns inzwischen nämlich hervorragend aus in Palma. Und das ist doch auch schon mal was.

Nachdem wir die Uferpromenade bis zum Ende entlanggelaufen sind, haben wir das Stadtviertel El Terreno erkundet. War gar nicht übel. Alte Häuser, kleine Sträßchen, Kneipen in blumenüberwucherten Hinterhöfen und dazu tolle Frauen aus Skandinavien. Was will man mehr?

Außerdem haben wir auf der Avinguda Joan Miró ein asiatisches Restaurant mit einem Selbstbedienungsbüfett entdeckt, das etwa eine Stunde, nachdem wir es betreten haben, die Tür geschlossen und keine weiteren Gäste mehr hereingelassen hat.

Lag an Hacki. *All you can eat* nahm er ganz wörtlich: Friss, was du kannst. Selbst wenn du nicht mehr kannst.

»Ich mag dieses Gedränge am Büfett eigentlich nicht«, hatte er zwischendurch schmatzend erklärt, war aufgestanden und hatte sich seinen Teller zum dreiundzwanzigsten Mal vollgeladen. Wir sahen ihm ungläubig zu, genauso wie das versammelte Personal des Ladens, das allerdings Tränen in den Augen hatte.

Anschließend waren wir hoch zur Burg spaziert. Der Weg dorthin führt durch einen Park, in dem offenbar sämtliche Hundebesitzer von Palma ihre Vierbeiner ausführen, was daran liegt, dass es die einzige nennenswerte Grünanlage in Palma ist.

Und hier sitzen wir nun und fragen uns, wie es weitergehen soll. Das heißt, ich frage mich das eigentlich nicht. Weil es meiner Meinung nach gar nicht weitergehen kann.

»Es war halt ein Glücksspiel – und wir haben verloren. Katie ist nicht wieder aufgetaucht. Aber das ist nicht weiter schlimm«, sage ich versöhnlich.

»Wieso?«, fragt Hacki verblüfft.

»Weil mein Leben dadurch entschieden unkomplizierter wird.«

»Das meinte ich nicht, Jo. Wieso glaubst du, dass wir verloren haben? Du glaubst doch nicht etwa, dass wir jetzt aufgeben?«

»Wie bitte?«

»Na, hör mal. Jetzt geht's doch erst richtig los.«

»Und was genau bedeutet das?«, hake ich misstrauisch nach.

»Ganz einfach. Wir suchen dort weiter, wo Katie sich jetzt gerade höchstwahrscheinlich aufhält.«

»Und wo, bitte schön, soll das sein?«

»Das ist doch logisch. In einer Diskothek. Wie könnte sich schließlich eine Frau, die gerade mit ihrem Freund Schluss gemacht hat, sonst noch ihre Zeit vertreiben?«

»Das hast du doch schon gesagt. Sie geht shoppen.«

»Aber doch nicht abends, du Einfaltspinsel. Da richtet sie sich schick her, geht in einen Club, lernt einen Typen kennen und verbringt mit ihm die Nacht. Danach fühlt sie sich zwar auch nicht besser, aber immerhin hat sie dann das Gefühl, es ihrem Exfreund heimgezahlt zu haben.«

»Klingt einleuchtend.«

»Klar, musst nur mich fragen. Ich kenne mich aus mit Frauen.«

»Darum kriegst du auch nie eine ab«, hätte ich jetzt am liebsten gesagt. Tue ich aber natürlich nicht. Hacki ist ein Freund von mir. Warum sollte ich also an seinem Stolz kratzen?

»Und was schlägst du vor?«, erkundige ich mich.

»Ganz einfach. Wir machen dasselbe wie sie. Wir gehen in die Disco. Und nach dem, wie du mir Katie beschrieben hast, habe ich auch schon eine Idee, in welchem Laden wir sie suchen sollten.«

18. Arenal-Affen

Das *Trolli's* ist so etwas wie die exklusivste Adresse in Palma, wenn man tanzen gehen möchte. Ein Ort, an dem sich Typen amüsieren, denen die Eine-Million-Euro-Jachten gehören, die auf der anderen Seite der Straße im Hafen liegen und dort von ihren Angestellten bewacht werden. Es ist ein Laden, in dem die Mädchen knappsitzende Kleider von Dior und prallgefüllte Brüste von ihrem Schönheitschirurgen tragen. Die Typen lassen ihre Rolex-Uhren aufblitzen, wenn sie bei den livrierten Kellnern einen neuen Gin Tonic oder eine Flasche Schampus bestellen. Und wenn sie den dann serviert bekommen, drücken sie den Angestellten Trinkgelder in die Hand, für die Menschen wie ich eine Woche lang arbeiten müssen.

Mit anderen Worten: Das *Trolli's* ist ein Ort, in dem Leute wie wir höchstens durch den Hintereingang reingelassen werden. Und genau das bestätigt uns der Türsteher auch, als wir vor ihm stehen. Er lächelt uns mitleidig an und schüttelt den Kopf.

»Tut mir leid, *Señores*. Aber ich befürchte, unser Lokal ist bereits voll.«

»Heißt das etwa, wir kommen nicht rein?«, fragt Hacki zurück.

Die Miene des Türstehers wird eisig. »Wie gesagt, es ist *voll*.«

Das ist deutlich: Voll bedeutet nämlich in diesem Zusammenhang, dass zwar in Wahrheit jede Menge Platz ist, aber nicht für Gesocks wie uns.

Klar, am liebsten würde ich dem Typen jetzt klarmachen, dass ich mich nicht so einfach abwimmeln lasse. Bisher bin ich nämlich noch überall reingekommen, wenn ich wollte. Aber in diesem Fall sollte ich mir meine Reaktion auf die Abfuhr sehr genau überlegen. Der Türsteher hat nämlich ungefähr das Format eines Kleinbusses und dazu die Intelligenz eines Neandertalers – keine Erscheinung, mit der ich mich unbedingt anlegen möchte.

Hacki, Schröder, Benni und ich tauschen Blicke aus, und dann ziehen wir uns erst einmal ein paar Meter zurück. Zeit, um zu beraten, was wir tun könnten. Während wir noch miteinander reden, kommen andere Gäste, gehen an uns vorbei, und natürlich werden die von dem Türsteher-Urmenschen mit einem zuckersüßen Lächeln und einer Verbeugung begrüßt und ins Innere eingelassen. Als die Tür hinter den Gästen wieder ins Schloss fällt, richtet sich sein Blick erneut auf uns. Und sein Ausdruck ist noch kühler und verachtender als zuvor. Wir ignorieren ihn erst einmal.

»Also, wer hat einen Vorschlag, wie wir da reinkommen?«, erkundigt sich Hacki.

»Am besten versuchen wir es gar nicht mehr. Lasst uns wieder verschwinden«, meint Schröder. Er ist nicht gerade gut gelaunt. Er kann so abweisende Typen wie diesen Pavian auf den Tod nicht ausstehen. Ich spüre förmlich, wie es Schröder in den Händen kribbelt, ihm mit Schmackes die Meinung zu sagen.

»Lasst es gut sein, Leute«, sage ich. »Schließlich sind wir wegen mir hier. Also lasst mich es einfach nochmal probieren.«

Die Jungs klopfen mir zustimmend und aufmunternd auf die Schultern, und dann steige ich erneut die marmorgefliesten Stufen zum Eingang hoch, bis ich unmittelbar vor dem Türsteher anhalte. Dessen Gesichtsausdruck erinnert inzwischen an den eines Henkers kurz vor Vollstreckung des Todesurteils.

»Hören Sie …«, sage ich vorsichtig. »Wir suchen jemanden. Eine Frau. Es ist wirklich wichtig. Könnten Sie uns nicht einfach kurz reinlassen, und wenn wir sie nicht finden sollten, verschwinden wir augenblicklich wieder?«

Eine Verwandlung vollzieht sich. Der gerade noch eingefrorene Gesichtsausdruck des Türtypens wechselt – von finster in stockfinster. »Verschwinde, du Arenal-Affe. Und geh mit deinen Freunden dahin, wo du hergekommen bist. Dies ist ein Club mit Stil. Hier nix Ballermann – du verstehen?«

Oooookay, Message verstanden. Ich überlege mir gerade eine angemessene Antwort, zum Beispiel in Form von angewandter Gewalt, als Hacki von hinten zu mir hochkommt und mich zur Seite schiebt.

»Hör mal, Meister«, sagt er mit erstaunlich fester Stimme. »Du weißt wohl nicht, wen du hier vor dir hast. Ich an deiner Stelle würde uns nicht nur reinlassen, sondern ich würde dafür sorgen, dass wir den besten Tisch und dazu eine Flasche Schampus aufs Haus bekommen …«

Der Neandertaler grinst müde. »Wen habe ich denn vor mir?«

»Wir sind … Also, du hast bestimmt schon von uns gehört, wir sind wirklich berühmt. Wir sind Schauspieler. Ach, was sage ich, Popstars sind wir. Eine Boygroup. Ja, genau. Wir sind die älteren Brüder von *Take That*. Und wir haben Geld ohne Ende. Wir sind echte Promis und …«

Der Türsteher lässt die Knöchel seiner Hände knacken, und Hacki verstummt. »Wenn du weiter meine Zeit verschwendest und hier vor der Tür herumlungerst, dann sorge ich eigenhändig dafür, dass du wirklich prominent wirst. Aber es wird wehtun, das verspreche ich dir.«

Während Hacki und ich dastehen und nun gemeinsam nach passenden Worten suchen, stößt Benni zu uns. Er lächelt den Türsteher an und will gerade etwas sagen, als der ihm zuvorkommt. »Du kannst rein, Hübscher. Aber zieh dir vorher was an. Eine Badehose ist nun wirklich zu wenig. Aber deine Freunde bleiben draußen …«

»Entweder alle oder keiner.«

»Ganz wie du willst.«

Benni, Hacki und ich überlegen also zu dritt, was wir tun könnten, als Schröder uns zur Seite drängt. Er räkelt sich, was ein wirklich beeindruckendes Spiel seiner ebenso beeindruckenden Muskeln erzeugt, lehnt sich dann nach vorne und flüstert dem Türsteher etwas ins Ohr.

Dessen Gesichtsausdruck verändert sich erneut – von wutschnaubend in … zuckersüß. Dann verbeugt er sich leicht, murmelt etwas davon, dass Gäste wie wir immer und stets willkommen wären, und will sogar jedem von uns, während wir an ihm vorbeigehen, einen Wangenkuss aufdrücken. Wir verzichten freiwillig und weichen ihm aus.

Kurz darauf stehen wir im Gewühl und warten drauf, dass uns der Kellner etwas zu trinken besorgt, denn das hatte ihm der Türsteher eigens noch aufgetragen.

»Mensch, Schröder. Wie hast du das denn geschafft?«, erkundigt sich Hacki. Er ist genauso verblüfft wie Benni und ich.

Schröder winkt ab. »Ist doch egal. Hauptsache, wir sind drin.«

»Jetzt erzähl schon.«

»Nichts Besonderes, Jungs. Lassen wir es einfach dabei.«

Wir kennen Schröder gut genug, um zu wissen, dass wir von ihm nichts mehr erfahren werden. Trotzdem ahne ich die Antwort: Der Neandertaler war dem Homo sapiens schon vor 50 000 Jahren unterlegen. Und heute ist es genauso. Und zwar nicht nur in Sachen Intelligenz, sondern auch bei handfesten Auseinandersetzungen. Und so wie ich Schröder einschätze, hat er dem Türsteher genau eine solche angeboten. Und Schröder ist nun einmal ein Typ, mit dem sich sogar ein Türsteher nicht freiwillig anlegt.

Trotzdem ahnen wir, dass wir nicht sehr viel Zeit haben, um uns hier umzusehen. Denn früher oder später wird der Typ seine Meinung ändern und mit Verstärkung zurückkommen. Es wird ihm nicht schwerfallen, uns hier im Gedränge der übrigen Gäste zu finden. Hacki, Benni, Schröder und ich sind in dieser Umgebung ungefähr so auffällig wie vier Pitbulls auf einer Rassepudelshow.

Ich streife daher schleunigst durch die großzügigen Räume der Disco und weiß sehr bald, dass sich der Besuch in jedem Fall gelohnt hat. Ich bin nämlich um zwei Erkenntnisse reicher.

Erstens, Katie ist nicht hier.

Zweitens hätte ich, wenn Katie hier gewesen wäre, schnell wieder die Flucht ergriffen, ohne sie überhaupt anzusprechen. Die Schönen und Reichen, die sich in diesem Laden tummeln, sind zwar wirklich schön und reich. Aber außerdem sind sie ziemlich widerlich.

»Hier nix Ballermann« – ich habe die Worte des Türstehers noch genau im Ohr. Aber es ist totaler Quatsch. Weil es ganz genauso ist wie in Arenal. Es wird gebaggert, getanzt, geflirtet und gesoffen. Nur dass der Spaß hier ungefähr das Zehnfache kostet und sich die Gäste außerdem für etwas Besseres halten. Darum gibt es auch nicht Bier, Schnaps und Sangria, sondern

Cocktails, Prosecco und Jahrgangs-Whiskey. Ist das wirklich besser?

Eigentlich möchte ich so schnell wie möglich wieder raus hier. Aber zu meiner Überraschung stelle ich fest, dass wenigstens einer von uns wirklich Spaß hat: Benni. Und zwar gleich doppelt. Er hat nämlich zwei alte Bekannte wiedergetroffen, Michelle und Jacqueline, die beiden Silikonschönheiten, die gestern neben uns am Strand lagen und die, wie sich herausstellte, in unserem Hotel wohnen. Die beiden waren zwar ursprünglich hierhergekommen, um sich einen Typen mit Jacht, Porsche und Villa zu angeln, aber Benni hat eben auch seine Qualitäten.

Schröder, Hacki und ich suchen daher unser Glück an der Theke. Wir überprüfen den Inhalt unserer Brieftaschen und beschließen, dass heute sowieso alles egal ist. Also bestellen wir eine Flasche Champagner. Ja, auch wir *Arenal-Affen* haben unseren Stolz.

Der Kellner ist noch damit beschäftigt, die Flasche aufzumachen und unsere Champagnerschalen zu füllen, als wir merken, dass sich etwas um uns herum zusammenbraut.

Es ist genau so, wie ich es mir gedacht habe: Der Türsteher hat es sich anders überlegt. Und offenbar ist er jetzt der Meinung, dass wir doch nicht ins *Trolli's* gehören. Um uns das zu sagen, hat er offenbar zehn seiner besten Freunde mitgebracht …

Hacki und Schröder merken es ebenfalls im gleichen Moment. Während sich der Ring der Rausschmeißer langsam um uns schließt, tauschen wir kurz unsere Einschätzungen der Lage aus.

Hacki bringt es auf den Punkt: »Leute, wir haben ein Problem.«

»Vielleicht sollten wir lieber von hier verschwinden. Und

zwar schnell«, sagt Benni, der in diesem Moment zu uns stößt, mit den beiden Airbag-Mädchen im Arm.

»Zumal der Laden ohnehin kein Hit ist«, füge ich hinzu.

Die Muskeltypen rücken noch näher. Jeder von ihnen sieht aus, als könnte er es locker mit Mike Tyson aufnehmen.

Unser eigentliches Problem heißt allerdings Schröder. Der sitzt vollkommen gelassen auf seinem Barhocker und schlürft seelenruhig seinen Champagner. So als wenn alles in bester Ordnung wäre.

Mich befällt eine unheilvolle Ahnung. Schließlich kenne ich Schröder nicht erst seit gestern. »Trink aus, Alter. Wir sollten jetzt wirklich schleunigst verschwinden.«

Wie befürchtet überhört er meine Worte einfach. »Ich kann schon verstehen, warum die Reichen so von Champagner schwärmen. Schmeckt einfach besser als Spumante. Trocken, feinperlig, edel. Könnte ich öfter haben.«

»Schröder! Wenn wir nicht sofort das Weite suchen, haben wir gar nichts öfter. Außer ein paar gebrochenen Knochen. Lass uns endlich gehen.«

Auch Hackis Worte bleiben ohne die geringste Wirkung. Schröder schüttelt lächelnd den Kopf. »Ich gehe nirgendwohin. Ich habe diesen Champagner bezahlt. Und ich werde ihn trinken. Und zwar in aller Ruhe.«

»Dann mach wenigstens einen *Schampus-to-go* draus«, schlägt Benni vor.

Dem schließe ich mich an: »Gute Idee. Wir nehmen die Pulle einfach mit und setzen uns draußen an den Hafen. Ist ohnehin viel schöner da.«

»Falls du es nicht bemerkt hast, Schröder. Die Typen da sehen nicht so aus, als wollten sie mit uns Karten spielen oder sich gar unterhalten …«, sagt Hacki.

»Habe ich bemerkt«, meint Schröder nur. Dann räkelt er

sich erneut und lässt seinerseits die Knöchel knacken. Uns ist klar, was er damit meint.

Ich hätte es ahnen können. Schröder ist eigentlich ein herzensguter Mensch, der keiner Fliege etwas zuleide tut. Aber es gibt Dinge, die er nicht mag. Und Ungerechtigkeit gehört dazu. Das hat durchaus Tradition bei ihm, schließlich stammt er aus einer alten Bergarbeiterfamilie im Ruhrgebiet, die seit über hundert Jahren für die Rechte des kleinen Mannes kämpft (weswegen sie jüngst allesamt aus der SPD ausgetreten sind). Und in diesem Falle sieht Schröder sich selbst als kleinen Mann.

Jetzt ist es ohnehin zu spät. Der Anführer der Meute – der Türsteher von vorhin – tritt auf uns zu, während seine Freunde uns gekonnt von den übrigen Gästen abschirmen.

»Jungs, ich schlage vor, ihr verlasst jetzt sofort das Lokal. Und zwar so schnell, leise und unauffällig, wie ihr überhaupt könnt.«

Um den Worten ihres Sprechers Nachdruck zu verleihen, spüren wir alle vier, wie uns Hände von der Größe eines Mülleimerdeckels am Genick packen und uns spüren lassen, was *Kraft* ist.

Schröder zuckt nur mit den Schultern und wendet sich lächelnd an den Rausschmeißertrupp. »Sagt mal, Jungs, findet ihr das wirklich cool, in einer Disco Sonnenbrillen zu tragen?«

Ich mag Schlägereien nicht. Aber Beleidigungen mag ich erst recht nicht. Und das sehen Hacki und Benni genauso. Und Schröder sowieso.

Was dann passiert, tut mir von Herzen weh. Weil ich zum Beispiel den Champagner lieber getrunken hätte, als dabei zuzusehen, wie Hacki die Flasche nimmt und dem Typen, der ihn gepackt hat, über den Schädel zieht. Oder den Barhocker, auf dem ich gerade noch gesessen habe. Der würde sich gut in unserer Wohnung machen. Jedenfalls viel besser als in dem Spiegel hinter dem Tresen, wo er gleich noch eine ganze Batterie teurer Cocktailflaschen in Scherben verwandelt.

Oder der Typ, dem Benni mit einem gezielten Fausthieb zeigt, dass seine Bauchmuskeln doch nicht so beeindruckend sind – mit dem hätte ich viel lieber in aller Freundschaft ein Bier getrunken. Genauso wie mit seinen beiden Kollegen, denen ich mal eben beweisen muss, dass Karate, Kung-Fu und der ganze andere Mist nichts taugen, jedenfalls nicht gegen einen durchtrainierten Handballer wie mich. Ich bin schnell, geschickt und ich weiß, wie ich mit einem Bodycheck umgehen muss. Tut mir sehr leid für euch, Jungs.

Und auch für die anderen Gäste, die ja eigentlich tanzen und ihren Spaß haben wollten. Aber die meisten von ihnen haben sich unserer Meinung angeschlossen. Sie finden, dass es viel mehr Spaß macht, eine Diskothek zu verwüsten – aus den Möbeln Kleinholz zu machen, die Topfpflanzen auszutopfen und auf ihre Flugeigenschaften hin zu testen und die ohnehin kitschigen Säulen in ihre Bestandteile zu zerlegen –, als einfach nur zu baggern und gepflegt Drinks zu sich zu nehmen … Ja, so gesehen ist das *Trolli's* doch kein so übler Laden.

Als wir etwa eine halbe Stunde später auf der Straße stehen, sind wir zwar pleite, müde und betrunken, aber auch so etwas wie glücklich und zufrieden. Trotz mancher Blessuren, die wir abbekommen haben.

Es hat einfach Spaß gemacht, im *Trolli's* ein wenig aufzuräumen. Und dem Personal klarzumachen, dass wir zwar möglicherweise *Arenal-Affen* sind, aber dass wir trotzdem das Recht haben, in aller Ruhe einen Champagner zu trinken. Genau wie alle anderen Gäste.

19. Die Ehe und andere Katastrophen

Ich liege in meinem Bett im Hotelzimmer und weiß nur eins: Mein Kopf ist da, wo es wehtut.

Was war nochmal gestern? Meine Erinnerung ist wie ein Puzzlespiel. Lauter einzelne Stückchen, die sich nur mit viel Mühe zu einem ganzen Bild fügen. Da war der Morgen am Pool, dann der Ausflug nach Palma und die Suche nach Katie, anschließend die Nacht im *Trolli's* und am Ende die Fahrt zurück nach Arenal.

Ach ja, und dann war da noch ein ausgewachsenes Besäufnis an der Hotelbar. Da wir nach dem Erlebnis in der Diskothek ziemlich erledigt waren, verordnete Hacki uns zur Stärkung eine Obstkur. »Ihr braucht jetzt ein paar Vitamine für eure Gesundheit«, erklärte er uns.

Erst gab es Kirschwasser, dann Wodka-Apfelsaft, danach Campari-Orange und schließlich Weizenbier-Banane. Ja, das alles ist wohl eine gute Erklärung für meinen Zustand.

Kennt ihr übrigens dieses Gefühl, dass man etwas unbedingt tun wollte, aber dass man dann doch richtig froh ist, es letztlich nicht getan zu haben?

Zum Beispiel, wenn man mit dem Rauchen aufhören will. In den Zeiten des härtesten Schmachts scheint es nichts Schöneres zu geben, als einfach nur eine Zigarette zu rauchen. Man würde ein Vermögen für eine einzige Kippe ausgeben. Man wäre bereit, seine Frau für eine Fluppe zu verlassen. Oder notfalls einen Kiosk zu überfallen, nur um an eine Packung Zigaretten zu kommen. Und dann, wenn das ärgste Verlangen vorbei ist, ist man doch unendlich erleichtert, dass man all das nicht getan hat.

So ähnlich geht es mir nämlich mit Katie. Klar hätte ich sie gerne wiedergesehen und das Abenteuer, das wir in der Nacht nicht erlebt haben, nachgeholt. Aber andererseits ist es auch nicht schlimm, dass es nicht dazu gekommen ist. Weil mein Leben jetzt nämlich einfach so bleiben kann, wie es ist.

Ich kann ganz friedlich hier im Bett liegen, meinen Kater auskurieren und mich mit meiner überschaubaren Zukunft abfinden.

Okay, angenommen wir hätten Katie gestern Abend gefunden, könnte ich möglicherweise jetzt auf den besten Sex meines Lebens zurückblicken. Und ich wüsste möglicherweise, dass reiche Mädchen Dinge tun, die andere Mädchen sogar für viel Geld nicht tun würden. Und ich hätte Gewissheit darüber, dass Katie auch ohne Kleider so bombig aussieht, wie sie es mit Kleidern tut.

Aber will ich das alles überhaupt wissen? Ist es nicht einfach auch mal schön, im Bett zu liegen und keinen Sex gehabt zu haben? Ist es nicht viel toller, ein ganzes Doppelbett für sich allein zu haben? Und ist es nicht allemal besser, manche Träume ganz einfach Träume sein zu lassen?

Okay, ist es nicht. Ihr müsst es nicht auch noch sagen. Ich weiß auch so, dass ich ein Schwachkopf bin. Um genau zu sein: ein Schwachkopf, der sich inmitten eines ausgewachsenen Panikzustandes befindet, in den alle Männer geraten, die heiraten müssen.

O Gott, warum habe ich mich nur auf all das eingelassen? Und weshalb greife ich nicht einfach zum Telefonhörer, rufe

Nina an und sage, dass alles nur ein Spaß war? Und dass sie sich gefälligst einen anderen zum Heiraten suchen soll? Ich hätte nämlich noch eine Menge Dinge zu erledigen. Stichwort Sex. Und das ginge mit anderen Frauen nun einmal besser. (Ihr wisst schon, alles ist besser als zu Hause …)

Schwungvoll drehe ich mich noch einmal zur Seite und versuche zu schlafen. Klappt aber nicht. Muss also aufstehen.

Ich ziehe meine Badehose an und mache mich, immer noch etwas schwankend, auf den Weg zum Pool. Im Schatten einer Palme werde ich meinen Kater garantiert viel besser überwinden. Und wenn ich erst einmal keine Kopfschmerzen mehr habe, dann versöhne ich mich bestimmt auch wieder mit meinem unausweichlichen Schicksal als verheirateter Mann.

20. Olympische Spiele

Auf dem Weg nach unten mache ich meine allmorgendliche Visite bei den anderen Patienten. Hacki, Schröder und Benni wohnen nämlich im selben Stock wie ich. Unsere Zimmer liegen direkt nebeneinander.

Ich klopfe bei jedem Einzelnen an die Tür, und jedes Mal erklingt ungefähr die gleiche Antwort. Etwa so:

»Hilfe, ich sterbe. Mein Schädel.«

»Ich gehe schon mal runter an den Pool«, sage ich.

»Ich komme nach, falls ich überlebe«, röchelt Hacki.

»Bis später«, stöhnt Benni.

»Und bestell mir schon mal ein Bier«, wimmert Schröder.

Echte Helden, denke ich spöttisch – und fasse mir in der nächsten Sekunde an den Kopf, in dem gerade eine Hiroshima-Bombe explodiert.

Dass wir uns übrigens nicht mehr wie früher jeweils zu zweit ein Zimmer teilen, sondern jeder ein eigenes Zimmer bewohnen, hat seine Gründe. Hacki zum Beispiel schnarcht. Ist nicht so schlimm, sagt ihr? Euer Freund oder eure Freundin schnarcht auch? Und man gewöhnt sich an alles? Und irgendwann hört man es gar nicht mehr?

Klar, ihr habt bestimmt Recht. Kann aber daran liegen, dass ihr am Presslufthammer arbeitet oder mit der Pflege des Autobahnmittelstreifens betraut seid oder auch mit dem Heranwinken von Düsenjets auf dem Flughafen. Dann machen euch solche nächtlichen Geräusche, wie Hacki sie ausstößt, nichts aus. Weil euer Gehör ohnehin nicht mehr vorhanden ist.

Alle anderen aber würden ihm spätestens nach der ersten Nacht das Kopfkissen aufs Gesicht drücken, und zwar so lange, bis Stille herrscht. Weil sich das, was Hacki an Lärm produziert, als Geheimwaffe beim Militär einsetzen ließe, um in mehreren Hundert Kilometern Entfernung Häuser zum Einsturz zu bringen oder Flutwellen auszulösen. Das ist nicht Schnarchen. Das ist akustische Körperverletzung, und zwar mit Todesfolge. Von daher scheidet Hacki definitiv als Zimmergenosse aus.

Bei Benni liegt die Sache anders. Er braucht eigene vier Wände, weil er, sobald er ein Hotelzimmer betritt, instinktiv den Pornokanal an seinem TV einschaltet und dann stundenlang wie hypnotisiert auf den Bildschirm starrt. Er nimmt auch keine Rücksicht darauf, wenn ein Zimmergenosse vielleicht schlafen möchte. Er sieht oft die ganze Nacht lang dabei zu, wie sich Männer und Frauen, Frauen und Frauen und Frauen und Dildos gegenseitig befruchten, und er ist der felsenfesten Überzeugung, dass es sich dabei um hochwertige Dokumentarfilme handelt, die man doch ohne weiteres auch im ganz normalen Free-TV zeigen könnte. Gut, kann er machen. Aber eben bitte alleine.

Der schlimmste Fall ist Schröder. Ihn will man auf keinen Fall in seinem Zimmer haben. Schröder, 37 Jahre alt, ist nämlich genau wie Hacki seit Ewigkeiten verheiratet. Mit Gabriele. Und er liebt sie. Darum hat er die seltsame Angewohnheit, sie jeden Tag mindestens zweimal anzurufen. Und dann geschehen unfassbare Dinge, bei denen einfach niemand mit ihm im selben Raum sein möchte.

Stellt es euch so vor: Schröder, der eine Statur wie Hulk

Hogan hat und alles in allem ein Typ ist, dem die meisten Menschen nicht bei Dunkelheit begegnen wollen, hockt auf seinem Hotelbett, hält den Telefonhörer ans Ohr (der in seiner riesigen Pranke fast verschwindet) und säuselt mit butterweicher Stimme in die Sprechmuschel:

»Na, wie geht es denn meiner kleinen süßen Kuschelmuschelmaus? Bist du denn nicht zu einsam ohne deinen großen Wollebollebär und ganz ohne die Schmusedusekuschelbuschelstunden mit ihm? ... Ja, natürlich denke ich an dich, meine süße Hasenschnuckelmaus. Und ich freue mich jetzt schon drauf, dich bald wieder in meinen Händen zu halten und mein kleines Wonnepronne-Kuschelpuschel-Hasinasi-Schätzchen zu verwöhnen ... Ja, dann bis morgen. Und ein dickes Kussibussi ...«

Woraufhin Schröder auflegt und – sollte eben doch jemand mit ihm im Raum gewesen sein – diese andere Person mit Killerblicken ansieht und sie mit einer Stimme, die ungefähr drei Oktaven tiefer ist als noch vor einer Minute, anherrscht: »Hör auf, mich so anzugucken, oder ich stampf dich so zusammen, dass du deine Knochen nummerieren und einzeln wieder zusammensuchen kannst, klar?«

»Klar, Schröder. Und grüße nächstes Mal deine Poffeltoffel-Schnuffelduffel-Hasenkatzenbibermaus von uns.«

Ich finde tatsächlich eine freie Liege direkt am Pool und breite mein Handtuch darauf aus. Vorsichtig lasse ich mich nieder. Perfekt.

Das Einzige, was nervt, ist dieses merkwürdige, langgezogene Stöhnen, dessen Ursprung ich nicht ausmachen kann. Kann man denn nirgendwo seine Ruhe haben?

Okay, ein paar Minuten später stelle ich fest, dass ich selber die Quelle dieser Geräusche bin. Ich stöhne nämlich alle zwanzig Sekunden. Vermutlich ist das genau der Abstand, in dem mein Zentralnervensystem die Schadensbilanz der vergangenen Nacht aufstellt und mir Warnsignale der Alarmstufe Rot zukommen lässt. In Form von Stichen, die durch meinen Schädel zucken. Noch ein paar solche Nächte und in meinem Kopf ist nichts mehr übrig, was wehtun könnte.

Wusstet ihr eigentlich, dass auf Malle seit längerem so eine Art *Olympische Spiele* ausgetragen werden? Dabei geht es darum herauszufinden, wer, also welche Nation, die Härtesten unter den Harten sind.

Vermutlich seid ihr kaum überrascht, wenn ich euch verrate, dass es beim Medaillenspiegel bis vor einigen Jahren ein ziemlich enges Kopf-an-Kopf-Rennen zwischen Deutschen und Engländern gab.

Die Briten liegen bei einigen Disziplinen ganz klar vorne. Zum Beispiel, wenn es darum geht, innerhalb eines einzigen Premier-League-Spiels eine Kneipe restlos leerzutrinken, sämtliche vorübergehenden Passanten anzupöbeln, die Kellnerin zu schwängern und danach ohnmächtig auf dem Fußboden in einer Pfütze aus eigenem Erbrochenem liegen zu bleiben. Da macht den Freunden von der Insel wirklich niemand etwas vor. Respekt.

Auch im Betrunken-in-der-Sonne-liegen-und-innerhalb-eines-Tages-Hautkrebs-Kriegen sind die Briten ungeschlagen. Und erst recht im Wie-viel-muss-ich-trinken-bis-ich-meine-Freundin-schön-Finde. Einfach klasse.

Aber wir Deutschen haben auch unsere Standarddisziplinen, in denen uns keiner den Rang abläuft. Zum Beispiel abends im *Bierkönig*, wenn es darum geht herauszufinden, wie viele Jungs auf einmal auf einen quadratmetergroßen Tisch passen, und dabei »Weiß-der-Geier-oder-weiß-er-nicht« von Wolfgang Petry zu singen. Da sind wir unbesiegbar.

Oder diese Sache mit den Sangria-Eimern und den Strohhalmen – das ist eine unserer Königsdisziplinen. Es geht dabei übrigens gar nicht darum, einfach nur Flüssigkeit aus einem möglichst großen Abstand mit einem möglichst dünnen Plastikröhrchen in sich hineinzusaugen. Kinderspiel. Nein, die echten Meister schaffen es dabei auch noch, mittels geschickter Saugtechniken ihren Strohhalm so zu verformen, dass er den Vornamen eines Mädchens abbildet, mit dem sie etwas anfangen wollen. Und dieses Mädchen ist daraufhin so gerührt, dass es zu allem Ja sagt.

Der springende Punkt ist, dass seit ungefähr zwei Jahren ein neuer Konkurrent aufgetreten ist. Und es ist nicht übertrieben zu behaupten, dass der das gesamte Feld aufgerollt hat und sich eine Goldmedaille nach der anderen um den Hals hängt.

Von wem ich rede? Na, von den Typen, die die hässlichsten Klamotten, die schlechtesten Frisuren, die miesesten Zähne und die hübschesten Frauen haben. Und bei denen *Saufen* erst da anfängt, wo andere Menschen schon besinnungslos unter dem Tisch liegen. Weil sie sich schon morgens mit Hochprozentigem die Zähne putzen und überhaupt statt Wasser ausschließlich Schnaps zu sich nehmen.

Schon klar, um wen es geht, oder? Genau. Ich rede von RUSSEN – einer Nation, deren Bewohner mehr trinken als Deutsche, Engländer und Schweden zusammen. Und die uns endlich klarmachen, dass wir gar nicht so schlimm sind, wie wir immer dachten.

Wie ich darauf komme? Ganz einfach. Weil ich, während ich so auf meiner Liege vor mich hin döse und anfange, mich zu regenerieren, folgenden Dialog aus Richtung der Poolbar mitanhören muss:

»Andrej, mein Towarischtsch, komm herrrr, lass dirrr umarrrmen, mein Frrreund. *Nastrowje.*«

»Sergej, wie scheen, disch zu sähen. In meine Arrrme. Was dänkst du, werrrden wirrr machen heite?«

»Heite? Isch schlage vorrr, wir trrrrinken etwas. Was meinst du?«

»Gute Idä, mein Frrreund. Aber isch habe bässere. Wir kennten einfach etwas trrrinken, mein Freund.«

»Sehrrr gutt, Towarischtsch, sehrrr gutt. Aber davor schlage ich vor, wirrr trinken etwas.«

So geht es hin und her, und ich höre mir das an, bis mich eine Stimme direkt neben mir aus den Gedanken reißt.

»Ekelhafte Typen, oder?«

Ich blicke zur Seite. Schröder lässt sich gerade neben mir nieder. In der Hand hält er ein großes frisch gezapftes Bier. Er sieht aus dunkel umränderten Augen zu den Russen hinüber und schüttelt angewidert den Kopf. »Ich meine, die haben doch wirklich nur Saufen im Kopf.«

»Und Fressen«, ergänzt Hacki, der seine drei Zentner Lebendgewicht auf eine weitere Liege plumpsen lässt und dabei versucht, die Currywurst mit Pommes auf dem Teller zu balancieren.

»Und Frauen«, fügt Benni hinzu und schielt dabei zu den Oben-ohne-Schönheiten auf den anderen Liegen hinüber.

»Ich glaube, die wollen uns unsere Insel wegnehmen«, sagt Hacki missbilligend.

»Dabei haben die doch genug eigene Inseln.«

»Ach ja?«, fragt Benni. »Welche denn?«

»Also … die Krim zum Beispiel«, meint Schröder.

»Das ist keine Insel, das ist ein Sekt.«

»Und in Russland liegt das auch nicht.«

»Na ja, dann halt … Sibirien.«

»Das ist auch keine Insel.«

»Aber in Russland.«

Benni wiegt zweifelnd den Kopf. »Andererseits sagt man, die haben die schönsten Frauen. Und wenn die alle nach Sibirien fahren, dann sollten wir da vielleicht auch mal hin, oder?«

»Es gibt auch gute Frauen, die keine Russinnen sind.«

»Zum Beispiel die Rothaarige da hinten«, stimmt Benni zu und nickt in eine bestimmte Richtung.

»Mann, wie könnt ihr um diese Uhrzeit schon den Weibern hinterhersehen? Ich für meinen Teil wäre mit etwas zu essen zufrieden. Dieser kleine Happen hier hat mir richtig Appetit gemacht«, sagt Hacki.

»Und noch ein Bier wäre auch nicht schlecht«, fügt Schröder hinzu.

»Ich komme nach. Muss erst mal rausfinden, wie die Kleine heißt und welche Zimmernummer sie hat«, meint Benni.

»Ach, Jungs – ich liebe euch«, bleibt mir da nur zu sagen. »Und ich glaube, das mit den Russen, das kriegen wir auch noch hin. Irgendwie sind die ja gar nicht so anders als wir.«

21. Pool-Träume

Es ist Zeit für eine Erfrischung. Ich stehe auf, überprüfe kurz, ob mein Gleichgewichtsorgan die Arbeit wieder aufgenommen hat, und gehe dann zum Pool rüber, in den ich mit einem eleganten Kopfsprung hineingleite.

Mann, tut das gut. Ich ziehe meine Bahnen durchs Wasser und merke, wie das Blut in meinen Adern allmählich wieder flüssig wird. Wie die Kopfschmerzen nachlassen. Und wie sich mein ganzer Körper endlich wieder nach lebendem Mensch und nicht nach Leiche anfühlt.

Um übrigens einem Missverständnis vorzubeugen – ich mache im Urlaub durchaus noch mehr als schlafen und trinken. Zum Beispiel treibe ich Sport. Meistens gemeinsam mit Schröder und Benni. Wir schwimmen, fahren Fahrrad, spielen Tennis, und ich für meinen Teil leihe mir fast jeden Tag ein Surfboard und pflüge draußen auf dem Ozean durch die Wellen.

Hacki ist leider als Sportpartner ausgefallen, seitdem ihm sein Körperumfang an jeder Form von Fortbewegung hindert, die schneller als Dahinschleichen ist. Das kann er allerdings besser als jeder andere.

Ich erinnere mich gut an das letzte Tennismatch, das ich mit Hacki ausgefochten habe. Das muss im Urlaub vor zwei oder drei Jahren gewesen sein.

Er stand direkt am Netz, hatte in jeder Hand einen Schläger und schlug brav jeden Ball zurück, den ich genau gegen die Bespannung seiner Rackets platzierte. Alle anderen Bälle dagegen landeten auf dem Feld und brachten mir Punkte – allerdings keinen Spaß.

»Ich weiß nicht, Hacki. Meinst du wirklich, mit diesem Stil gewinnst du ein Match?«

»Nein.«

»Aber?«

»Ich muss dabei nicht so viel rennen.«

»Ist aber gegen die Regeln.«

»Du meinst, das mit den zwei Schlägern?«

»Mmh.«

»Mach dich nur lustig über mich, Jo. Du hast ja keine Gewichtsprobleme, schlank wie du bist. Aber auch nur, weil dein Körper zufällig mehr Kalorien verbraucht, als du zu dir nimmst. Bei mir ist es halt ungekehrt. Und deswegen werde ich permanent diskriminiert. Mir reicht's jetzt. Ich suche mir einen anderen Sport. Schach oder so was. Vielleicht auch Formel 1.«

»Du meinst, als Zuschauer.«

»Natürlich als Zuschauer. Oder meinst du, ich passe mit meiner Figur noch in einen Boliden rein?«

Bestimmt zwanzig Minuten oder eine halbe Stunde ziehe ich meine Bahnen. Genau so lange, bis ich total erschöpft bin. Dann steige ich aus dem Wasser und lege mich direkt am Pool auf die von der Sonne aufgeheizten Steine.

Es ist ein perfekter Moment. Ich liege da, horche auf die Plätschergeräusche des Wassers und genieße jeden Atemzug. Über mir strahlt eine heiße mallorquinische Sonne an einem wolkenlosen blauen Himmel. Ein sanfter Wind weht vom Meer her und bringt genau die richtige Dosis Kühlung mit sich. Ein paar Meter entfernt lärmen immer noch die Russen, aber selbst das kann meine innere Ruhe nicht stören. (Sie sitzen inzwischen an der Poolbar – ihr wisst schon, so ein Ding, wo man bis zum Bauch im Wasser hockt und einen Tresen vor sich hat – und versuchen dort, den Barkeeper davon zu überzeugen, dass es doch viel einfacher wäre, die Tresenbedienung einzusparen und dafür das ganze Schwimmbad mit Wodka zu füllen. Klingt vernünftig.)

Es ist einfach schön, lebendig zu sein. Es ist schön, zu wissen, dass ich jung, gesund und voller Pläne und Ideen bin. Dass ich erst in fünf Tagen heiraten werde und dass die Zeit bis dahin vermutlich die schönste meines gesamten restlichen Lebens sein wird.

»Hallo, Jo. Wie schön, dass wir uns wiedersehen.«

Seht ihr – ich träume sogar schon. Ich liege am Pool und bin vermutlich eingeschlafen. Ich träume davon, dass ich Katies Stimme höre. Sie steht vor mir und redet mit mir, und in meinem Traum antworte ich ihr. Vielleicht spreche ich die Worte sogar wirklich aus. Nicht laut, aber deutlich genug.

»Hallo, Katie. Schön ist gar kein Ausdruck. Ich kann dir gar nicht sagen, wie sehr ich mir gewünscht habe, dass wir uns noch einmal begegnen«, sage ich.

»Ja, das ging mir genauso.«

Verrückt, nicht? Das Ganze kommt mir so real vor, als würde es wirklich passieren. Darum weigere ich mich auch, die Augen aufzumachen und mich davon zu überzeugen, dass es in Wahrheit gar nicht geschieht. Ich träume lieber weiter.

»Jo? Willst du denn nicht aufstehen und mich begrüßen?«, fragt Katie.

Schade, mein Traum ist nicht mehr ganz so schön wie gerade eben noch. Ihre Stimme verrät nämlich eine gewisse Ungeduld. Gleichzeitig scheint sie sich zu amüsieren.

»Nein, will ich nicht. Ich will einfach hier liegen bleiben. Alles, was ich will, ist meine Ruhe haben und weiterträumen.«

»Oh … das tut mir leid. Aber ganz wie du möchtest. Ich wollte dir bestimmt nicht auf die Nerven gehen oder dir gar hinterherlaufen.«

»Dann ist ja gut.«

Mein Traum ist so realitätsnah, dass ich jetzt sogar die Geräusche von Schritten hören kann, die sich von mir entfernen. Verrückt, oder? Na ja, liegt vermutlich alles immer noch am Alkohol.

22. Sonst geht's dir noch gut?

Die nächste Stimme, die ich höre, ist die von Hacki. Und sie holt mich abrupt aus meinem Traum zurück. »Sag mal, Jo. Wer war *das* denn gerade? Willst du mich nicht mal vorstellen? Das war ja 'ne Granate, das Mädchen.«

Diesmal mache ich die Augen auf, zumal sich sowieso ein eher kühler Schatten auf meinem Körper ausgebreitet hat. Hackis Umfang reicht locker, um ganze Regionen die Auswirkungen einer kurzfristigen Sonnenfinsternis spüren zu lassen.

»Welches Mädchen?«, frage ich.

»Na das, mit dem du gerade geredet hast.«

»Ich habe mit keinem Mädchen geredet.«

Hacki legt den Kopf schief, was ungefähr so aussieht wie bei einem Schneemann, bei dem die oberste kleine Schneekugel gerade von der großen dicken Schneekugel herunterrollt.

»Sag mal, Jo – hast du heute schon was getrunken?«

»Nein.«

»Dann leidest du vielleicht an akutem Gedächtnisverlust. Oder du willst mir nicht verraten, wer sie war. Kann ich verstehen, solche Mädchen teilt man nicht gerne. Schon gar nicht mit einem Typen wie mir.«

Er wirft einen schmachtenden Blick über die Gartenanlage des Hotels in Richtung Ausgang – und dann sehe ich sie auch, die schlanke Frau, die Sandalen und ein weißes Sommerkleid trägt und mit einem grazilen Hüftschwung die Hotelanlage verlässt.

»Ist sie wirklich da, Hacki?«, erkundige ich mich.

»Absolut.«

»Dann war das also kein Traum?«

»Doch, schon. Aber ein sehr realer und vor allem ein sehr geiler Traum.«

»Und ich, ich bin wohl der größte Idiot der Welt.«

»Sagen wir mal von Deutschland. Oder wenigstens von Mallorca.«

Zum Glück höre ich Hackis Antwort schon gar nicht mehr. Ich springe auf und spurte los – schneller als jemals zuvor in meinem Leben.

»Katie! Warte! Warte bitte.«

Sie ist schon ein gutes Stück die Straße hinuntergegangen und steuert gerade auf einen geparkten Sportwagen zu. Jetzt bleibt sie stehen, macht aber nicht kehrt.

»Katie, bitte! Warte einen Moment.«

Völlig außer Atem erreiche ich sie und bleibe wenige Schritte vor ihr stehen. Ganz langsam dreht sie sich zu mir um – sie trägt, wie gesagt, ein schneeweißes, knöchellanges Sommerkleid und sieht aus, als käme sie gerade vom Casting für einen neuen Raffaelo-Werbespot. (Ihr wisst schon, Genuss pur, ganz ohne Schokolade.)

Ich dagegen könnte, wenn überhaupt, gerade Werbung für Sonnencreme oder Langnese-Eis machen. Ich trage nämlich nichts weiter als eine nasse Badehose am Leib, so als käme ich geradewegs aus dem Swimmingpool, was ich ja auch wirklich tue. Das ist jedenfalls nicht unbedingt der Aufzug, den man sich wünschen würde, wenn man der Frau gegenübertritt, an die man die zurückliegenden 36 Stunden gedacht hat. Oder doch?

Für einen Moment sehen wir uns stumm an. Dann verziehen sich ihre Mundwinkel zu einem Lächeln und sie sagt: »Hallo, Jo. Ich dachte, du wolltest deine Ruhe haben. Ich wollte dich bestimmt nicht stören.«

»Wenn es überhaupt einen Menschen gibt, der mich stören darf, dann bist du das.«

Sie sieht mich irritiert an, und es dauert einen Moment, bis ich es merke.

»Ich meine natürlich: Du störst mich gar nicht. Überhaupt nicht. Nicht im Geringsten. Es war nur ...«

»Was?«, fragt sie, und es klingt schon ein wenig versöhnlicher als gerade eben noch.

»Ich war einfach nur so überrascht, deine Stimme zu hören. Ich wollte bestimmt nicht abweisend sein.«

»Warst du aber.«

»Das tut mir leid. Ich dachte einfach nur, dass ich ... träume. Und zwar von dem bezauberndsten Mädchen, das ich kenne. Und ich konnte doch nicht ahnen, dass dieses Mädchen wirklich vor mir steht.«

»Das ist die merkwürdigste und zugleich schönste Entschuldigung, die ich jemals gehört habe.«

»Dann nimmst du sie also an?«

»Worauf du dich verlassen kannst.«

Wir stehen voreinander, sehen uns in die Augen, und mir ist so schwindelig, wie ich es noch nie zuvor erlebt habe. Okay, das liegt natürlich nicht nur an ihr, sondern auch an dem Alkohol von letzter Nacht. Trotzdem gibt es mir zu denken. Bei Frauen mit solchen Nebenwirkungen sollte man vorsichtig sein.

Außerdem schleicht sich noch ein anderes Gefühl in mein Bewusstsein. Ich komme mir nämlich auf einmal vor wie ein Roulettespieler, der gerade sein letztes Geld und überhaupt alles, was er besitzt, auf den Tisch gelegt hat. Und jetzt rollt die Kugel. Ich weiß, dass ich alles verlieren oder alles gewinnen kann. Und jetzt ist es zu spät, es mir anders zu überlegen.

Also gut. Angriff ist die beste Verteidigung.

»Und, hast du etwas Zeit für mich?«, frage ich daher, wobei ich mir natürlich Mühe gebe, nicht allzu interessiert zu klingen.

Das ist einfach eine Lebensweisheit, die jeder Mann stets beherzigen sollte. Man darf Frauen nie zu viel Interesse bekunden. Es turnt sie ab. Du gibst ihnen nämlich das Gefühl, ein Sonderangebot zu sein. Auf Schnäppchen stehen sie beim Shoppen. Aber Männer dürfen sie nicht dazu machen.

Katie lächelt mich an, allerdings auch eher zurückhaltend. »Habe ich – aber was bedeutet *etwas*?«, erkundigt sie sich.

»Den ganzen Rest des Tages.«

»Sehr gerne sogar. Und vielleicht sogar noch länger.«

Wow! Gesetzt und gewonnen, nennt man das wohl. Auf Zahl. Höchstgewinn. Ich weiß nicht, was ich sagen soll. Am besten gar nichts. Cool bleiben. Ist besser, jedenfalls bei Mädchen von Katies Kaliber. Außerdem bin ich mir gar nicht so sicher, ob ich wirklich gewonnen habe. Oder ob die Kugel nicht gerade erst zu rollen begonnen hat. Schließlich war da ja noch etwas anderes. Aber was? Ach ja, ich heirate in fünf Tagen. Und zwar eine andere.

23. Alles bleibt anders

In der zurückliegenden Stunde haben sich zwei entscheidende Dinge verändert: Erstens habe ich jetzt etwas an – um genau zu sein meine übliche Kluft, nämlich Jeans und T-Shirt. Und zweitens sitze ich in Katies Alfa Spider auf dem Beifahrersitz und pese gemeinsam mit ihr über eine mallorquinische Autobahn in nordwestlicher Richtung. Insgesamt halte ich das Ganze für so eine Art unverhofftes Glück. Schließlich habe ich noch vor zwei Stunden geglaubt, dass ich Katie niemals wiedersehen werde.

Der kurze Abschied von den Jungs vorhin war übrigens ungefähr so, wie ich es erwartet habe. Rührend.

Nachdem ich zurück in die Hotelanlage gekommen war, standen Hacki, Benni und Schröder bereits Spalier und sahen mir erwartungsvoll entgegen (also mit offenem Mund, heraushängender Zunge und Schweißperlen auf der Stirn, so als hätte ich Katie mal eben hinter der Hotelmauer vernascht und als kämen sie jetzt im Anschluss zum Zug).

»Und, wie ist es gelaufen?«, fragte Hacki.

»Hast du sie klargemacht?«, fragte Schröder.

»War sie so lecker, wie sie aussieht?«, fragte Benni.

Jeder andere Mensch hätte nur die Stirn gerunzelt und mit den dreien nie wieder ein Wort gewechselt. Hätte ich am liebsten auch gemacht, aber leider sind sie nun mal meine besten Freunde.

»Erstens, es ist gut gelaufen. Zweitens, ich habe gar nichts klargemacht. Und drittens, das geht euch überhaupt nichts an.«

Durch kollektives Kopfschütteln taten sie ihre Enttäuschung kund – und offenbar überlegten sie allesamt, ob sie nie wieder ein Wort *mit mir* wechseln sollten.

Dann legte Hacki mir versöhnlich eine Hand auf die Schulter und sah mich an wie ein Armeegeneral, der seinen besten Soldaten in ein Selbstmordkommando schickt, von dessen Erfolg das Überleben der Menschheit abhängt.

»Dann weißt du hoffentlich, was du als Nächstes zu tun hast, Jo.«

»Weiß ich, Hacki. Mach dir also keine Sorgen.«

»Dann ist ja gut. Und hier, bevor ich es vergesse – deine Ausrüstung.«

Er kramte in der eingenähten Tasche seiner Badehose und zog ein in pinkfarbenes Stanniol eingepacktes Kondom der Geschmacksrichtung Erdbeere heraus und hielt es mir vors Gesicht.

»Ich hätte es wahrscheinlich selber noch gebraucht. Aber nimm du es jetzt, Jo. Du wirst schneller am Ziel sein als ich.«

Du es gebraucht, Hacki? Wofür? Zum Selber-dran-Lutschen? Am liebsten hätte ich ihm ein paar bittere Wahrheiten über sein Leben und seinen Erfolg bei Frauen an den Kopf geworfen. Aber so etwas tut man, wie gesagt, unter Freunden nicht. Stattdessen sagte ich: »Könnt ihr euch, wenn ihr euch sehr viel Mühe gebt, vorstellen, dass man einen Tag mit einer Frau verbringen kann, ohne am Ende mit ihr ins Bett zu gehen?«

Die drei wechselten nachdenkliche Blicke, und Benni meinte: »Vorstellen schon. Aber warum sollte man dann den Tag mit ihr verbringen?«

»Und wieso erst am Ende mit ihr ins Bett gehen?«, meinte Schröder.

»Und ein Bett muss es gar nicht unbedingt sein«, kam von Hacki.

Ich wusste nicht, was ich zu alldem sagen sollte. Aber das war auch besser so. Auf einmal lachten die drei nämlich, nahmen mich nacheinander herzlich in den Arm, drückten mich und wünschten mir alles Gute.

Danach zog ich mich schnell um, rasierte mich, übergoss mich mit einer halben Flasche Aftershave und machte mich auf den Weg zu Katie, die draußen vor dem Hotel im Wagen gewartet hatte.

Jetzt sitze ich also in ihrem roten Flitzer, und mein Problem besteht darin, dass ich mich nicht entscheiden kann. Wohin soll ich blicken? Geradeaus auf das grandiose Bergpanorama, das sich vor uns auftut, nachdem wir Palma hinter uns gelassen haben und in Richtung Nordwesten eingeschwenkt sind? Oder zur Seite, wo Katie sitzt, mit einer Sonnenbrille auf der Nase, einem Tuch um den Kopf und einem Ausschnitt, der ein genauso großartiges Panorama bietet? Ja, als Mann hat man es wirklich nicht einfach. Ständig muss man Entscheidungen treffen! Dabei will man das gar nicht. Weil man einfach alles gleichzeitig haben möchte! Aber so ist das Leben nun einmal: ungerecht und anstrengend.

»Eins würde mich ja interessieren«, sage ich schließlich zu Katie.

Sie dreht den Kopf in meine Richtung, zieht ihre Sonnenbrille auf die Nasenspitze und sagt: »Oh, mich interessieren ganz viele Dinge. Vor allem, wenn sie mit dir zu tun haben.«

»Woher wusstest du eigentlich, in welchem Hotel ich wohne?«

»Wusste ich nicht. Ich habe einfach Glück gehabt. Oder sagen wir lieber: Ich war fleißig.«

»Und was bedeutet das?«

»Ich habe dich gesucht, Jo. Weil du mich neulich in der Nacht ganz schön durcheinandergebracht hast.«

»Und jetzt soll ich das Durcheinander wieder in Ordnung bringen?«

Sie sieht mich immer noch an, was mich zugegebenermaßen nicht kaltlässt. Wegen ihres Blicks und wegen der Tatsache, dass wir gerade mit hundertsechzig Stundenkilometer über eine vielbefahrene Autobahn rasen.

»Könnten wir uns darauf einigen, dass ich zwar dich angucken darf, aber du mich nicht? Weil du lieber auf den Verkehr achten solltest?«

»Können wir. Aber nur unter der Bedingung, dass du dich nicht noch einmal in meinen Fahrstil einmischst.«

Wie um mir zu beweisen, dass sie weiß, was sie tut, drückt sie noch mehr aufs Gas, beschleunigt den Wagen auf fast zweihundert Stundenkilometer und schlängelt sich durch den Verkehr, als wäre das Ganze hier ein Playstation-Spiel.

»Schon gut, ich bin einverstanden«, sage ich. »Ich halte die Klappe und du fährst.«

»Na siehst du. Geht doch.«

Ich spare mir jeden Kommentar und genieße lieber ihr bezauberndes Lächeln. Dann fährt sie mit ihrem Bericht fort.

»Ich war halt neugierig nach unserer Begegnung. Und ich wollte dich unbedingt wiedersehen. Darum bin ich einfach von Hotel zu Hotel gezogen und habe gefragt, ob es einen Gast gibt, der Joachim oder Jo heißt. Ich war sogar schon einmal in eurem Hotel – aber anscheinend warst du gestern nicht da.«

»Das stimmt.«

»Ich hatte die Hoffnung, dass du vielleicht dasselbe fühlen könntest wie ich. Und dass du dich eventuell auch auf die Suche gemacht hast, um mich zu finden …«

»Tja, tut mir leid, aber daran habe ich eigentlich nicht gedacht. Ich habe gestern mit den Jungs einen Ausflug nach Palma gemacht. Auf die Idee, dich zu suchen, sind wir nicht gekommen. Wir waren stattdessen im Museum und haben uns die Kathedrale angesehen. Wir interessieren uns nämlich für Architektur. Und für Kunst.«

»Wirklich? Das hätte ich gar nicht gedacht …«

Ich zucke mit den Schultern. »So kann man sich halt täuschen.«

In diesem Moment will ich ihr einfach nicht auf die Nase binden, dass wir den ganzen gestrigen Tag damit verbracht haben, sie in Palma zu suchen, und dass die Krönung unserer Nachforschungen eine handfeste Keilerei in der Disco gewesen war.

Sie nimmt es mit einem Lächeln zur Kenntnis, und ich bin mir nicht sicher, ob sie mich nicht doch durchschaut.

»Kannst du dir vorstellen, was mich am meisten bei unserer Begegnung aus der Fassung gebracht hat?«, fragt sie.

Ist nicht so schwer zu erraten, denke ich. Kann ja nur die Tatsache sein, dass ich in Kürze vor den Traualtar treten werde.

»Klar«, sage ich. »Dass ich …«

»Genau«, unterbricht sie mich. »Dass ich dich ausgerechnet in *Arenal* getroffen habe. Dem schrecklichsten Ort von ganz Mallorca. Oder vielleicht sogar von der ganzen Welt.«

Hey, jetzt wird sie aber persönlich. Immerhin mache ich an diesem Ort seit zehn Jahren Urlaub. Und mir gefällt es ausgesprochen gut dort. Vielleicht sollte ich sie bitten, auf der

Stelle anzuhalten, damit ich aussteigen kann. Schließlich ist schon jetzt deutlich genug, dass zwischen uns nicht nur Welten liegen, sondern ganze Universen.

»Was, bitte schön, findest du dort so schrecklich?«, erkundige ich mich stattdessen trotzig.

Sie wirft mir einen Wenn-du-das-nicht-von-selbst-weißt-dann-ist-dir-sowieso-nicht-zu-helfen-Blick zu. Ich kontere ganz lässig mit einem Bild-dir-bloß-nicht-ein-die-ganze-Welt-müsste-deinen-Geschmack-teilen-Blick.

»Ganz einfach. Zum einen könnte man Arenal mit nur einer einzigen radikalen architektonischen Maßnahme verschönern, nämlich es zu sprengen. Und zum anderen laufen da nur eklige Typen herum, die nichts als Saufen und Baggern im Kopf haben und alle fünf Minuten ›Du hast die Haare schön‹ oder ›Da simmer dabei. Dat is prima‹ singen.«

»Kenne ich nicht, die Lieder«, sage ich und räuspere mich dezent. Mein Hals ist vom vielen Mitsingen letzte Nacht immer noch ganz rau.

»Wenigstens etwas. Jedenfalls machen da nur Idioten Urlaub.«

»Und einer dieser Idioten sitzt jetzt neben dir im Auto.«

»Genau.«

Das hat gesessen. Meine Hand gleitet unauffällig zu meiner Hosentasche, in der Hackis Erdbeerkondom steckt. Vielleicht sollte ich es hervorholen und demonstrativ aus dem Wagen werfen. Das Ganze hier ist offenbar ein Missverständnis – der Ausflug soll gar keine romantische Spritztour zu zweit sein, sondern eine *Abrechnung*. Hätte ich mir eigentlich denken können. So sind Frauen. Wenn sie sich zu einem Mann hingezogen fühlen, den sie eigentlich für nicht standesgemäß und unter ihrer Würde halten, werden sie bösartig.

Aber das macht nichts. Wenn ich es nämlich mit Frauen zu

tun habe, die eigentlich nicht meine Kragenweite sind, dann werde ich ehrgeizig. Ich denke also gar nicht daran, mich so einfach von ihr abspeisen zu lassen! Jetzt erst recht. Die soll mich mal kennenlernen.

24. Nicht anfassen!

Wir verlassen die Autobahn und biegen in eine schmale, schlecht asphaltierte Straße ein, die sich in engen Kurven in die Berge hinaufschraubt. Jeder normale Mensch würde jetzt den Fuß vom Gas nehmen. Katie nicht. Im Gegenteil. Sie brettert nach wie vor mit überhöhter Geschwindigkeit dahin und will weiterhin tiefschürfende Themen besprechen.

»Und, Jo, noch etwas …«

»Was denn?«

»Als ich mich entschlossen habe, dich zu suchen, habe ich so etwas wie eine Abmachung mit mir selbst getroffen. Und dieselbe Abmachung würde ich jetzt gerne mit dir treffen.«

»Da bin ich aber mal gespannt.«

»Du hast mir in dieser Nacht erzählt, dass du bald heiraten wirst.«

»Genau genommen in fünf Tagen. Am Sonntag.«

»Ich wollte dir nur sagen, dass ich ganz bestimmt alles Mögliche vorhabe, aber nicht, mich in dein Leben hineinzudrängen. Wenn es etwas gibt, vor dem ich den höchsten Respekt habe, dann sind es zwei Menschen, die sich entschlossen haben, zu heiraten und den Rest ihres Lebens miteinander zu verbringen.«

»Stimmt. Das, was nach der Trauung kommt, ist wirklich nur noch der Rest.«

Sie überhört meinen Kommentar – möglicherweise, weil ich so leise gesprochen habe, dass es gar nicht bis zu ihr gedrungen ist – und fährt fort: »Ich freue mich jedenfalls, dass du trotzdem den Tag mit mir verbringen möchtest. Und dass wir auf diese Art und Weise die Chance haben, uns etwas besser kennenzulernen. Aber eines musst du mir versprechen.«

»Klar, was immer es auch ist.«

»Es wird nichts zwischen uns passieren, in Ordnung? Ich meine, der Kuss neulich Nacht – wir werden so etwas nicht wiederholen, okay? Ich weiß sehr gut, wie es sich anfühlt, von einem Mann betrogen zu werden. Und ich möchte bestimmt nicht, dass es deiner Frau genauso geht. Von daher ist das hier, unser gemeinsamer Tag, rein freundschaftlich. Und dabei soll es auch bleiben. Einverstanden?«

Ich bin ziemlich erstaunt über das, was sie da sagt. Meine Hand wandert wieder in Richtung Hosentasche, um das Erdbeerkondom wirklich hinauszuwerfen. Aber dann tue ich es doch nicht. Stattdessen höre ich mich selber sagen: »Natürlich bin ich einverstanden, Katie. Und ich finde es sehr gut, dass du es aussprichst. Weil ich auch so denke.«

»Schön, dann schlag ein.« Sie löst eine Hand vom Steuer und hält sie mir hin.

Ich bin ziemlich baff. Das hier muss doch ein Traum sein. Aber kein angenehmer. Ich bin wirklich gerade dabei, einem wunderschönen Mädchen die Hand darauf zu geben, keinen Sex mit ihr zu haben! Das darf doch wohl nicht wahr sein! Warum bitte ich sie nicht einfach umzudrehen und mich zurück zum Hotel zu fahren? Wofür dann der ganze Aufwand? Das ist doch reine Zeitverschwendung!

»Na los, Jo. Schlag ein. Sonst müssen wir unseren Ausflug sofort beenden.«

Ich nehme ihre Hand, und dabei muss ich daran denken,

dass es vermutlich das letzte Mal ist, dass ich Katie berühren werde. Was für ein Jammer!

Sie dagegen strahlt. »Schön, ich bin sehr erleichtert. Dann können wir ja ab jetzt ganz unbeschwert den Tag genießen.«

»Super. Ich freue mich«, sage ich und es klingt ungefähr so begeistert, als hätte mich gerade ein Chirurg mit einer ungeschickten Handbewegung ganz aus Versehen zum Eunuchen gemacht.

25. Angst vorm Fliegen

Mein einziger Trost besteht darin, dass ich keine Zeit habe, mir weiter Gedanken über *Sex* oder *No Sex* zu machen. Weil meine Aufmerksamkeit gerade voll und ganz von etwas anderem in Anspruch genommen wird. Nämlich von Katies Fahrstil.

Die Serpentinenstraße ist an dieser Stelle ungefähr zwei Meter breit. Links von uns ragen scharfkantige Felsen in die Höhe, und rechts führt ein Abgrund ungefähr zweihundert Meter in die Tiefe. Angesichts dieser Umgebung kommen mir die hundertzwanzig Stundenkilometer, die Katie meint fahren zu müssen, ungefähr wie Schallgeschwindigkeit vor. *Match 3* in den Bergen. Ich weiß ja nicht.

Damit jetzt keine Missverständnisse aufkommen: Ich habe keine Angst oder so etwas. Ich würde einfach nur lieber selber am Steuer sitzen. Außerdem habe ich mich schon immer gefragt, warum schöne Frauen grundsätzlich zu schnell Auto fahren. Eigentlich ist das ja unlogisch. Ein kostbares Bild oder ein teures Möbelstück würde man ja auch eher langsam und behutsam durch die Gegend bewegen.

Ich glaube, es liegt daran, dass es das Leben diesen Frauen einfach zu einfach macht. Jeder öffnet ihnen die Tür, jeder lädt sie auf einen Drink ein, jeder bietet ihnen einen Platz an. (Jedenfalls solange sie nicht nur schön, sondern auch noch jung sind.) Alles geht zu glatt, alles geht zu widerstandslos.

Also müssen sie selber für den gewissen Kitzel sorgen. Und wo ginge das einfacher als am Steuer eines Sportwagens.

Diese Erkenntnis verhindert allerdings nicht, dass ich ein ziemlich mulmiges Gefühl in der Magengegend habe. Und wenn ich ehrlich bin – ich muss nicht unbedingt dabei sein, wenn das kostbare Bild beschädigt wird oder das teure Möbelstück einen Kratzer bekommt. Ich will auch gar nicht wissen, was für Flugeigenschaften ein Alfa Spider hat. Und schon gar nicht beim Sturzflug in eine mallorquinische Schlucht.

»Haben wir es eigentlich eilig?«, frage ich unverfänglich.

»Hast du etwa Angst?«

»Klar, um den Wagen.«

»Das war jetzt aber nicht nett.«

»Aber ehrlich. Und das ist doch auch schon mal was.«

Tatsächlich bleiben meine Worte nicht ohne Wirkung. Katie schaltet runter und fährt auf eine Art und Weise, die unser Überleben sichern könnte.

»Darf ich eigentlich wissen, wohin wir fahren?«, erkundige ich mich.

»Nach Norden.«

»Und was ist da?«

»Etwas ganz Besonderes.«

»Und was?

»Ein anderes Mallorca. *Mein* Mallorca.«

»Und das willst du mir zeigen?«

»Genau. Weil ich glaube, dass es dir gefällt. Und weil ich davon überzeugt bin, dass du verstehst, warum mir diese Landschaft so viel bedeutet.«

Ich zünde mir eine Zigarette an und wende den Kopf von ihr ab. Soso, sie glaubt also, dass ich sie *verstehe*. Ich muss zugeben, dass ich mit Vorschusslorbeeren dieser Art schlechte Erfahrungen gemacht habe. Besonders wenn sie von Frauen kommen. So etwas setzt mich nämlich unter Druck. Und das mag ich nicht.

Die deutlichste Erfahrung in dieser Hinsicht habe ich mit einer Frau namens Silke gemacht, mit der ich vor Nina eine Kurzzeitaffäre hatte. Silke meinte einmal zu mir, dass sie beeindruckt wäre, wie toll ich mit Zahlen umgehen könne. Sie kam darauf, weil ich ein paar Tage zuvor mit ihrer Nichte ein Sudoku-Rätsel gelöst hatte, und zwar so, als wäre ich Doktor Kawashima persönlich. Dabei konnte ich das achtjährige Mädchen nur deshalb beeindrucken, weil ich ständig aufstand, um aufs Klo, zum Kühlschrank oder ans Telefon zu gehen, insgeheim aber ins Lösungsheft sah. In Wahrheit fällt es mir schon schwer, die Zahlen von eins bis zehn in der richtigen Reihenfolge aufzuschreiben.

Silke wollte dann, dass ich ihr bei ihrer Steuererklärung helfe, und nachdem wir raushatten, dass sie eine Rückzahlung zu erwarten hätte, die höher lag als ihr Jahreseinkommen, runzelte sie die Augenbrauen und meinte, dass sie vielleicht doch lieber jemanden fragen sollte, der sich mit so etwas auskennt. Ach ja, und mit mir Schluss gemacht hat sie auch gleich.

Wir stellen den Wagen auf einem kleinen Parkplatz am Straßenrand ab. Die Spanier nennen solche Aussichtspunkte wie den, an dem wir gerade stehen, *Mirador*. Das klingt für meine Ohren ziemlich lustig. Wie eine Mischung aus Miracoli, Matador und Maradona. Wir gehen einige Schritte zu einer umzäunten Plattform, und Katie macht eine Handbewegung wie die Buchstaben-Umdreherin beim Glücksrad, die das komplette Lösungswort präsentiert.

»Und? Habe ich dir zu viel versprochen?«

Nein, hat sie nicht. Denn inzwischen haben wir das Tramuntana-Gebirge, das sich parallel zu Mallorcas Nordküste erstreckt, überwunden. Von dort, wo wir stehen, bietet sich uns ein endloser Blick über die nordwestliche Steilküste von Malle. Hoch über uns türmen sich steile, mit Buschwerk und Wald bewachsene Berge, die zu grauen Felswänden emporwachsen, tief unter uns klatscht das Meer gegen zerklüftete Klippen, und rechts und links schlängelt sich die Straße als graues Band längs der imposanten Küste.

Zum ersten Mal kann ich verstehen, warum Katie Arenal am liebsten sprengen würde. Weil das hier, *ihr* Mallorca, in der Tat etwas ganz anderes ist – viel beeindruckender, schöner und mächtiger.

Die Landschaft gibt einem Betrachter das Gefühl, klein und unbedeutend zu sein. Ich kann spüren, dass die Natur wunderschön ist und zugleich auch kraftvoll und zerstörerisch. Aber das muss ich ja nicht zugeben, oder?

»Ja, ist ganz nett«, sage ich, zucke mit den Schultern und will zum Wagen zurückgehen.

Sie stemmt die Hände in die Hüften, sieht mich mit einer Mischung aus Unglauben und Wut an und meint: »›Ganz nett‹? Das ist alles, was dir dazu einfällt?«

»Ja, klar. Es ist … nicht schlecht.«

Sie ist auf hundertachtzig. Ich bin gut gelaunt.

»›Nicht schlecht‹? Einfach nur ›nicht schlecht‹? Dann komm mit – damit du es *spürst.*«

Vom Parkplatz führt ein schmaler Trampelpfad ein paar Meter die Felsen hinunter und von dort hinaus zu einer Felsspitze, von der aus man tief hinunter zum Meer sehen kann. Eigentlich sollte man als Besucher nur bis zu dem Geländer gehen, das etwa zwei Meter vom Abgrund entfernt ist. Katie interessiert das nicht. Sie rafft ihr Kleid, klettert kurz entschlossen über den Zaun und wagt sich dann mit selbstbewussten Schritten bis ans äußere Ende der Felsen vor. Dort breitet sie die Arme aus, schließt die Augen und kommt sich vermutlich vor wie Kate Winslet, die zusammen mit Leonardo DiCaprio am Bug der *Titanic* steht.

Ich versuche, schleunigst hinter ihr herzukommen, um sie notfalls zu retten, sollte sie das Gleichgewicht verlieren. Allerdings finde ich, dass *Titanic* ein ziemlich bescheuerter Film ist, zumal der männliche Held am Schluss im Ozean ertrinkt – und das habe ich bestimmt nicht vor. Außerdem bin ich nicht Leonardo DiCaprio, und vor allem bin *ich* nicht schwindelfrei!

Mit vorsichtigen Tippelschritten arbeite ich mich daher zu ihr vor – und mir muss niemand sagen, dass ich dabei nicht gerade eine gute Figur mache. Ich wirke vermutlich wie ein Typ, der sich zufällig auf ein Hochseil verirrt hat, aber nicht die geringste Ahnung von Akrobatik hat. Zugegeben, der Fels, auf dem ich balanciere, ist etwas breiter als ein Seil, sagen wir gut und gerne drei Meter. Aber rechts und links geht es nun einmal mehrere Hundert Meter steil herunter, und dazu weht auch noch ein kräftiger Wind, der bestimmt für eine elegante Flugbahn sorgt, wenn man fällt.

Das hier ist einfach nicht mein Ding. Ich stamme aus dem Flachland. Ich mag Berge nicht. Und ich habe nie etwas anderes behauptet. Also kann das jetzt bitte aufhören!

Katie steht übrigens immer noch mit den Zehenspitzen genau an der Felskante, so als würde ihr das alles nichts ausmachen. Oder so, als würde sie den Schwindel genießen. Die ist doch nicht ganz dicht.

Ich meine, wir Männer haben ja nicht Angst, weil wir schwache Nerven hätten oder Memmen wären. Wenn es nur um uns ginge, wäre das alles gar kein Problem. Nein, wir fangen höchstens an zu zittern, weil sich *andere* in Gefahr begeben und wir uns für sie verantwortlich fühlen. Wie in diesem Fall. Wie soll ich Katie retten, wenn ich selbst dabei draufgehe? Eben!

Männer sind Helden, Frauen sind leichtsinnig. So einfach ist das.

Dann streckt sie die Hand nach mir aus, ich nehme sie und arbeite mich bis zu ihr vor, bis nah an die Felskante heran. Gemeinsam blicken wir über das Meer bis zum Horizont hinaus. Und ich weiß auf einmal, dass *Titanic* vielleicht doch kein so schlechter Film ist. Jedenfalls ist das hier ein großartiger Moment, und das Schwindelgefühl, das mich erfasst, liegt nur zum Teil an dem Abgrund vor meinen Füßen. Und zum größeren Teil an ihr, an Katie, die jetzt direkt neben mir steht, die Augen geschlossen hat und sich an mich lehnt. Wow! Ich glaube, wenn ich jetzt fallen würde, wäre das gar nicht schlimm. Ich könnte, glaube ich, sogar fliegen. Und ich schätze einmal, dass mir ungefähr eine halbe Minute bliebe, bevor wir unten aufschlagen würden, und das müsste doch reichen. Für eine kleine schnelle Nummer. Na ja, gut – eine sehr schnelle Nummer.

26. Der Geruch des Geldes

Wir gehen zum Wagen zurück und fahren weiter. Kurz darauf erreichen wir die ersten Ausläufer von Deia, einer kleinen Ortschaft zwischen Soller und Valldemossa. Ein Blick genügt, um zu wissen, dass Deia so etwas wie das *Gegenteil* von Arenal ist: nicht groß, laut, turbulent oder hässlich, sondern klein, beschaulich, schön und unbezahlbar.

Katie nimmt übrigens, während wir uns dem Ortskern nähern, ausnahmsweise den Fuß vom Gas. Vermutlich weil sie Angst hat, einen Prominenten zu überfahren, wenn sie weiterhin zu schnell fährt. Davon gibt es hier nämlich jede Menge.

Rechts und links der Straße stehen allerlei Fincas und andere Anwesen, zumeist umgeben von Mauern, auf denen Nato-Draht, Kameras und Bewegungsmelder darauf hinweisen, dass die Besitzer etwas ganz Besonderes sind. Zum Beispiel reich. Oder berühmt. Oder beides.

Mann, ist mir schlecht.

Katie bestätigt dies übrigens: »Sieh mal, da vorne wohnt Pierce Brosnan und dort Elton John. Und da hinten, das ist die Villa von Michael Douglas und Catherine Zeta-Jones.«

»Von wem?«

Natürlich weiß ich, wer Pierce Brosnan ist, und ich kenne auch Michael Douglas und Catherine Zeta-Jones. Aber ich kann es nun einmal nicht leiden, dass Katie mich mit diesem

Name-Dropping beeindrucken möchte. So, als wenn sie diese ganzen Leute persönlich kennen würde. (Tut sie, aber das verheimlicht sie mir im Moment noch.)

Wir fahren an einem Anwesen vorbei, um das sich verdächtig viele wunderschöne dunkelhäutige Mädchen drängeln, die sich alle so verhalten, als wenn sie ganz zufällig da wären, was ihnen nicht so recht gelingt.

»Und da wohnt bestimmt Boris Becker, oder?«, frage ich.

»Ich glaube, der wohnt in der Nähe von Artà. Wie kommst du drauf?«

»Ach, nur so.«

Kurz hinter dem Ortskern biegen wir in eine kurze, von akkurat gestutzten Hecken gesäumte Auffahrt, die zu einem riesigen schmiedeeisernen Tor führt. Mit einem elektrischen Surren gleitet die Pforte auf, und wir fahren mit knirschenden Reifen über einen schotterbestreuten Zufahrtsweg. Der Weg windet sich durch einen Zedernhain, und wir halten schließlich vor einem niedrigen Gebäude, das nach vorne hin offen ist.

Das Ganze soll wohl eine Art Empfangshalle sein, alles sehr gediegen natürlich, und erst jetzt merke ich, dass die Anlage in Wahrheit ein Hotel mit angeschlossenem Restaurant ist. Aber natürlich nicht *irgendein* Hotel und auch nicht *irgendein* Restaurant. Und schon gar nicht eines, in das man fährt, wenn man einfach nur schlafen oder einfach nur satt werden will.

Die Umgebung riecht nämlich nicht nur verführerisch nach Kräutern und frisch gekochtem Essen, sondern auch nach – Geld.

»Wir sind da«, sagt Katie.

»Wir sind wo?«

»Ich dachte, es ist höchste Zeit fürs Mittagessen.«

»Das ist es allerdings.«

Hunger habe ich nämlich schon seit langem. Aber ob es

hier irgendetwas auf der Karte gibt, das ich bezahlen kann? Na, mal sehen.

Wir steigen aus, und sie drückt wie selbstverständlich den Wagenschlüssel einem Angestellten in die Hand. Der Typ trägt eine Pagenuniform mit tausend Knöpfen und Bändern, die ihn aussehen lässt wie einen Torero in der Stierkampfarena – irgendwie *feminin*. (Tatsache ist doch, dass in der Arena der Stierkämpfer eine Frau darstellt und der Stier einen Mann: Sieht man an den Hörnern.) Jedenfalls steigt der Page in den Wagen ein und fährt damit davon.

»Hey! Hast du gar keine Angst, dass der mit deinem Wagen einfach abhaut?«, frage ich sie.

Sie lacht, kommt auf mich zu und streicht mir über die Wange. »Ach, Jo. Du bist echt niedlich.«

Niedlich?

NIEDLICH?

NIEDLICH?!

Schade, dass Katie mich nicht geohrfeigt hat. Damit könnte ich einfacher umgehen als mit dem Gesagten.

Ich muss es nicht erklären, oder? »Niedlich« ist für einen Mann so ziemlich das vernichtendste Urteil, das eine Frau treffen kann. Im Gegensatz dazu würde man sich über »Du Mistkerl« oder »Du Flasche« regelrecht freuen. Aber »niedlich« ist ungefähr so, als hätte sie dir gerade gesagt, dass du den Status eines Schoßhundes hast. Oder eines Schuljungen. Es ist das Ende. Es raubt dir jede Form von Stolz, Selbstbewusstsein und Männlichkeit. Ich hasse sie. Ich will nach Hause.

Mein einziger Trost besteht darin, dass Katie es gar nicht merkt. Sie hat sich einfach umgedreht und ist vorgegangen. Jetzt steht sie in der mit Terracottafliesen ausgelegten Lobby, die wie das ganze übrige Areal und die anderen Gebäude im spanischen Finca-Stil gehalten ist – grob verputzte Wände, verwinkelte Dächer, Holzjalousien vor den Fenstern und Balkontüren. Man könnte hier ohne weiteres einen Wildwestfilm drehen.

Der spanische Landhausstil soll den Millionären, die hierherkommen, vermutlich das Gefühl vermitteln, sie würden ein schlichtes, erdverbundenes Leben führen (das sie schlappe vierhundert Euro die Nacht kostet – ohne Frühstück). Klar, andere Typen geben so viel *in der Stunde* aus, um von einer Frau im Lederdress die schmerzhaften Seiten des Lebens kennenzulernen. Warum also nicht? Wenn die Reichen so dumm sind und ihren Schotter für so einen Unsinn hinblättern, spricht nichts dagegen. Sollen sie doch. Vielleicht sollte ich den Jungs später vorschlagen, dass wir einfach auch so ein Hotel aufmachen und dann für den Rest unserer Tage ausgesorgt haben.

Katie wird übrigens von jedem Angestellten, an dem wir vorbeikommen, persönlich begrüßt, inklusive des *Chef de salle*, der hinter seinem Empfangstresen hervorstürmt und mit einer ganzen Reihe von Bücklingen auf sie zukommt, ihre Hand küsst und dabei vor Freude strahlt.

»Ach, Señora Katie, das ist eine wunderbare Freude, Sie wieder bei uns im Haus begrüßen zu dürfen. Sind Sie in Begleitung von Señor Gerd?«

Ein Schatten huscht über Katies Gesicht, macht aber sofort einem tapferen, selbstbewussten Lächeln Platz. »Señor Gerd ist da, wo der Pfeffer wächst, Xavier. Und zwar für den Rest meines Lebens. Trotzdem bin ich zum Mittagessen gekommen. Mein Begleiter und ich möchten draußen im Patio speisen.«

Speisen? Hat sie wirklich *speisen* gesagt? Vielleicht sollte ich Katie kurz darauf hinweisen, dass ich grundsätzlich nicht speise, sondern höchstens *esse*. Und hier auf Malle stimmt nicht einmal das, weil für die Art von Nahrungsaufnahme, die wir auf dieser Insel kultivieren, die Begriffe *fressen*, *mampfen* oder *Grundlage schaffen* eigentlich noch angemessener sind. (Nur zur Erinnerung: In Arenal isst man nur, um danach besser trinken zu können. Na ja, zugegeben, und weil es schmeckt.)

Ich komme nicht dazu, irgendetwas zu sagen, denn Katie deutet gerade mit der Hand lässig in meine Richtung. Daraufhin verwandelt sich Xaviers Gesichtsausdruck, mit dem er mich betrachtet, schlagartig von »Wer ist eigentlich dieser Penner?« in »Treten Sie doch näher, mein Herr«. Ja, er vermittelt mir geradezu das Gefühl, dass ich so etwas wie ein Recht zu leben hätte.

Es ist schon ein seltsames Phänomen, dass man den Leuten ihre Vermögensverhältnisse ansehen kann. Darum ist es diesem Xavier auch nicht schwergefallen zu erkennen, dass ich nicht zu den Leuten gehöre, die normalerweise hierherkommen, um zu essen, zu übernachten oder auch nur eine Postkarte zu kaufen.

Und glaubt mir, es liegt nicht an meinen Klamotten. Nehmt zum Beispiel die Rockstars, die auch immer in den teuersten Hotels absteigen, aber nicht selten aussehen wie die letzten heruntergekommenen Obdachlosen. (Ich erinnere jetzt nur mal an Ozzy Osbourne oder Karl Dall.) Trotzdem würde es kein Hotelpage wagen, diese Typen vor die Tür zu setzen – weil man Geld eben riechen kann. Es verströmt einen dezenten Geruch, den Hotelangestellte, Wohnungsmakler und insbesondere Angehörige des jeweils anderen Geschlechts instinktiv wahrnehmen und in zuvorkommende, hilfsbereite und stets charmante Wesen verwandelt. Beneidenswert.

»Das ist mein Freund Joachim, Xavier. Er ist zum ersten Mal hier.«

Sie verkündet es wie eine Prinzessin und macht dazu eine lässige Geste in meine Richtung – ungefähr so, als wäre ich ein

Koffer und sie hätte darum gebeten, dass jemand ihr Gepäck aufs Zimmer bringen möge.

Xavier ist das egal. Er ist Profi. Also ein *Professioneller* – wenn ihr wisst, was ich meine. Für das nötige Trinkgeld ist er zu jedem nett, sogar zu einem Typen wie mir. Er nähert sich mir unter lauter Verbeugungen und begrüßt mich mit einem für meinen Geschmack zu weichen Händedruck – so als wären er und ich seit Jahren die besten Freunde.

»Señor Joáchim. Ich begrüße Sie herzlich in unserem Haus. Wenn Sie mir bitte folgen wollen – ich begleite Sie und die hochgeschätzte Señora Katie selbstverständlich persönlich zu Ihrem Tisch.«

Lackaffe. Tunte. Mistvieh, denke ich. Aber ich halte aus lauter Rücksicht erst einmal die Klappe, füge mich in mein Schicksal und trabe den beiden brav hinterher.

Es ist ja nicht so, dass ich nicht meine Erfahrungen mit Geld gemacht hätte. Und zwar damit, welches zu haben, und damit, keines zu haben.

Und genau diese erlebten finanziellen Engpässe sind es, die mich von den Leuten unterscheiden, denen wir auf dem Weg zum Restaurant begegnen. Die Männer tragen teure cremefarbene Sommeranzüge und Panamahüte, die Frauen wallende Strandkleider und Flipflops der Marken Prada oder Gucci, und sie haben allesamt nur Teil eins der Lektion mitbekommen – nämlich über Geld zu verfügen. Und so sind sie auch: arrogant und ahnungslos, wie das Leben für die meisten Menschen auf diesem Planeten in Wirklichkeit ist.

Okay, das klingt jetzt so, als wenn ich Vorurteile gegen Reiche hätte. Stimmt auch, die habe ich. Ich mag sie nämlich nicht. Ich kann sie sogar überhaupt nicht ausstehen, und ich würde jedem Einzelnen von ihnen wünschen, wenigstens mal eine Woche von Hartz IV leben zu müssen, dazu am liebsten in einer Hochhaussiedlung in einem sozial schwachen Gebiet, umgeben von Nachbarn, die einen begrüßen, indem sie einem ihre Messersammlung unter die Nase halten. Diese Erfahrung gönne ich ihnen. Danach können wir gerne weitersprechen. Dann wissen sie nämlich wenigstens, wie das Leben noch aussehen kann.

Meine Einstellung hat etwas mit meinem Job bei der Versicherung zu tun. Vor ein paar Jahren bin ich in die Abteilung für Schadensbegutachtung gewechselt. Und da habe ich es immer wieder mit solchen Typen zu tun, die in den besten Wohngegenden wohnen, die teuersten Autos fahren und die feinsten Klamotten tragen – Menschen also, denen es an nichts mangelt.

Aber das hält sie nicht davon ab, mit den billigsten Tricks immer wieder einen Versicherungsbetrug hinzulegen, um so eine neue Bang & Olufsen-HiFi-Anlage, eine Dreifachverglasung für ihre Villa oder eine neue Rundumlackierung für ihren Mercedes zu bekommen. Wenn ich sie dann zur Rede stelle, behaupten diese Leute ohne mit der Wimper zu zucken, sie täten doch nur, was alle tun.

Darüber freue ich mich. Das macht nämlich die Beweisaufnahme vor Gericht einfacher. Da kenne ich gar nichts. (Nur mal am Rande bemerkt: Die Reichen in Deutschland hinterziehen jedes Jahr mehr Steuern, als die Armen an Arbeitslosengeld oder sonstiger Unterstützung bekommen. Da soll nochmal einer von Gerechtigkeit reden!)

Bevor jetzt übrigens Missverständnisse aufkommen: Es ist nicht so, dass ich bei unseren Versicherungskunden immer nur hart oder kaltherzig bin. Ich kann auch anders sein. Erst neulich zum Beispiel war ich bei einer Familie in einem Vorort von Essen. Laut Meldung an die Versicherung hatte der achtjährige

Sohn einer einfachen, mittellosen Familie das Fahrrad eines Freundes ausgeliehen und dann aus Versehen in einem Kanal versenkt, aus dem man es auch nicht wieder rausholen könne.

Nach ungefähr zwanzig Minuten wusste ich Bescheid: In dem Ort gibt es keinen Kanal, von Familie konnte keine Rede sein, weil der Vater vor Jahren mit einer anderen Frau durchgebrannt war, und der Sohn, der nicht acht, sondern zehn Jahre alt war, hatte gar keine Freunde und konnte sich darum auch kein Fahrrad ausleihen.

Vor mir saß einfach nur eine verzweifelte Mutter, die ihrem Sohn einmal im Leben etwas gönnen wollte. Als ich sie zur Rede stellte, schlug sie die Hände vors Gesicht und schluchzte laut auf.

»Ich hab's doch nur für den Jungen gemacht. Er wünscht sich so sehr ein Fahrrad. Und ich hab doch kein Geld. Muss ich jetzt ins Gefängnis?«

»Na ja, Frau Koslowski«, sagte ich, »was Sie da gemacht haben, kann man nicht auf die leichte Schulter nehmen. Sie haben die Unwahrheit gesagt …«

»Aber ich wollte doch nichts Böses tun!«

»Warum haben Sie denn die Versicherung angelogen? Sie hätten doch vielmehr bei der Wahrheit bleiben und angeben müssen, dass Unbekannte bei Ihnen eingebrochen sind und sämtliche Möbel mitgenommen haben, dazu den Fernseher und das Silberbesteck. Und Sie hätten doch ruhig auch sagen können, dass das funkelnagelneue Mountainbike mit der Achtzehn-Gang-Schaltung und den Halogenlichtern Ihres Sohnes zerstört worden ist und dass die Diebe auch noch die Originalrechnung gestohlen haben.

Und hier, diese Risse in der Tapete stammen ganz klar von einem Wasserschaden, für den die Hausratversicherung aufkommt. Und zwar muss hier eine Komplettrenovierung bezahlt werden. Dazu gibt es neue Möbel und ein komplettes Jugendzimmer für Ihren Sohn, der selbstverständlich auch neue Kleidung erhält. Machen Sie sich also keine Sorgen, Frau Koslowski. Das Geld ist nächste Woche auf Ihrem Konto. Und die Renovierung geht auch bald los.«

Die Frau nahm mich zum Abschied so lange und so herzlich in den Arm, dass mir danach alle Rippen wehtaten.

Xavier geleitet uns zu einem Teil des Restaurants, das ganz im heimeligen Bodega-Stil gehalten ist, und während wir uns setzen, entdecke ich an den umliegenden Tischen unter anderem Martin Semmelrogge, Peter Maffay und Dagmar Berghoff. Alles Leute, denen vermutlich die Villen gehören, an denen wir vorhin vorbeigefahren sind.

Kurz darauf erscheint ein Kellner und tänzelt auf uns zu, als würde er direkt von der Ballettstunde kommen. Anscheinend ist das hier Einstellungsvoraussetzung, dass man sich so bewegt. Er verbeugt sich, wischt mit einer galanten Bewegung ein paar unsichtbare Krümel vom Tischtuch, reicht uns die Speisekarte und fragt mit näselnder Stimme: »Wollen Monsieurdames, dass ich den Sommelier kommen lasse?«

Ich bin überrascht. Ist schließlich nicht üblich, dass einem die schwarze Küchenhilfe persönlich vorgestellt werden soll, wobei es mich gar nicht interessiert, ob der aus Kenia, Tansania oder eben Somalia kommt. Katie findet es offenbar genauso übertrieben wie ich und winkt ab.

»Ihre Empfehlung genügt uns völlig, François.«

»Merci, Madame. Stets zu Ihrer Verfügung.«

Meine Laune sinkt immer tiefer in den Kellner. Das hier, das ist einfach nicht meine Welt. Fühle mich wie ein Süßwasserfisch, der auf einmal ins offene Meer geraten ist. Ich weiß nicht, wie lange ich das durchhalte. Außerdem sehe ich

Katie auf einmal in einem neuen Licht. Und zwar vermutlich in dem Licht, das sie so zeigt, wie sie wirklich ist.

Warum, bitte schön, wollte sie hierherkommen? Doch wohl nur, weil sie mir beweisen möchte, wie selbstverständlich es für sie ist, neben Leuten zu sitzen, die ich nur aus dem Fernsehen kenne. Und sie will mir vermutlich einfach nur klarmachen, dass es für sie kein Thema ist, für ein Mittagessen genauso viel Geld auszugeben wie ich für meinen kompletten Urlaub. Inklusive Flug und Hotel.

Keine Missverständnisse, sie will mich nicht *kaufen*. Nein, ich denke, sie will mich einfach *beeindrucken*. Und vielleicht will sie mich auch *demütigen*. Klar, ist ja auch echt cool, so einem einfachen *Arenal-Affen* wie mir mal die richtige große Glamourwelt zu zeigen.

Aber da ist sie bei mir an der falschen Adresse. Zum Glück ist Trotz einer meiner zuverlässigsten Charaktereigenschaften. Von daher kann Katie ihre Blender-Nummer gerne versuchen. Wird bei mir aber nicht funktionieren. Weil ich weiß, wer ich bin. Und weil ich weiß, in welcher Liga ich spiele. So etwas beeindruckt mich überhaupt nicht.

Aber dafür werde ich sie nun beeindrucken. Ich werde mich einfach so zeigen, wie ich wirklich bin. Nichts einfacher als das. Aber es wird ihr nicht gefallen.

Ein paar Minuten später kommt der Ballett-Kellner erneut an unseren Tisch und sieht uns mit hochgezogenen Augenbrauen erwartungsvoll an. »Und? Haben Monsieurdames sich entschieden?«

»Jawoll«, sage ich. »Ich hätte gerne eine Portion Döner. Mit Pommes und Krautsalat.«

»Monsieur?« Sein Gesichtsausdruck wandelt sich von arrogant in verächtlich, wobei der Unterschied ausgesprochen dezent ist.

Ich wende mich an Katie. »Mein Französisch ist etwas eingerostet. Aber dieses ›Monsieur‹ soll wohl heißen, dass sie keinen Döner haben?«

»Genau.«

Ich blicke erneut den Kellner an. »Na gut, dann nehme ich Currywurst und Pommes. Und tu ordentlich Majo drauf, mein Junge.«

»Aber, Monsieur …«

»Habt ihr auch nicht? Dann vielleicht einen Cheeseburger?«

»Monsieur, isch muss doch sehr bitten. Dies ‘ier ist keine Imbisslokal, wo wir haben solche … solche Widerlischkeiten. Und im Übrigen …«

»Wieso reden Sie eigentlich Französisch?«, unterbreche ich ihn. »Ich dachte, wir sind hier in Spanien.«

Er überhört meine Frage und wendet sich kopfschüttelnd an Katie. Es ist offenbar unter seiner Würde, sich weiter mit mir abzugeben.

»Isch kann Ihnen empfehlen das Entrecote à la Provence, Madame. Dazu reischen wir sortierte Gemüse à la Saison und eine Sauce de Champagne. Und vielleicht wünschen Sie dazu …«

»Das nehmen wir – beide«, ruft Katie dazwischen.

Ich zucke gleichgültig mit den Schultern. »In Ordnung. Aber ich will Ketchup dazu.«

Katie schürzt die Lippen und sieht mich mit versteinertem Gesicht an. Sie könnte wenigstens lächeln, denke ich. Tut sie aber nicht. Sie sieht eher traurig aus. Gut so – schließlich ist sie selber schuld an dem Debakel.

Offenbar will es Ballett-François doch nochmal mit mir versuchen. Er nickt mir zu und fragt: »Wünschen Sie einen Wein dazu? Ich empfehle einen 98er Mouton Rothschild.«

»Monsieur«, sage ich zu ihm und ziehe die Augenbrauen hoch.

»Dann vielleicht einen erstklassigen Burgunder aus dem vergangenen Jahr?«

»Monsieur«, wiederhole ich, und zwar ziemlich pikiert.

Der Kellner schüttelt verständnislos den Kopf. »Pardon? Isch verstehe nischt, was Sie wollen sagen.«

»Ich habe *Monsieur* gesagt. Das heißt doch so viel wie *Nein*. Ich will nämlich überhaupt keinen Wein und schon gar nicht einen Rothschild, der so viel kostet, dass ich ein ganzes Jahr davon meine Miete bezahlen könnte. Ich will einfach nur ein Pils. Und jetzt dackel los und kümmer dich um die Bestellung.«

Er bleibt völlig gelassen – was mich beeindruckt, auch wenn ich es nur ungern zugebe.

»Gewiss, mein 'err. Ein Pils.« Dann wendet er sich an Katie. »Und für Madame?«

»Ich nehme eine Flasche Wein. Und da das für mich zu viel ist, trinken Sie ja vielleicht ein Glas mit, François. Und bringen Sie mir bitte die Hausmarke, die ich ohnehin bestellen wollte. Für deren Gegenwert kann man zwar nicht ein Jahr lang die Miete zahlen, aber mir schmeckt sie trotzdem.«

»Eine gute Wahl, Madame«, sagt er und trabt davon.

»Schwuchtel«, rufe ich hinter ihm her.

Katie stöhnt auf. Ich freue mich.

27. Mahlzeit

Es ist vermutlich wenig überraschend, dass unser Essen recht schweigsam verläuft. Wobei es eigentlich gar nicht *unser* Essen ist. Sondern eher *mein* Essen.

Katie starrt nämlich nur auf ihren Teller und rührt keinen Bissen an. Oder sagen wir, fast keinen Bissen. Gelegentlich kaut sie auf einer Möhre herum und wirkt ansonsten ziemlich gedankenverloren. Zwischendurch wirft sie mir einen kurzen Blick zu, wobei es mir nicht schwerfällt zu deuten, was in diesen Augenblicken in ihr vorgeht. Klar, ich bin genau der Schwachkopf, für den sie mich wahrscheinlich sowieso gehalten hat. Ich bin ja schließlich nur ein kleiner Versicherungsvertreter mit schlechten Manieren. Ein Typ, der in Arenal Urlaub macht. Was hat sie also bitte schön erwartet?

Im Übrigen ist mir ihre Meinung herzlich egal. Ich für meinen Teil bin nämlich mit Essen beschäftigt. Ich haue herzhaft rein, weil es wirklich verdammt gut schmeckt. (Weswegen ich ihre Portion gleich mitverdrücke. Sie isst ja, wie gesagt, nichts.) Das sogenannte Entrecote würde bei uns zwar einfach als Rinderschnitzel durchgehen, aber zweifelsohne ist es ausgesprochen meisterhaft zubereitet. Und auch der handgemachte, aus frischen Tomaten zubereitete Ketchup ist wirklich ausgezeichnet.

Irgendwann entscheidet sich Katie dann doch dafür, mit

mir zu reden. Allerdings fällt das Ganze nicht gerade freundlich aus.

»Du bist so was von kindisch, Jo. Das glaub ich einfach nicht«, sagt sie.

»Du auch«, entgegne ich.

»Ach ja?«

»Ja – oder meinst du, mir ist nicht klar, warum du mich in so einen Schuppen führst?«

»Warum denn?«

»Na, um mich vorzuführen. Weil du dich rächen willst. Ja, du hast mir, dem kleinen schlecht erzogenen Idioten aus Arenal dein Herz ausgeschüttet. Und er hat dich eine ganze Nacht lang getröstet. Das kann ja nicht mit rechten Dingen zugehen. Also rückst du jetzt deine Welt wieder zurecht. Um mir deutlich zu machen, wie unbedeutend ich bin. Und wie wenig ich für eine Frau wie dich wert bin.«

Während ich spreche, verändern sich ihre Gesichtszüge – ihr Ausdruck ist erst entsetzt, dann ärgerlich, schließlich fassungslos. »Das glaubst du nicht wirklich, Jo, oder?«

»Was spielt das für eine Rolle? Jedenfalls kann ich dir versichern, dass es nicht funktioniert. Dieser renovierte Ziegenstall hier beeindruckt mich nicht im Geringsten. Und übrigens ist es mir total egal, dass hier einmal husten schon zehn Euro kostet.«

»Stimmt nicht. Husten ist umsonst. Aber die Tempos zum Naseputzen, die kosten wirklich eine Menge.«

»Mach dich nur lustig über mich …«

»Das muss ich gar nicht«, unterbricht sie mich. »Das tust du schon selbst.«

Ich spare mir eine Antwort. Stattdessen schiebe ich mir den letzten Bissen meines Schnitzels in den Mund und kaue genüsslich. Dazu leere ich mein Bier, klatsche in die Hände und rufe in Richtung Küche: »Noch ein Bier, Franz. Aber dalli, dalli.«

Dann wende ich mich an Katie: »Das machen Leute wie ich so. Wir sind grundsätzlich zu laut und zu unhöflich und zu betrunken. Aber das wusstest du ja schon vorher.«

Katie sagt gar nichts mehr. Sie sitzt vor mir und starrt mich an – und dann, ich traue meinen Augen nicht, muss ich mitansehen, wie ein paar dicke Tränen über ihre Wangen kullern. Ja, glaubt es oder nicht, aber sie fängt tatsächlich an zu heulen.

28. Schwein sein

Zu den unerträglichsten Geräuschen der Welt zählt – neben einem defekten Keilriemen, einer Bohrmaschine, die unversehens auf Metall trifft, und der Musik von James Blunt – natürlich das Weinen einer Frau. Warum? Weil es die direkteste Form von Erpressung ist, die es gibt. Das Heulen einer Frau ist hinterhältig. Wie eine Folter. Es ist emotional radioaktiv und sollte von der UNO verboten werden.

Immer, wirklich immer, wenn ich vor einer Frau sitze, die heult, frage ich mich, ob man nicht einfach den Ton abstellen kann. Kann man aber nicht.

Dann überlege ich, warum wir Männer nicht einfach schwul werden. Oder Mönche. Oder wir finden uns endlich damit ab, dass Selbstbefriedigung ohnehin der beste Sex ist. (Weil es danach still ist, niemand reden will und den Vorwurf wagt, dass wir uns mal wieder etwas mehr Mühe geben könnten, und auch niemand die Frage stellt, ob wir unseren Partner wirklich immer noch so attraktiv wie am Anfang fänden – und wir dann womöglich auch noch ehrlich sein müssten.)

Denn egal, was ein Mann angesichts der Tränen einer Frau sagt, es stempelt ihn in jedem Fall zum Schwein ab. Schließlich soll er gar nichts sagen. Er soll sich einfach nur *kümmern*. Glaubt mir, ich habe da Erfahrung.

Karoline zum Beispiel – ein Mädchen, das ich in einer Disco

aufgegabelt habe – fing zu heulen an, weil ich eine halbe Stunde nach unserem Zusammentreffen und zehn Minuten nach unserem ersten Sex auf der Disco-Toilette nicht mit ihr über unsere gemeinsame Zukunft sprechen wollte.

»Aber warum denn nicht?«, kreischte sie tränenüberströmt.

»Ich müsste dich einfach besser kennenlernen, aber das geht nun mal nicht, weil wir uns nie wiedersehen werden. Das ist doch nicht so schlimm, oder?«

Hat es vielleicht geholfen? Nein, natürlich nicht.

Oder Jessica, eine Arbeitskollegin, die immer in Tränen ausbricht, wenn unser Chef sie mal wieder runtergeputzt hat. Ich nehme dann in so einem Fall ihre Hand und sage tröstend zu ihr: »Nimm es einfach nicht so schwer. Andere Chefs hätten dich schon längst rausgeschmissen. Und wir Kollegen hätten nicht einmal was dagegen. Im Grunde solltest du dich also echt freuen.«

Auch sie heulte daraufhin weiter – sogar noch lauter als zuvor.

Das beste Beispiel aber ist, wie immer, Nina, meine Verlobte. Neulich erst machte sie mir Vorwürfe, weil ich ihr neues Kaffeeservice nicht genug zu würdigen wüsste.

»Es gefällt dir nicht, stimmt's?«, fragte sie mit tränenerstickter Stimme.

»Doch, schon«, sagte ich.

»Aber?«

»Na ja, dieses Rosa ist nicht unbedingt meine Lieblingsfarbe. Und diese Engelchen, die sind … Also, ich weiß nicht genau, wie ich es ausdrücken soll. Die sind …«

»Es ist doch für uns beide, Jo. Für nach der Hochzeit. Darum habe ich direkt das Abonnement unterschrieben. Also auch in deinem Namen. Weil sie doch schon das teure Hochzeitskleid geliefert haben. Jedenfalls bekommen wir ab sofort jeden Monat ein neues Teil dazu. Sogar Eierbecher.«

Ich war fuchsteufelswild, nicht nur wegen der Unterschrift, sondern auch, weil ich früh am Morgen einfach keine rosafarbenen Eierbecher mit Engelchen drauf sehen will. Das sagte ich ihr auch. Und Nina? Sie heulte auf wie eine hochgetunte Honda mit tausend Kubik und Nitroglyzerin im Tank. Sie kreischte so laut, dass der achtzigjährige Herr Schadowski aus dem ersten Stock instinktiv in den Luftschutzkeller ging, weil er ihr Schluchzen für die Fliegersirene hielt.

Dann wimmerte sie so laut, dass der sechzehnjährige Enkel von Herrn Schadowski kurz darauf bei uns klingelte und fragte, von wem denn dieses unglaublich geile Heavy-Metal-Gitarren-Solo sei. Und sie schluchzte so laut weiter, dass danach auch noch Frau Blüm von nebenan anrief und meinte, wir sollten sofort damit aufhören, unsere Katze zu quälen, sie sei immerhin die Vorsitzende des Tierschutzbundes …

Wie wäre es stattdessen denn mal mit einem Männerschutzbund?, habe ich ihr entgegengerufen. Der könnte für seine Mitglieder zum Beispiel verbilligte Ohrenstöpsel ausgeben. Oder schalldichte Schutzräume einrichten, in die man sich flüchten könnte, wenn wieder einmal ein Tränen-Tsunami droht. Oder sie könnten hauptamtliche Tröster zur Verfügung stellen, die dann nach Hause kämen, um die kreischenden Frauen zu beruhigen, während wir uns mit unseren Freunden in der Kneipe träfen, um *nicht* darüber zu sprechen!

All das geht mir durch den Kopf, während Katie vor mir sitzt und dicke Tränen unaufhörlich über ihre Wangen kullern.

Aber wisst ihr, was das eigentlich Erstaunliche in diesem Moment ist? Das, was mich endgültig aus der Bahn wirft und womit ich wirklich überhaupt nicht gerechnet habe?

Es ist die Tatsache, dass ich, anders als sonst, nicht wütend und sauer bin und dass ich auch nicht zittere und vor unterdrückten Aggressionen Atembeschwerden bekomme. Nein, ich sitze vor Katie, sehe sie an und bin ... ebenfalls traurig. Mit anderen Worten: Sie so zu sehen, *berührt* mich.

Das darf doch wohl nicht wahr sein! Meine bevorstehende Hochzeit scheint schon jetzt ein echtes Nervenbündel aus mir gemacht zu haben. Katie heult – und ich habe *Mitleid*! Ich spüre den Drang, sie in den Arm zu nehmen! Und zu trösten!

O Gott, ich schäme mich.

Ich lasse den Kopf sinken, und der ganze Mist, den ich vorhin gesagt habe, und all die miesen Dinge, mit denen ich mich aufgespielt habe, tun mir auf einmal leid. Ich war wirklich ein Idiot. Ein Mistkerl. Ein feiger Drückeberger. Ich habe mich ihr gegenüber unterirdisch schlecht benommen.

In Wirklichkeit, das sehe ich jetzt auf einmal ganz deutlich, wollte sie mich nämlich gar nicht demütigen. Sie hatte einfach nur vorgehabt, ein paar schöne Stunden mit mir zu verbringen. In Wahrheit bin ich derjenige, der mit ihr und dem ganzen Drumherum hier nicht klarkommt und dem darum nichts Besseres eingefallen ist, als gemein zu ihr zu sein und wild um sich zu schlagen ...

Verdammt nochmal, ich habe es versaut.

29. Ich mache das schon

Wir sitzen im Auto und fahren zurück nach Arenal. Immerhin hat Katie sich vorhin bereiterklärt, mich zurückzubringen. »Eigentlich sollte ich dich auf einer von diesen illegalen mallorquinischen Müllkippen absetzen. Es ist ganz normal, dass die Leute da ihren Giftmüll entsorgen«, sagte sie dazu.

Ich habe mir eine Antwort gespart. Was hätte ich auch sagen sollen? Dass es herzlos ist, Männer einfach in der Wildnis auszusetzen? Es hätte sie vermutlich nicht sonderlich berührt. Zwischen uns herrschte nämlich seit der Szene im Restaurant absolute Eiszeit. Und das liegt auch daran, dass unser Streit vorhin noch keineswegs vorbei war.

Nachdem Katie ihre Tränen abgewischt und ich endlich aufgegessen hatte (es gab noch Nachtisch, und zwar vom Feinsten), verlangten wir die Rechnung. Der ziemlich unglücklich dreinschauende François legte daraufhin ein mit goldenem Muster verziertes Lederetui auf unseren Tisch. Klar, solche Schuppen sind viel zu fein, als dass man den Kassenzettel einfach so in die Hand gedrückt bekäme.

Ohne mich auch nur zu fragen, griff Katie nach dem Lederdings und kramte dann nach ihrer Brieftasche.

Ich packte sie am Handgelenk, schüttelte den Kopf und sagte: »Lass mal, ich mache das schon.«

Für mich war klar, dass ich die Rechnung übernehmen

würde, selbst wenn ich es mir eigentlich nicht leisten konnte. War mir egal. Es ging hier nicht um Geld. Es ging um meine Selbstachtung. Klare Sache, oder? Würde jeder Mann so machen – jedenfalls solange er das entsprechende Mädchen noch nicht rumgekriegt hatte.

Aber wisst ihr, was Katie daraufhin sagte?

»Sei nicht albern, Jo«, meinte sie. »Selbstverständlich bezahle *ich.*«

Sie hätte nichts Schlimmeres, Demütigenderes, Vernichtenderes sagen können. Es war noch schlimmer als dieses *niedlich* von vorhin. ›Sei nicht albern.‹ Als ob es völlig klar wäre, dass ich der arme Schlucker und sie die Frau mit Geld wäre.

Ist sie ja auch. Aber muss man es deswegen auch so deutlich aussprechen? Ihre Worte waren so etwas wie der Gongschlag zur nächsten Runde unserer Auseinandersetzung.

Anstatt klein beizugeben, riss ich ihr das Lederetui unsanft aus der Hand und sagte: »Gib das her, Katie. Du bist zwar vielleicht reicher als ich, aber ich habe auch meinen Stolz. Und in dieser Hinsicht bin ich nun mal altmodisch. Der Herr bezahlt.«

»Der Herr ist ein Idiot.«

Ich warf einen Blick auf die Rechnung und wusste, dass sie Recht hatte. Hätte ich doch bloß die Klappe gehalten. Aber es war zu spät. Mein Urlaub würde nach dieser Mahlzeit tatsächlich doppelt so teuer werden wie geplant. Aber was soll's. In ein paar Tagen würde ich sowieso verheiratet sein. Dann konnte ich immer noch sparsam leben. Also konnte ich vorher genauso gut noch einmal über die Stränge schlagen.

Ich legte meine Kreditkarte in dieses verdammte Lederdings und hoffte inständig, dass vorne am Kassenautomat nicht gleich irgendeine Alarmanlage zu heulen anfing, weil meine Konten nicht gedeckt wären.

Statt weiter auf mir rumzuhacken, überwand Katie schließlich ihre Wut. Mit leiser Stimme sagte sie: »Danke, Jo.«

Darum, genau darum, war der Tag für mich danach endgültig gelaufen, endgültig jede Chance auf Versöhnung vertan. Weil es mich beeindruckte, dass sie dies gesagt hat. Weil sie damit zu erkennen gab, dass sie auch verlieren konnte. Anders als ich.

Das war also eine ganz miese Tour von ihr. Sie stempelte mich endgültig als denjenigen ab, der mit der ganzen Situation und mit ihrer Person überfordert war.

Das war wirklich verdammt unfair von ihr! Und so recht besehen stört es mich darum auch gar nicht, dass wir seitdem kein Wort mehr miteinander gewechselt haben. Nicht ein einziges. Weder als wir aus dem Restaurant aufgebrochen sind noch danach während der gesamten Fahrt zurück. Nichts als eisiges Schweigen zwischen uns.

Wir sind schon durch Palma durch und nähern uns Arenal. Unsere Fahrt wird bald zu Ende sein. Der Abschied naht. Gut so. Dann bin ich sie endlich los! Und kann mit den Jungs wieder Spaß haben. Mich endlich auf das freuen, was vor mir liegt. Was war das nochmal? Ach ja, meine Hochzeit.

Genau in diesem Moment räuspert Katie sich. Anscheinend möchte sie doch noch etwas sagen. Ich bin gespannt. Allerdings dauert es eine ganze Weile, bis sie den Mund aufmacht. Dann kommt es aber umso dicker.

»Ich … ich weiß nicht, warum du das getan hast, Jo. Warum du dich heute so verhalten hast. Aber ich weiß auch, dass du nicht wirklich so bist.«

Mehr sagt sie nicht. Ist auch nicht nötig. Ich verstehe auch so, was sie damit meint.

Sie sieht mich an. Ich sehe sie an. Um uns herum tobt der dichte Verkehr des frühen Abends. Vor uns schimmern die roten Rückleuchten der anderen Autos, auf der anderen

Fahrbahnseite blenden uns die hellen Scheinwerfer der entgegenkommenden Wagen. Nicht gerade die Atmosphäre für tiefschürfende Gespräche.

»Doch, Katie. Genau so bin ich«, sage ich schlicht.

»Aber …«

»Nein, kein Aber. Was hast du denn bitte schön erwartet? Du hast es ganz richtig gesagt heute Morgen: Ich bin ein Typ aus Arenal. Und du bist ein Mädchen aus Deia. Ich bin arm, du bist reich. Ich bin ein ganz normaler Kerl, und du stammst aus gutem Hause. Das ist die Wirklichkeit. Wir passen nicht zusammen. Wir müssen uns damit abfinden. Es ist in Ordnung. Der einzige Fehler, den wir uns vorwerfen können, ist der, dass wir uns überhaupt wiedergesehen haben. Vielleicht war es sogar den Versuch wert – aber er ist nun mal schiefgegangen. Lassen wir es einfach dabei.«

Nicht schlecht, oder? Ich glaube, mit dem Spruch könnte ich mich in Hollywood bewerben. Ist doch absolut filmreif. Echt melodramatisch – müsste jede normale Frau zum Heulen bringen, oder?

Na ja, Katie anscheinend nicht. Sie hat ihre Tränen vermutlich vorhin schon verbraucht. Ist auch egal.

Sie sieht kurz zu mir hinüber, starrt dann wieder auf den Verkehr vor uns. Mit einer trockenen, kontrollierten Stimme sagt sie dann: »Du hast Recht, Jo. Lassen wir es dabei.«

Stille. Alles ist gesagt. Ein würdiges Schlusswort.

Tja, aber anstatt dass ich es wirklich damit bewenden lasse, beweise ich mal wieder, dass ich nicht alle Tassen im Schrank habe. Ich weiß auch nicht, warum ich in solchen Situationen immer irgendetwas tun muss, was mich garantiert in noch größere Schwierigkeiten bringt. Entweder weil ich wirklich nicht ganz dicht bin oder weil mir alles andere einfach zu langweilig wäre. Keine Ahnung.

Vielleicht finde ich auch nur, dass dieses »Lassen wir es dabei« ein zu mickriges Ende für die Sache mit Katie und mir sein würde.

»Würdest du bitte kurz anhalten, Katie«, höre ich mich selber sagen.

»Hier? Mitten auf der Autobahn?«

»Wie wäre es mit dem Seitenstreifen?«

»Also schön.«

Sie bringt den Wagen zum Stehen und sieht mich verwundert an. Ich schließe für einen Moment die Augen. Innerhalb weniger Sekunden lasse ich noch einmal den gesamten zurückliegenden Tag Revue passieren, angefangen von unserem Wiedersehen am Pool, über unseren seltsamen Handschlag im Wagen (kein Sex!), bis hin zu unserem Streit im Restaurant.

Ich weiß auf einmal, dass das alles überhaupt keine Rolle spielt. Weil nur dieser eine Moment zählt, den wir jetzt gerade erleben. Darum tue ich es. Ich beuge mich über die Gangschaltung hinweg zu ihr und küsse sie. Und zwar ohne zu fragen, ohne etwas zu sagen, einfach so, mitten auf den Mund.

»Jetzt kannst du weiterfahren«, sage ich.

»Muss ich?«

»Nein.«

»Gut.«

Dann ist sie diejenige, die sich rüberbeugt, und wir küssen uns erneut. Und zwar auf eine Art, über die Hacki sagen würde: »wie Tiere«.

30. Geisterstunde

Eine gute halbe Stunde später sind wir wieder in Arenal, und Katie fährt direkt vor dem Hotel vor – allerdings nicht vor *meinem*. Sondern vor *ihrem*. Sogar vor ihrem *eigenen*, wie sie betont.

»Und hier wohnst du?«, frage ich verwundert.

»Allerdings. Und ich bin sogar der einzige Gast. Wir haben sozusagen das ganze Hotel für uns!«

Wir stehen in einer Seitenstraße vor einem ziemlich heruntergekommenen Gebäude, das seine besten Zeiten vermutlich irgendwann im vorletzten Jahrhundert hatte. Die Fassade ist abgeblättert, die meisten Fenster sind mit Brettern vernagelt, und vor der großen hölzernen Drehtür hängt eine riesige Eisenkette mit einem Schild daran, auf dem in Deutsch, Englisch und Spanisch »Wegen Umbau geschlossen« steht.

Dennoch, das muss ich zugeben, ist dem Hotel anzusehen, dass es früher einmal so etwas wie *Grandezza* besessen hat: Die Mauern und Giebel sind mit Stuck verziert, hinter den wenigen Fenstern, die nicht vernagelt sind, sieht man edle Brokatvorhänge, und vor der Tür liegt immer noch ein alter, kostbarer roter Teppich.

Katie erklärt mir, dass es sich um das ehemalige Hotel *Isla Mallorca* handelt. Es ist nicht nur eines der ältesten Häuser am Ort, in dem schon berühmte Hollywoodstars und der

König von Spanien logiert haben, es ist ganz zufällig auch das Haus, das ihr Freund Gerd gekauft hat. Beziehungsweise ihr Exfreund. So ist sie auch nach unserer Begegnung neulich nachts einfach hierhergekommen, zumal sie wusste, wo Gerd den Schlüssel versteckt hatte.

Er möchte das altehrwürdige Haus so schnell wie möglich abreißen lassen, um an der gleichen Stelle einen dieser riesigen modernen Hotelklötze hinzusetzen. Bisher hat er aber noch nicht die entsprechenden Genehmigungen bekommen. Irgendwann würde er schon noch den richtigen Beamten bestechen, und dann würden hier die Abrissbagger anrollen. Aber bis dahin will Katie es sich hier einfach noch einmal gemütlich machen.

Wir gehen zu einem kleinen Nebeneingang, und ich sage zu ihr: »Tja, dann wünsche ich dir eine gute Nacht.«

Sie lächelt mich seltsam an. »Moment mal, du willst doch wohl nicht etwa gehen? Nachdem du mich gerade geküsst hast?«

»Doch, eigentlich schon.«

»Kommt gar nicht infrage. Du glaubst doch wohl nicht, dass ich dich jetzt einfach so weglasse. Nein, diese Nacht wirst du schön mit mir verbringen!«

Unter normalen Umständen würde ich jetzt vor meinem geistigen Auge eine Champagnerflasche öffnen. Wann passiert einem so etwas schon einmal? Eine wunderschöne Frau droht mir eine gemeinsame Nacht in einem verlassenen Hotel an – das klingt fast so unwirklich wie die Handlung eines Billigpornos. In einem solchen Film müsste ich jetzt so etwas sagen wie »Okay, du kleines geiles Luder, dann zieh dich schon mal aus.«

Tue ich aber nicht. Das hier ist nämlich kein Film. Außerdem besteht da noch dieses seltsame Abkommen, das Katie und ich getroffen haben und an das ich sie fairerweise doch noch einmal erinnern möchte.

»Du wolltest doch keinen Sex mit mir haben«, sage ich. »Das hast du mich sogar schwören lassen! Und jetzt soll ich mir dir da reingehen?«

Katie sieht mich an und bekommt einen Lachanfall.

»Hat irgendjemand von Sex gesprochen?«

»Nein, aber ... Warum sollten wir denn sonst die Nacht miteinander verbringen?«

»Typisch Mann. Ihr könnt euch gar nicht vorstellen, dass man mit einer Frau auch etwas anderes tun könnte, als sie zu verführen.«

»Was könnte man denn sonst noch mit ihr tun?«

»Lass dich überraschen. Und jetzt komm einfach mit.«

Ich seufze resigniert und folge ihr durch die Nebentür ins Innere des Gebäudes.

Drinnen herrscht trübes Zwielicht, das von ein paar Notlichtern erzeugt wird. Die Sitzgruppen in der Halle sind mit weißen Laken verhängt, und über allem liegt eine dicke Staubschicht. Es wirkt wie die Kulisse für einen Gruselfilm, allerdings einen der besonderen Sorte. Ein ganzes Hotel für sich alleine zu haben, ist an sich schon ein besonderes Erlebnis. Und wenn es dazu noch mitten in der Nacht ist und man eine Frau an seiner Seite hat, mit der man garantiert *keinen* Sex haben würde, kann einen das wirklich das Fürchten lehren.

Katie bewohnt die Suite im obersten Stock – ein Raum mit teuren Louis-quatorze-Möbeln, einem marmorgefliesten Badezimmer und einem Himmelbett, von dem vermutlich alle Mädchen träumen. Bevor wir es uns dort bequem machen (mein Plan), streifen wir erst einmal mit einem brennenden Kerzenständer in der Hand durch das gesamte Haus (ihr Plan).

Wir kommen uns vor wie Teenager, die etwas Verbotenes und sehr Abenteuerliches tun. Vorsichtig schleichen wir die langen Flure entlang, während die flackernden Kerzen unsere Schatten gegen die Wände werfen und unseren Augen Streiche spielen – als ob wir wirklich Gespenster sehen könnten. Katie gruselt sich und lacht sich gleichzeitig tot. Typisch Frau. Die wissen einfach nicht, was sie wollen. Da soll mal einer schlau draus werden.

Dann setzen wir uns bei Kerzenlicht in den großen Ballsaal und trinken eine Flasche Wein, die wir in einer Vorratskammer neben der Küche gefunden haben. Ich bringe mit ein wenig Bastelarbeit und ein paar gezielten Schlägen das alte Grammophon in Schwung, und Katie und ich drehen Walzerrunden über das verstaubte Tanzparkett.

Als wir uns außer Atem und lachend wieder an den Tisch setzen, hebt Katie ihr Glas und prostet mir zu.

»Darf ich dir ein Kompliment machen, Jo?«

»Ich dachte, dafür sind Männer zuständig.«

»Sei nicht so altmodisch. Also, darf ich?«

»Wenn's sein muss.«

»Ich wollte dir sagen, dass ich … also dass du …«

»Ja?«

Sie sieht mich an und scheint innerlich irgendwie Anlauf zu nehmen, um ihre Worte herauszubringen. Dann sagt sie: »Ich habe das Gefühl, dass mich alle Männer, mit denen ich bisher zu tun hatte oder mit denen ich zusammen war, auf die eine oder andere Weise belogen haben. Die einen haben mir ganz direkt die Unwahrheit gesagt, und die anderen haben es auf eine indirekte, aber nicht viel bessere Art gemacht. Vielleicht haben sie es nicht mit Absicht getan, aber auf Dauer macht das auch keinen Unterschied. Und …«

Ich sehe sie erwartungsvoll an, denn bisher klingt das Ganze nicht unbedingt nach einem Kompliment, sondern eher wie das Gegenteil. Gerade als ich etwas sagen möchte, fährt sie fort: »... Nur bei dir, Jo, da ist es anders.«

»Anders?«

»Ja, ich spüre, dass du ehrlich bist. Und ich kann dir gar nicht sagen, wie unendlich viel mir das bedeutet. Vielleicht ist es sogar das Wichtigste überhaupt.«

Ich sehe sie erstaunt an und frage: »War das jetzt das Kompliment?«

»Ja, das war das Kompliment.«

»Hm. War gar nicht so schlimm. Kann ich noch eins haben?«

Sie lacht, und ich freue mich darüber.

»Vielleicht ein andermal. Erst einmal musst du nämlich ein Versprechen einlösen.«

»Ich wusste, dass die Sache einen Haken hat.«

»Erinnerst du dich an unsere erste Nacht? Damals hast du versprochen, mir etwas über dich zu erzählen, wenn wir uns wiedersehen. Jetzt ist es so weit.«

Ich stöhne genervt auf. Es ist also wirklich so, wie ich befürchtet habe: Ich will Sex. Und die Frau, mit der ich zusammen bin, will *reden*.

Aber, was soll's. Schließlich ist das eine Lebensweisheit, die jeder Mann beherzigen sollte: Man muss das eine tun, um das andere zu bekommen. Also schön, dann *reden* wir halt. Hauptsache wir machen danach das, was ich will.

31. Mein Leben und ich

Ich bin in einer Kleinstadt am nördlichen Rand des Ruhrgebietes aufgewachsen, und zwar in einer Mietshaussiedlung, die eine verdächtige Ähnlichkeit mit einer Legebatterie für Masthühner hat. Die Häuser waren zwar etwas größer als die entsprechenden Ställe, aber dass man uns Kinder als »freilaufend« bezeichnen könnte, würde ich nicht sagen.

Meine Eltern waren das, was man einfache Leute nennt. Mein Vater war Arbeiter, meine Mutter Hausfrau, mein Bruder war Rocker, und ich war der Typ, der alles einmal besser machen sollte. Tja, hat nicht unbedingt hingehauen.

Die schönsten Momente in meiner Jugend erlebte ich, wenn ich allein mit meinem Vater im Schrebergarten war, wo er seinen Selbstgebrannten versteckte, und zwar nicht nur vor den Behörden, sondern auch vor meiner Mutter. Im Übrigen war mein alter Herr ein Mann, der auf alle Fragen, die man ihm stellte, immer dieselbe Antwort gab:

»Und, Heinz, wie geht's?«

»Muss ja.«

»Und auf der Arbeit?«

»Muss ja.«

»Und zu Hause, mit deiner Frau?«

»Muss ja.«

Er war ein warmherziger, humorvoller Mensch, was man

allerdings erst auf den dritten Blick bemerkte – und so genau hat meine Mutter nie hingesehen. Sie nannte ihn immer nur den »Alten«, und geredet hat sie nie mit ihm, weil sie ihn eigentlich immer nur angeschrien hat. Mein Vater, statt lautstark zu kontern, hat gar nichts gesagt. Er hat dagesessen und geschwiegen, und ab und zu hat er zu mir herübergesehen, mit den Augen gerollt und ganz leicht gelächelt. Wenn meine Mutter das sah, ist sie natürlich erst recht außer Rand und Band geraten.

»Ach, die Herren finden das wohl lustig?«

»Nein, Mama, bestimmt nicht«, habe ich gesagt.

»Und du, Heinz? Was ist mit dir?«

Keine Antwort – *muss ja.* Dann ist meine Mutter auf mich losgegangen, und es gab eine tüchtige Abreibung mit dem Teppichklopfer. Und wenn mein Vater dabei im Weg stand, hat er ebenfalls seinen Anteil Schläge abbekommen. Die blauen Flecken, die er dann hatte, erklärte er gegenüber seinen Kollegen natürlich immer nur mit einem Sturz von der Leiter, einem Sturz vom Stuhl, einem Sturz vom Dach der Gartenlaube.

Dabei erlebte er die einzigen echten Abstürze an der Kneipentheke, dafür umso tiefer und umso länger. Richtig saufen können halt nur wir Männer aus dem Pott.

Tatsache ist, dass mein Vater, der zu Hause kaum ein Wort von sich gab, immer dann zu großer Form auflief, wenn er mit seinen Kumpels zusammensaß. Da war er beliebt – für die Geschichten, die er erzählte, aber auch für die Tipps und Hilfestellungen, die er anderen gab. Nur sich selbst hat er eigentlich nie geholfen.

Die Ehe meiner Eltern war und ist halt eine Katastrophe – bis zum heutigen Tag. Aber irgendetwas, davon bin ich überzeugt, verbindet meine Eltern eben doch. Und im Übrigen ist die Art, wie die beiden miteinander umgehen, keineswegs ungewöhnlich. Bei den meisten Freunden, Verwandten und Bekannten ist es genauso. Große Liebesgeschichten gibt es nun einmal bei Leuten wie uns nicht.

Das Schlimmste im Leben meines alten Herrn war der Tag, an dem er arbeitslos wurde. Ich war damals sechzehn. Die Chance, dass so einer nochmal eine Anstellung findet, ist ungefähr so groß, wie hier in Arenal einen Deutschen zu treffen, der nüchtern ist. Meine Mutter hat ihm die Hölle heißgemacht, jeden Tag, immer aufs Neue. Einen Versager hat sie ihn genannt, einen Faulpelz, einen Drückeberger. Schließlich ist er einer von denen geworden, die jeden Morgen aus dem Haus gehen und jeden Abend heimkehren, nur dass sie zwischendurch nicht auf Schicht sind, sondern im Park herumstehen und Dosenbier trinken.

Damals, ich war ein ziemlich ausgekochter Bengel, war mir das natürlich alles ziemlich egal. Schule, Arbeit, Geld verdienen. Was soll's, interessierte mich nicht. Ich entwickelte zu der Zeit die üblichen Hobbys, und wenn ich nachmittags mit meinen Kumpels herumhing, also mit Hacki und Schröder, und etwas später auch mit Benni, unterhielten wir uns über genau dieselben Dinge wie alle in dem Alter: Mofas, Musik und Mädchen. Wir Jungs hatten damals einen leerstehenden Keller mit Matratzen und alten Möbeln eingerichtet. Und dorthin haben wir dann unsere Freundinnen eingeladen, und während auf dem alten Plattenspieler die Scheiben von *Kiss, Status Quo* oder *Foreigner* liefen, haben wir unsere ersten Erfahrungen gesammelt.

Bei vielen meiner Freunde sollte es dabei auch bleiben. Weil die Mädchen damals schneller schwanger wurden als die Kaninchen in den Ställen im Hinterhof. So war es jedenfalls bei Hacki gewesen und dann auch bei Schröder. Die beiden heirateten mit Anfang zwanzig und wurden kurz darauf Väter, und vermutlich sind sie Großväter, bevor sie ihren vierzigsten Geburtstag erleben.

Zu der Zeit war es nur eine Ahnung, aber etwas später wurde mir dann klar, dass ich irgendwie anders war als meine Freunde. Es war halt so, dass die Welt, in der ich aufgewachsen bin, in gewisser Weise doch noch heil war. Jedenfalls, was das Thema »Heiraten und Kinderkriegen« anging. Wie gesagt, meine besten Freunde waren früh unter der Haube, hatten Kinder und im besten Fall auch einigermaßen sichere Jobs. Abends trafen wir uns in der Kneipe oder in der Disco, und eigentlich lebten die meisten von uns das Leben, das auch unsere Eltern führten. Keine großen Aufregungen, aber dafür gab es so etwas wie Verlässlichkeit.

Ich war zunächst ein wenig neidisch auf die Jungs. Ist wohl verständlich, wenn man der Einzige ist, der in dieser Hinsicht aus dem Rahmen fällt. Und ich weiß nicht einmal genau, warum ich diesen Weg eingeschlagen habe – es ergab sich halt. Klar, ein paar Versuche habe ich unternommen. Aber es hat nicht funktioniert. Keine Beziehung, die ich eingegangen bin, hat länger als ein Jahr gehalten. Und in der Regel war schon viel früher Schluss. Es war einfach so, dass mir alle Mädchen, mit denen ich etwas anfing, spätestens nach drei Monaten auf die Nerven gingen. Und wenn ich mich mal auf eine längere Beziehung einließ, dann nur, weil ich die Nase voll davon hatte, von meinen Kumpels verspottet zu werden. Von wegen, dass ich auch wirklich mit keiner zufrieden wäre. Dabei war das gar nicht so. Dachte ich jedenfalls damals. Ich fand einfach nur nicht die Richtige.

Na ja, und dann traf ich Nina. Und obwohl wir keinen einfachen Start miteinander hatten und uns ziemlich häufig stritten, habe ich bei ihr zum ersten Mal das Gefühl gehabt, dass auch ich zu so etwas wie Zuverlässigkeit und Verbindlichkeit in der Lage bin.

So gesehen ist Nina die erste Frau, die mich von meinem bis dahin unsteten, immer auf den nächsten Kick ausgerichteten Singletum befreit hat. Und im Laufe der Zeit habe ich mich an sie gewöhnt, auch wenn das nicht heißt, dass wir uns immer gut miteinander verstehen. Aber das muss ja auch nicht sein. Denn so viel habe ich gelernt: Man kann für sein Glück ohnehin nicht kämpfen. Es passiert einfach. Oder auch nicht. Irgendwann muss man bereit sein, die Dinge hinzunehmen. Auch wenn sie vielleicht nicht ganz so sind, wie man sie sich vorgestellt hat.

32. Zwei Rebellen

Es ist schon weit nach Mitternacht, als ich meinen Bericht beende. Katie hat es sich in ihrem Sessel bequem gemacht und mir aufmerksam zugehört. Sie hat meine Rede immer mal wieder durch kleine Kommentare, eingeworfene Gedanken oder ein spontanes Kichern unterbrochen.

Jetzt aber sieht sie mich mit einer in Falten gezogenen Stirn nachdenklich an und sagt: »Ist dir eigentlich schon mal aufgefallen, dass wir uns ähnlich sind, Jo?«

»Nein«, entgegne ich. »Und es kann mir auch gar nicht auffallen, weil es nicht stimmt. Wir sind so gegensätzlich wie zwei Menschen überhaupt nur sein können.«

Katie lässt sich von meinen Worten nicht beeindrucken. »Du betrachtest halt nur das Äußere«, sagt sie. »In Wahrheit aber habe ich doch Recht. Wir finden uns nämlich beide nicht mit dem ab, was unsere Umgebung von uns erwartet. Oder was unsere Eltern uns vorgelebt haben. Wir sind so etwas wie Rebellen.«

Ich muss lachen, als sie das sagt. Rebellen! Bei mir könnte das ja noch angehen. Aber bei ihr, einem Mädchen, das einen Alfa Spider fährt und nicht einfach nur reich ist, sondern so richtig fett Kohle hat? Die tickt doch nicht richtig, oder?

Aber selbst wenn sie Recht hätte, so träfe es doch nur für die Vergangenheit zu. Katies Rebellion hat, wenn überhaupt, dann gerade erst angefangen, als sie sich von ihrem Gerd getrennt hat. Meine dagegen geht in genau fünf Tagen zu Ende, nämlich am Sonntag, wenn ich mit Nina das Standesamt betrete. Der Rebell setzt sich also bald zur Ruhe. Nicht Rebellion, sondern Rente ist der nächste große Schritt in meinem Leben.

»Und mit dem, was du über Liebesgeschichten gesagt hast, liegst du übrigens auch daneben«, fährt Katie fort. »Es ist Unsinn, dass es echte Liebesgeschichten für Menschen wie dich nicht geben soll. Die gibt es nämlich für jeden. Und im Übrigen kann man sehr wohl für sein Glück kämpfen. Muss man sogar. Weil es sonst niemand tut. Glaub mir.«

»Fertig mit deinem Vortrag?«, frage ich sie trotzig. »Dann lass dir eines gesagt sein: Die Dinge, von denen ich da spreche, kann ein Mädchen wie du einfach nicht verstehen.«

»Und warum nicht?«

»Weil du immer nur ein Leben geführt hast, das in Watte gepackt war.«

Klar, das ist jetzt nicht gerade zartfühlend. Aber irgendwie habe ich das Gefühl, dass ich ihr mal einen Dämpfer verpassen muss. Kann bei einer Frau ja nie schaden.

Dumm nur, dass es nicht die geringste Wirkung auf Katie hat. Sie sieht mich an und lacht mich einfach aus. Ja, sie lacht! Ich beleidige sie mehr oder weniger, und sie quittiert es mit guter Laune!

»Soll ich lieber gehen?«, frage ich. »Nicht, dass du vor lauter Gackern keine Luft mehr bekommst.«

»Ach, Jo«, sagt sie daraufhin mit milder Stimme. »Du hast Glück, dass ich viel zu erschöpft bin, um mich noch einmal mit dir zu streiten. Dabei fängt es mir so allmählich an, Spaß zu machen.«

Auch mir bereitet unsere Unterhaltung zunehmend Vergnügen. Ihr Selbstbewusstsein beeindruckt mich einfach. Außerdem sieht sie mich aus so müden Augen an, dass ihr Anblick in mir so etwas wie Vatergefühle wachruft. Ich könnte mich also gar nicht mehr an ihr vergreifen. Vielmehr sollte ich sie jetzt ins Bett bringen und von hier verschwinden.

Ich beuge mich zu ihr herüber und drücke ihr erneut einen Kuss auf den Mund – rein freundschaftlich natürlich. Sie beantwortet es mit einem wohligen Gurren.

»Es war ein schöner Tag, Jo. *Trotz allem*«, sagt sie.

»Das war er wirklich. *Trotz allem*«, bestätige ich.

Ich streiche ihr noch einmal über die Haare. Dann werfe ich ihr einen letzten Blick zu und verlasse das Hotel.

33. Die Krone der Schöpfung

Den nächsten Vormittag verbringe ich auf dem Wasser. Ich miete mir ein Surfboard, und dann geht es hinaus auf die Wellen. Der Wind ist genau richtig: nicht zu schwach, so dass ich ordentlich Fahrt machen kann, aber auch nicht zu stark, dass ich mit dem Segel kämpfen müsste. Einfach perfekt. Ich und mein Board werden eins, und ich schieße über den Ozean, so als hätte ich mein ganzes Leben nie etwas anderes getan.

Ich sage euch, Leute, Surfen ist die großartigste Sache der Welt. Hinter mir liegt der Strand von Arenal, vor mir das endlose Meer, und über mir strahlt die spanische Augustsonne. Ich könnte schreien vor Lebenslust und Freude. Ja, das hier ist das reinste Paradies. Eben Mallorca.

Und dann tue ich es wirklich: Ich schreie. So laut ich nur kann. So wie Tarzan im Urwald. Oder James Brown auf der Bühne. Oder Olli Kahn zwischen seinen Pfosten. Weil mich hier draußen sowieso niemand hört. Außer ein paar Möwen. Und die tun dasselbe wie ich, die schreien auch. Blöde Viecher.

Ich bin frei und ungebunden, so wie die Natur mich erschaffen hat. Ich bin ein Mann, ein echter Kerl, die Krone der Schöpfung. Ich kann tun und lassen, was mir gefällt. Und wenn ich beschließe, einfach nicht zum Strand zurückzukehren, sondern immer weiter hinaus aufs offene Meer zu fahren –

dann tue ich das einfach. Nichts wird mich daran hindern können, weder ein Angstgefühl noch eine Meeresströmung, kein widriger Wind und erst recht kein Heiratsversprechen!

Ich pflüge stundenlang durch die Wellen und entferne mich dabei bestimmt einen oder sogar zwei Kilometer vom Ufer. Ich spüre richtig, wie der Wind und die Wellen den Restalkohol der vergangenen Nacht aus meinem Körper herausspülen (war nach dem Besuch in Katies Hotel natürlich noch in der Schinkenstraße. Logisch, oder?). Fühle mich also so langsam in Form, wieder von vorne anzufangen. Mit dem Alkohol. Und mit allem anderen auch, was zu einem gelungenen Tag auf Malle gehört.

34. Löschfunktion

Das Schöne auf Malle ist, dass der Abend schon am Mittag anfängt. Darum ist der Ballermann auch das ideale Urlaubsziel für Typen wie mich. Weil man hier zu den einfachen Wahrheiten des Lebens zurückfindet. Und den ganzen Ballast seines stressigen Alltags einfach hinter sich lassen kann. So richtig abschalten, alles vergessen, zur Ruhe kommen.

Nach dem Surfen kommt das Saufen. Okay, erst liege ich eine Weile glücklich und erschöpft mit den Jungs am Strand. Aber dann wird es höchste Zeit für das erste Bier des Tages.

Wir gehen ins Hotel zurück, um uns auf unseren Zimmern umzuziehen. Doch Hacki winkt uns noch einmal zurück, als wir schon vor dem Fahrstuhl stehen.

»Also, Leute. Wir treffen uns in einer halben Stunde an der Bar. Ich schlage nämlich vor, wir trinken hier schon mal etwas. Bevor wir losgehen.«

»Wo gehen wir eigentlich hin?«, fragt Benni.

»Etwas trinken.«

»Und dann?«

»Na ja, dann könnten wir etwas trinken gehen«, schlägt Schröder vor.

»Kein schlechter Vorschlag. Aber wir könnten auch einfach mal was trinken«, werfe ich ein. »Oder hat jemand einen besseren Vorschlag?«

»Ich bin dafür, dass wir das besprechen, während wir etwas trinken«, erwidert Hacki grinsend.

Alle sind einverstanden. Und ich denke, dass ich diese Jungs einfach liebe. Weil sie genauso sind wie ich. Und darum lieben wir alle Malle.

Übrigens verfolgen wir dann für den Rest des Tages und die gesamte folgende Nacht unsere altbewährte *Happy-Hour-Strategie*. Ich denke, jeder, der schon einmal am Ballermann war, weiß, wovon ich rede. Aber für die, die diese wunderbare Erfahrung noch nicht gemacht haben, will ich es gerne erklären.

Wie ihr wisst, ist der Begriff *Happy Hour* ursprünglich von amerikanischen Barbesitzern erfunden worden, die festgestellt haben, dass ihre Lokale zwischen fünf Uhr nachmittags und acht Uhr abends verdächtig leer sind. Weil normale Menschen um diese Uhrzeit brav bei ihren Familien sitzen, zu Abend essen, danach ihre Kinder ins Bett bringen, ihre Frauen küssen und die Tagesschau ansehen – und sich erst danach sinnlos besaufen. Darum haben diese Geschäftsleute beschlossen, ihre Getränke während der entsprechenden Zeit billiger zu machen, damit überhaupt jemand kommt und sie wenigstens etwas Geld verdienen.

Wie alle Ideen aus Amerika, deren Grundgedanke nicht schlecht ist, war auch diese verbesserungswürdig. Und so ist es auch hier gewesen.

Auf dem Ballermann hat *Happy Hour* darum eine etwas andere Bedeutung. Hier kosten die Getränke dann nicht die Hälfte, sondern genauso viel wie immer. Aber man bekommt für das gleiche Geld die doppelte Menge. Und es ist auch nicht um acht oder neun Uhr Schluss damit, sondern im Prinzip gilt die *Glückliche Stunde* gleich die ganze Nacht hindurch.

Nur eben nicht überall und nicht gleichzeitig. Darum haben

wir Jungs unsere sogenannte *Happy-Hour-Tour* entwickelt, was wirklich eine strategische Meisterleistung ist, mit der wir eines Tages garantiert bei »Wetten, dass ...« auftreten werden. (»Wetten, dass Hacki, Benni, Schröder und Jo in der gleichen Zeit mehr Alkohol für weniger Geld konsumieren, als vier beliebige deutsche Jugendliche unter 16 an einem ganz normalen Schultag?«)

Das Ganze funktioniert so, dass wir uns mit Hilfe eines logistisch ausgetüftelten Plans so zwischen *Bierkönig*, *Megapark* und *Walter's Bierstube* hin und her bewegen, dass wir ein Lokal immer dann verlassen, wenn dort die Bierpreise anziehen, und wir genau in dem Moment in der nächsten Kneipe auflaufen, wenn dort gerade alles um die Hälfte billiger wird.

Das betreiben wir, wie gesagt, mehrere Stunden lang, weswegen schon vor Mitternacht unsere Stimmung großartig und unsere körperliche Verfassung miserabel ist. Gegen halb drei am Morgen ist es also entschieden an der Zeit, ins Hotel zurückzukehren, und wir unternehmen bereits seit einiger Zeit den Versuch, das Bier, das wir gerade trinken, zum absolut letzten in dieser Nacht zu erklären.

Dumm nur, dass irgendeiner von uns immer wieder ein mehr oder weniger leises: »Einer geht noch, einer geht noch rein«, von sich gibt.

Woraufhin die anderen drei im Chor antworten: »Da simmer dabei. Dat is prima.«

Und dann heben die Jungs zum vermutlich hundertsten Mal ihre Gläser und trinken auf mich: »Auf Jo, der endlich heiraten wird. Nun wirst du auch all die schönen Dinge in der Ehe kennenlernen: Seitensprünge, die Schwiegermutter, Steuersplitting und das Gefühl von Hochzeitstag-vergessen-und-dafür-den-Kopf-abgerissen-Bekommen. Auf dich, Jo. Und auf dein künftiges Glück.«

Wir stoßen an, und die Jungs nehmen mich nacheinander in den Arm. Dabei erklären sie mich zum Helden dieses Tages, dieses Urlaubs und überhaupt des ganzen Jahres.

Und dann stellt Hacki, ganz nebenbei, diese kleine unverfängliche Frage: »Und jetzt erzähl doch endlich mal von dieser Keule, mit der du gestern zusammen warst. Von dieser Katie. Hast du sie endlich klargemacht? Hast du das kleine Luder so richtig durchgenommen?«

Schröder und Benni quittieren seine Worte mit einem ziemlich pubertären Lachen, ich dagegen schweige eisern. Und zwar so lange, bis Hacki abwinkt und auch die anderen sich damit abfinden, dass von mir nichts zu erfahren ist.

»Dann halt nicht«, sagt Hacki und seufzt.

»Genau, dann halt nicht«, erwidere ich.

Schließlich soll diese nächtliche *Happy-Hour-Tour* nicht nur Spaß machen, sondern noch einen weiteren Zweck erfüllen. Ich möchte die Erinnerungen an Katie aus meinem Gedächtnis löschen. Weil mir ein dumpfes Gefühl sagt, dass ich in Schwierigkeiten gerate, wenn ich das nicht tue. Und auf Schwierigkeiten stehe ich nun mal nicht.

Was tut also ein Mann, der nicht mehr an eine Frau denken will? Genau. Er säuft.

Denn nur mal so ganz nebenbei bemerkt, Alkohol hat im menschlichen Gehirn ungefähr dieselbe Funktion, wie wenn man bei seinem PC auf *Datei löschen* klickt und das Ganze dann noch einmal mit *Return* bestätigt. Da wir Menschen eben keine Maus, kein Windows und auch keine Return-Taste haben, müssen wir uns etwas anderes einfallen lassen. Trinken zum Beispiel.

35. Ganz unten

Am nächsten Morgen liege ich am Pool unseres Hotels in der Sonne und habe keine Ahnung, wie ich dorthin gekommen bin. Mein Kopf fühlt sich an, als würden meine Gehirnzellen Stockcar-Rennen fahren. Mein Magen ist durch das Bier der vergangenen Nacht zunächst auf die Größe eines Heißluftballons aufgebläht worden und danach zu einer Haselnuss zusammengeschrumpft. Mein restlicher Körper fühlt sich an, als hätte ich mehrere Liter Blut gespendet und dazu gleich alle Organe verschenkt, die nicht absolut lebenswichtig sind. Ich fühle mich hundeelend.

Obwohl nein, so schlimm ist es gar nicht. Im Gegenteil, mir geht es sogar ganz hervorragend. Mir fällt nämlich gerade ein, dass mein Vorhaben offenbar erfolgreich war. Ich erinnere mich an so ziemlich gar nichts mehr. Und schon gar nicht an diese Katie. Ich kenn die gar nicht. Wer war das nochmal?

Mein Datenspeicher ist gelöscht. Er ist rein und frei und bereit für Neues. Und das war schließlich Ziel der Übung. Ja, jetzt verstehe ich endlich, warum manche Leute Alkohol als *Reinigungsmittel* betrachten. Es funktioniert. So viel kann ich bestätigen.

Bin ich deswegen primitiv? Oder bin ich nur ehrlich? Nina findet übrigens beide Antworten richtig, wie sie mir erst neulich wieder gesagt hat:

»Du bist ehrlich primitiv, Jo.«

Aber das macht mir nichts aus. In jedes gesunde Eheleben gehören auch gewisse Meinungsverschiedenheiten. Sonst würde es ja langweilig werden. Und bei uns wird es garantiert nie langweilig werden. Dafür streiten wir uns viel zu oft. Erst recht, seit wir offiziell verlobt sind. Seitdem vergeht keine Woche, ohne dass wir aneinanderrasseln.

Ein paar Tage vor meinem Abflug zum Beispiel saßen wir zusammen im Wohnzimmer und lasen. Sie war in eine ihrer tausend Zeitschriften vertieft, keine Ahnung, welche es war – *Petra, InStyle, Glamour,* davon hat sie einen ganzen Haufen abonniert. Plötzlich hebt sie den Kopf, schaut mich an und sagt: »Sag mal, musst du eigentlich immer so einen Scheiß lesen?«

Ich blicke von meinem *Autoteile-Unger-Katalog* auf, in dem ich für mein Leben gerne schmökere (vielleicht war es auch der neue *Four Wheel Driver* oder die *ADAC-Motorwelt*, da bin ich mir nicht mehr sicher).

»Wieso? Immerhin ist mein Scheiß kostenlos. Im Gegensatz zu deinen bunten Blättern, für die das Abo ein Vermögen kostet.«

»Dafür haben wir aber tolle Prämien bekommen, zum Beispiel den Rasenkantenschneider, das Dampfstrahlgerät oder den Akkuschrauber.«

»Super. Seit es die Dinger gibt, scheuchst du mich nur noch durch die Gegend: die Beete saubermachen, die Terrasse vom Moos befreien, das Kellerregal neu zusammensetzen.«

»Da ist ja wohl alles sinnvoller, als auf dem Sofa zu hocken und sich Alufelgen, getönte Windschutzscheiben oder Rückablagen-Bassbooster anzusehen.«

Woraufhin sie sich kopfschüttelnd wieder in ihre Zeitschrift vertiefte und sich einen Bericht über verwitwete Hollywoodstars, den neuen Strick-Schick für den Herbst oder die fünfzig besten Schminktipps für Promi-Galas ansah.

Seltsamerweise überkommt mich in diesem Moment eine tiefe Melancholie. Ich stelle mir vor, dass Nina gar nicht mehr meine Verlobte wäre. Weil wir uns getrennt hätten. Oder wenigstens weil sich irgendetwas Gewaltiges zwischen uns geschoben hätte. Katie zum Beispiel.

Das Gefühl verwirrt mich. Und zwar so sehr, dass ich mein Handy hervorkrame und Nina anrufe – was ich bisher kein einziges Mal getan habe, seit wir auf Malle sind.

»Mein Gott, Jo. Was ist denn mit deiner Stimme passiert?«, fragt sie als Erstes.

»Das ist nur meine Sangria-Allergie«, beruhige ich sie.

»Ihr habt also mal wieder getrunken«, sagt sie und seufzt in den Hörer.

Was soll ich jetzt antworten? Dass ich es schließlich nur für uns getan hätte? Um diese andere Frau zu vergessen?

»Ach, so schlimm ist es gar nicht. Die Jungs wollten mich gestern Nacht einfach nur immer wieder hochleben lassen. Wegen uns. Und wegen unserem großen Tag.«

Nina ist echt gerührt, als ich das sage. Ich höre sie schlucken am anderen Ende der Leitung, und das wiederum rührt mich ganz gewaltig. Und bei der Vorstellung, dass ich mehr oder weniger die ganze vorletzte Nacht im Schlafzimmer einer anderen Frau verbracht habe, wird mir regelrecht übel. Nur gut, dass nichts passiert ist.

Ich versichere Nina, wie sehr ich mich freue, sie bald wieder in den Armen zu halten, und beende das Gespräch. Anschließend gehe ich aufs Zimmer hoch und ziehe meine Joggingsachen an. Höchste Zeit für etwas Bewegung.

Ich verlasse trabend das Hotel und folge einer schmalen Straße, die landeinwärts führt. Hinter einem Supermarkt schlängelt sie sich einen Hügel hinauf, was mich ganz schön aus der Puste bringt. Aber das macht nichts. Weil ich weiß, dass die Anstrengung belohnt werden wird.

Auf der Kuppe der Anhöhe mache ich eine Pause. Ich drehe mich um die eigene Achse – und bin überwältigt von dem Ausblick, der sich mir bietet.

Direkt unter mir sehe ich die ganze Pracht der Bucht von Palma, von Arenal bis hinüber nach Can Pastilla, noch weiter bis Palma-Stadt und bis westlich nach Cala Major. Die Hotellandschaft zu meinen Füßen wirkt auf mich wie ein unaufgeräumtes Kinderzimmer.

Die zahlreichen mehrstöckigen Gebäude mit ihren unendlich vielen Balkonen und den Swimmingpools liegen wie Bauklötzchen da, bunt und wie zufällig in der Gegend verstreut. Manche sind klein, manche etwas größer, allesamt haben sie eine viereckige Form, und architektonisch sind sie nicht besonders ansprechend. Jemand, der Wert auf Schönheit legt, könnte die Hoffnung haben, dass irgendwer mal auf die Idee kommt, das Ganze in Ordnung zu bringen und zu einem harmonischen Gesamtbild zusammenzufügen. Aber das wird sowieso nie geschehen.

Muss aber auch nicht. Schließlich soll Arenal nicht schön sein, sondern Spaß machen. Und das macht es.

Ich bin seltsam berührt von diesem Anblick, weil sich mir das Bild aufdrängt, dass in jedem einzelnen dieser vielleicht zehn- oder auch zwanzigtausend Hotelzimmer lauter Menschen untergebracht sind und dort in ihren Betten schlafen. Sie alle verbringen ihren Urlaub hier in Arenal. Und die meisten von ihnen erholen sich vermutlich gerade genau wie ich von den Auswirkungen der vergangenen Nacht und sammeln gleichzeitig Kraft für die kommende. Und alle haben ihre eigene Geschichte. Manche von ihnen sind glücklich, manche einsam, wieder andere vielleicht eifersüchtig oder frisch verliebt, sind gerade befördert oder arbeitslos geworden.

Sie alle haben ihre ureigensten Ängste und Hoffnungen, ihre Sorgen und ihre Träume.

So wie ich.

36. Waschlappen

»Moment mal, Jo. Du hast sie wieder geküsst? Und du warst danach sogar in ihrem Hotel? Und hast es trotzdem wieder nicht getan? Du hast sie nicht vernascht?«

Hacki sieht mich an, als hätte er gerade einen akuten BSE-Anfall. Seine Augen rotieren in ihren Höhlen, und Schweißperlen tropfen von seiner Stirn. Dann sackt er in sich zusammen, atmet lautstark aus, schüttelt den Kopf und sagt: »DU WASCHLAPPEN.«

Zumindest dieser Vorwurf trifft mich nicht sonderlich. Mir war noch nie so recht klar, was die Leute damit eigentlich meinen. Ich persönlich habe nie einen Waschlappen gehabt, und ich finde es albern, Männer mit einem harmlosen Stück Stoff zu vergleichen.

Trotzdem war es wohl ein Fehler, dass ich den Jungs doch von meinem Ausflug mit Katie und dem Abend in ihrem Hotel erzählt habe.

»Hört zu, Leute«, sage ich. »Mir ist einfach einiges klargeworden. Zum Beispiel, wo ich hingehöre. Nämlich zu Nina. Und außerdem ist Katie sowieso nicht meine Kragenweite. Sie ist reich, hat Stil, und sie ist ein Leben gewöhnt, das ich ihr nicht einmal für einen Tag bieten könnte. Es ist besser, dass ich die Finger von ihr lasse. Außerdem gibt es hier genug andere Mädchen, bei denen ich mich austoben kann.«

»Mann, Jo. Du sollst ihr kein Leben bieten, sondern lediglich einen guten Fick. Das kann doch nicht so schwer sein, oder?«

»Habe ich euch eigentlich schon mal gesagt, wie ordinär ihr seid?«

»Klar, ständig. Darum sind wir ja auch deine Freunde.«

Natürlich weiß ich, dass die Jungs Recht haben. Mein Verhalten ist wirklich kein Ruhmesblatt für den männlichen Teil der Menschheit. Schließlich ist das Ganze ungefähr so, als würde man als Jäger stundenlang auf der Pirsch liegen, und wenn dann ein kapitaler Zwölfender erscheint, würde man seine Flinte sinken lassen und sagen: »Nein, der ist einfach eine Nummer zu groß für mich.«

Von daher bin ich vermutlich wirklich ein Waschlappen. Anstatt dass ich auf eine scharfe, aber nicht weiter bedeutungsvolle Nacht mit Katie zurückblicke, hocke ich hier am Hotelpool und mache mir allerlei völlig überflüssige Gedanken. Wirklich erbärmlich.

Selbst Männer wie Hacki, Benni und Schröder spüren es übrigens, wenn einer ihrer Freunde ein wenig Trost nötig hat. So wie ich im Moment.

Hacki macht den ersten Schritt. Er legt mir seine klebrige Pranke auf die Schulter. (In den zurückliegenden zwei Stunden hat er mindestens fünf Magnum-Eis verputzt, und die Hälfte der Schokoladenhüllen klebt an seinen Händen und an anderen Stellen seines Körpers.) Er sieht mir in die Augen und sagt mit einfühlsamer Stimme:

»Im Übrigen glaube ich, dass es genau umgekehrt ist. Nicht sie ist eine Nummer zu groß für dich. Sondern DU bist einfach nicht ihre Kragenweite!«

»Wie bitte?«

»Sieh es doch mal so, Jo. Diese Katie hat dir *ihr* Mallorca gezeigt, und du bist nicht damit klargekommen. Kein Wunder nach allem, was du so erzählt hast. Aber statt jetzt klein beizugeben, solltest du einfach zurückschlagen. Es ist höchste Zeit, dass du den Spieß umdrehst. Zeig ihr *dein* Malle – und dann wollen wir doch mal sehen, ob sie sich geschickter anstellt, als du es getan hast.«

»Ihr meint, ich soll …?«

»Das meinen wir nicht nur, das fordern wir von dir. Also los, Tiger, geh raus aus deiner Höhle und zeig es ihr. Denn eines solltest du nicht vergessen: Es ist deine letzte Chance.«

37. Flipper

Keine zwei Stunden nach diesem Gespräch sitze ich wieder in dem roten Spider und bin mit Katie auf dem Weg nach Cala Ratjada. Diesmal steuere ich übrigens selbst, und Katie sitzt auf dem Beifahrersitz. Schließlich bestimme heute ich, wo es langgeht.

Cala Ratjada erscheint mir genau die richtige Wahl für diesen Tag zu sein. Weil der kleine Ort an der Westküste zwar im Prinzip genau wie Arenal ist, aber nicht ganz so groß und nicht ganz so hemmungslos. Schließlich will ich Katie nicht gleich überfordern. Sie ist ja eine Anfängerin, was *mein* Malle angeht.

Um unser Ziel zu erreichen, müssen wir erst einmal die gesamte Insel durchqueren, denn Arenal und Cala Ratjada liegen gute achtzig Kilometer voneinander entfernt.

Wir folgen der C 715, auf der die mallorquinischen Fahrer ihre übliche Rallye austragen – und ich gebe mir alle Mühe, einen der vorderen Plätze zu belegen. Katie lehnt sich entspannt in ihrem Sitz zurück und genießt die vorbeiziehende Landschaft.

Das Landesinnere von Mallorca sieht ungefähr so aus wie in Mexiko (also wie die Landschaft in diversen Wildwestfilmen). Es ist platt, trocken und unglaublich heiß. Auf der roten Erde kümmern ein paar vertrocknete Pflanzen vor sich hin, und die vielen alten Windmühlen lassen ahnen, wie die Menschen hier noch vor dreißig oder vierzig Jahren gelebt haben – bevor wir Urlauber kamen und die Insel zum Leben erweckt haben. (Weiß schon, manche Leute sehen das umgekehrt. Ist halt Geschmackssache.)

Auf der Fahrt erkläre ich Katie die Spielregeln für unseren Ausflug. »Damit wir uns nicht missverstehen: Heute genießen wir Malle einmal auf *meine* Art. Einverstanden?«

»Das klingt wie eine Drohung.«

»Ist es auch. Aber mach dir keine Sorgen. Es wird Spaß machen, das verspreche ich dir.«

»Und ich darf mich nicht wehren? Schließlich hast du das gestern auch getan!«

»Stimmt. Aber im Nachhinein tut es mir leid. Und du musst meine Fehler ja nicht wiederholen.«

»Das werde ich nicht. Verlass dich drauf. Außerdem bin ich neugierig. Ich möchte schließlich wissen, was Mallorca für dich ausmacht.«

»Versprochen?«

»Versprochen!«

Nach unserer Ankunft in Cala Ratjada spazieren wir erst einmal durch den Ortskern, in dem sich Bars, Souvenirläden und Hotels aneinanderreihen.

»Und hier gefällt es dir?«, fragt Katie gedehnt. Sie lächelt dabei zwar tapfer, aber ihr Tonfall würde jedem Einwohner von Cala Ratjada das Rückenmark gefrieren lassen.

»Klar gefällt's mir hier. Und es wird noch besser. Du musst den Ort erst mal sehen, wenn es Abend wird und hier was los ist.«

»O ja, da bin ich sehr gespannt drauf.«

»Und mach dir keine Sorgen. Ortschaften und Frauen haben eines gemeinsam – man kann sie sich schöntrinken.«

»Siehst du, das ist genau der Unterschied zwischen uns. Ich bin lieber an Orten, die mir auch nüchtern gefallen.«

»Das wollen wir doch erst einmal ausprobieren.«

Unser nächstes Ziel ist der Strand, wo ich versuchen will, Katie das Windsurfen beizubringen.

Am Anfang ist sie noch euphorisch. »Ich wollte das schon immer lernen. Ich finde das irre, so ganz alleine auf dem Meer zu sein und durch die Wellen zu schießen, und unter sich sieht man die Schatten von riesigen Haien und Walfischen. Meinst du, ich werde es schaffen?«

»Klar, allerdings wird das mit dem Durch-die-Wellen-Fahren noch etwas dauern. Erst einmal solltest du nur üben, auf dem Brett zu stehen.«

»Pah, Kleinigkeit.«

Eine Stunde später entschließt Katie sich dazu, ihr Board lieber so zu benutzen, wie der Junge aus *Flipper*. Sie schleppt das Segel an Land, legt sich bäuchlings auf das Brett und paddelt dazu mit den Armen.

»Fehlt nur noch ein Delfin, der mich zieht«, ruft sie mir zu.

»Ich befürchte, so dicht am Ufer wirst du lange auf einen warten müssen.«

»Dann musst du das eben machen.«

Was glaubt ihr, wie ich reagiere? Genau, ich tue es. Ich schwimme neben ihr im Wasser, reiche ihr die Flosse und ziehe sie durch die Wellen. Und es macht mir sogar Spaß.

38. Ihr erstes Mal

Die Stunden im Wasser haben uns müde und hungrig gemacht.

»Ich könnte jetzt einen Bären verschlingen«, verkündet Katie übermütig, während wir am Hafen von Cala Ratjada entlangschlendern und dabei zusehen, wie sich die Lokale mit Gästen für den Abend füllen.

»Tut mir leid, mit einem Bären kann ich nicht dienen. Ich dachte mehr an örtliche Spezialitäten. Der Ort verfügt über einige wirklich bemerkenswerte Restaurants.«

»Da bin ich aber mal gespannt.«

Wir nehmen in *Thilo's Imbiss* Platz – einer kleinen, aber feinen Bretterbude an einer Straßenecke, in der es nach Pommes, Bratwurst und Fischfrikadellen riecht. Ich kenne das Lokal von früheren Besuchen und habe es in bester Erinnerung.

Wir entscheiden uns für einen der hinteren Tische, die mit rot-weiß karierten Papiertischdecken und Plastikbesteck eingedeckt sind. Kurz darauf kommt Thilo zu uns, um die Bestellung aufzunehmen. Er hat ungefähr die Figur von Hacki, trägt ein Unterhemd, eine Jeans und eine Schürze, die vermutlich vor zehn Jahren das letzte Mal gewaschen wurde und als Speisekarte dienen könnte: Von allen Gerichten, die es so gibt, klebt ein kleiner vertrockneter Rest auf dem Stoff. Man weiß also gleich, was die Küche zu bieten hat.

Katie will gerade etwas bestellen, als ich gebieterisch die Hand hebe und sie daran hindere weiterzusprechen.

»Schon vergessen? Heute bin ich mit dem Programm dran. Und das gilt auch fürs Essen.«

Ich flüstere Thilo etwas ins Ohr. Er nickt, schreibt was auf seinen Block und sagt: »Geht klar. Dauert nur fünf Minuten.«

Kurz darauf erscheint Thilo wieder am Tisch und stellt zwei Teller mit Currywurst, Pommes und Krautsalat vor uns. Dazu gibt es Bier aus Plastikbechern, dafür immerhin frisch gezapft.

»Und? Sieht das gut aus, oder was?«, erkundige ich mich bei Katie.

»Sehr appetitlich. Nur schade, dass kein Hund in der Nähe ist. Ich würde mein Essen gerne spenden«, antwortet Katie.

»Sag das nicht so laut – du riskierst Streit mit Thilo. Seine Currywurst gilt als die beste auf ganz Malle.«

»Oh, da ist er bestimmt stolz drauf.«

Während ich herzhaft reinhaue, stochert Katie skeptisch mit ihrer Gabel auf dem Teller herum.

»Darf ich dir etwas beichten, Jo?«

»Natürlich, alles.«

»Also … es ist das erste Mal für mich. Ich bin sozusagen Jungfrau.«

Ich lasse mein Besteck sinken und sehe sie verblüfft an.

»Ich … Meinen wir gerade dasselbe?«

»Ich denke schon. Ich habe noch nie in meinem Leben eine Currywurst gegessen.«

Ich setze einen fürsorglichen Blick auf und nicke Katie aufmunternd zu. »Aber das macht doch nichts, Katie. Es ist nichts, wofür du dich schämen müsstest.«

»Es ist mir aber so peinlich. In meinem Alter. Ich glaube,

die meisten meiner Freundinnen haben die Erfahrung schon gemacht, als sie fünfzehn oder sechzehn waren.«

Ich tätschle ihre Hand.

»Ich verspreche dir, dass ich ganz vorsichtig sein werde. Mach dir keine Sorgen.« Dann nehme ich ihre Gabel, spieße ein Stück Wurst auf und führe es dicht vor ihren Mund.

»Ich habe aber Angst.«

»Musst du nicht. Wirklich nicht. Ich bin ganz vorsichtig. Du wirst sehen, dass es ganz toll ist. Ein wirklich irres Erlebnis.«

Sie schließt die Augen und öffnet den Mund. Sehr behutsam schiebe ich ihr die Gabel mit dem Wurststück hinein. Sie kaut vorsichtig, öffnet wieder die Augen, starrt mich an, lächelt und meint: »Wow! Das ist ja lecker. Jetzt weiß ich endlich, was die Leute meinen, wenn sie davon reden.«

»Ich hätte es dir vorher sagen können. Wenn man einmal damit angefangen hat, will man es nie mehr missen.«

»Das glaube ich jetzt auch«, sagt sie.

In diesem Moment tropft ihr ein großer Klecks Ketchup von der Lippe und landet platschend auf der Tischdecke.

»Oh, Entschuldigung«, sagt sie erschrocken.

»Mach dir keine Sorgen. Das ist normal beim ersten Mal.«

Eine Viertelstunde später hat sie ihren Teller ratzekahl aufgegessen und sieht mich in einer Mischung aus Enttäuschung und Lüsternheit an. »Weißt du was, Jo? Am liebsten würde ich es gleich nochmal versuchen.«

»Kein Problem«, sage ich, wende mich an Thilo und bestelle die nächsten Currywürste und dazu gleich zwei weitere Bier.

39. Hicks!

Es ist Nacht geworden. Nach vielen Stunden in diversen Kneipen, Bars und Diskotheken liege ich mit Katie auf der Mole am Hafen von Cala Ratjada. Über uns glitzert ein mit Millionen Sternen übersäter Himmel, zu unseren Füßen plätschert das Meer gegen die Steinmauer. Die Fischerboote im Hafen schaukeln gemütlich auf den sanften Wellen. Ich bin zufrieden, weil ich meine Drohung wahrgemacht habe. Ich habe ihr all das gezeigt, was Malle für mich bedeutet – inklusive der dazugehörigen Getränke.

»Und? Gefällt dir mein Malle?«, frage ich sie.

»Hicks.«

»Heißt das ja?«

»Hicks. Ja. Das heißt ja.«

»Ist alles in Ordnung bei dir?«

»Ja – hicks –, warum fragst du?«

»Och, nur so.«

Katie sieht mir in die Augen. Das heißt, sie versucht, mir in die Augen zu sehen. Tatsächlich trudelt ihr Blick wie ein Flugzeug mit Motorschaden.

»Ich fühlele misch gans ausgeseichnet. Hicks. Nur dieser, dieser, verdammte Schlugauf. Der is nisch schön. Nein ...«

»Ist nicht so schlimm. Am besten trinkst du einfach noch etwas. Dann geht er ganz von selbst wieder weg.« Ich reiche ihr eine der Bierdosen hinüber, die ich noch gekauft habe, bevor wir hierher an den Hafen gekommen sind.

»Ich glaube, du wiwilllst misch bedrunken machen, Jo. Das ist gar nischt nedd von dir, du«, sagt sie.

Ich zucke mit den Schultern. »Erstens will ich das bestimmt nicht, Katie. Und zweitens – was würde es mir nützen?«

»Wieso? Ich meine, warum macht ein Mann eine Frau wohl bedrunken? Das is jawoll – hicks! – dodal klar, odda?«

»Eigentlich schon. Aber nicht, wenn der Mann der Frau versprochen hat, genau das nicht zu tun, weswegen man es gewöhnlich tut.«

Katie leert die Dose in einem langen Schluck, wobei sie den Kopf weit in den Nacken legt. Dann schüttelt sie sie und blickt schließlich in sie hinein, als wäre sie ein Fernrohr. »Oh, wie schade. Schon leer, das Dings. Ich meine– hicks – die Dose.«

»Außerdem kann ich dich gar nicht mehr betrunken machen, Katie. Bist du nämlich schon.«

»Das stimmts nich, Jo. Das stimmts überhaupt gar nisch. Ich bin nie bedrunken, hörsu? Nie.«

Ich lege meinen Arm um sie, und sie schmiegt sich an meine Seite. »Und selbst wenn. Ich finde dich auch so ganz wunderbar.«

»Wirglisch?«

»Wirklich.«

»Dann darfst du mich jetzt güssen.«

Katie schließt die Augen, spitzt die Lippen und dreht sich erwartungsvoll in meine Richtung.

Und ich? Ich tue es – nicht.

Ich weiß auch nicht genau, warum ich so zurückhaltend bin. Vielleicht, weil mir eine leise Stimme tief in mir drin sagt, dass es besser ist, die Finger von Katie zu lassen. (Und die gleiche Stimme sagt mir auch, dass es einen Grund dafür gibt.

Zum Beispiel den, dass ich in – ich rechne kurz nach – genau drei Tagen heiraten werde.)

Katie bleibt fast eine ganze Minute regungslos so neben mir sitzen. Dann aber öffnet sie sehr abrupt die Augen, legt die Stirn in Falten und sieht mich böse an.

»Was ist – hicks – los, Jo?«

»Nichts, Katie.«

»Du magst misch – hicks – in Wirklichkeit gar nicht, odda?«

»Und ob ich das tue.«

Sie seufzt aus tiefstem Herzen, greift dann nach der zweiten Bierdose, reißt sie auf und trinkt. »Ja, ich weiß – hicks«, meint sie dann, »das sagen sie immer alle. Und dun dann doch das Gegen – hicks – teil.«

Ich nehme ihr das Bier ab und trinke selber einen Schluck: »Ich schlage vor, dass wir dich jetzt irgendwo in ein Bett verfrachten, damit du dich ordentlich ausschlafen kannst.«

»Nur, wenns du mitkommst. Ins Bett. Mit mir.«

Ich muss lachen. Ihr Akzent, den sie ungefähr nach dem zehnten von insgesamt etwa zwanzig Bier, die sie im Lauf des Tages getrunken hat, angenommen hat, ist herzerweichend.

»Das geht nicht, Katie. Das weißt du genau.«

»Dann gehe ich nischt ins Bett. Niemals. Dann gehen wir jetzt … tanzen.«

»Und du meinst, das kannst du noch in deinem Zustand?«

»Klar kann ich. Willsu sehn?«

Sie steht auf und beginnt, sich hin- und herzuwiegen, wobei sie sich dabei ziemlich gefährlich dem Rand der Mole nähert. Das Wasser im Hafen ist zwar nicht tief, aber angesichts ihres Zustands tief genug, um sich darin zu ertränken.

Ich springe auf die Beine, was in meiner Verfassung auch nicht ganz einfach ist, und fasse sie an den Händen. »Vorsicht, Katie. Sonst fällst du noch rein.«

»Genau. Ich falle immer rein. Auf Männer. Weil es immer die falschen sind.«

»Das glaube ich dir nicht, Katie. Dafür bist du viel zu ... toll.«

»Hicks.«

»Und viel zu schön.«

»Hicks.«

»Und viel zu ...«

»Was?«

»Nichts. Lass uns gehen. Ich versuche, ein Hotelzimmer für dich aufzutreiben. Fahren kann jetzt sowieso keiner mehr von uns.«

»Neinneinnein«, sagt Katie entschieden und schüttelt dabei den Kopf wie ein kleines Kind. »Ich gehe jetzt tanzen. Hicks. Obsu mitgommst oder nicht.«

»Also schön. Ganz wie du willst.«

»Will ich. Und weißu, was ich dann mache? Dann mache ich dich auch bedrunken. Dann sin wir beide bedrunken. Un das is viel besser.«

40. Wellness

Wir Männer stehen ja heutzutage vor ganz anderen Herausforderungen als früher. Wenn ich mir allein mal meinen Vater ansehe. Der musste eigentlich nur eines, um meine Mutter zufriedenzustellen: Geld heranschaffen. Ansonsten konnte er in aller Ruhe alt, grummelig und übergewichtig werden.

Wir Kerle von heute dagegen müssen nicht nur Erfolg haben und gut verdienen, wir müssen uns außerdem noch mit Dingen wie *Männermode* beschäftigen, müssen ins Fitnessstudio gehen und uns Gedanken über *Kosmetik* machen.

Und warum? Weil die Frauen sich neuerdings um uns Männer *kümmern*. Ich bin das beste Beispiel. Nina hatte mir zu meinem letzten Geburtstag einen Gutschein für ein Wellness-Wochenende in einem Kurhotel in der Lüneburger Heide geschenkt. Als ich mir das Kleingedruckte durchlas, dachte ich, das Ganze wäre ein Scherz. Neben zwei Übernachtungen in der Luxussuite hatte ich Anspruch auf eine Talasso-Anwendung, eine Ayurveda-Massage, eine Yin & Yang-Heißer-Stein-Behandlung und zwei *Personal-Lessons* in Tai-Chi.

»Muss ich das machen? Kann ich nicht einfach im Zimmer bleiben und Fernsehen gucken?«, fragte ich Nina.

»Na hör mal, freust du dich etwa nicht? Außerdem mache ich doch mit. Das Ganze ist schließlich für zwei Personen.«

In diesem Moment wurde es mir klar. Es ging gar nicht um

mich, sondern nur um sie. Ich hatte daher sowieso keine Wahl. Also schön, Augen zu und durch.

Die Talasso-Anwendung war sogar noch ganz in Ordnung – abgesehen davon, dass ich mir vorkam wie eine Miesmuschel bei der Befruchtung. Bei der Ayurveda-Massage fühlte ich mich dann wie ein Kopfsalat, allerdings wurde ich nur mit Öl beträufelt, nicht auch noch mit Essig. (Außerdem war die kleine Inderin ein Schmuckstück, leider war sie selbst nicht Teil der Behandlung.) Die heißen Steine, die ein medizinischer Bademeister auf mir ausbreitete, waren auch in Ordnung: So ein paar Verbrennungen dritten Grades sind garantiert gesundheitsfördernd.

Nur beim Tai-Chi, da war meine Geduld am Ende. Vor mir schwuchtelte ein ungefähr ein Meter sechzig großer Chinese herum, kraulte sich seinen Ziegenbart und erzählte mir etwas über »kosmische Lebensenergie«.

»Du musst dein inneres Zentrum spüren, weil du dadurch nicht nur gesund, sondern auch unbesiegbar wirst. So wie die Meister im alten China«, erzählte er mir mit gesalbter Stimme.

Ich habe ihm eine reingehauen. Es sollte nur ein Test sein, von wegen Unbesiegbarkeit. War er nicht, so viel kann ich sagen. Sein Pech, dass ihn niemand darüber informiert hat, dass ich in einer Kleinstadt im Ruhrgebiet aufgewachsen bin und vielleicht keine kosmische Energie habe, aber dafür einen gesunden rechten Schwinger.

Nina war natürlich entsetzt darüber, weil unser Wellness-Wochenende noch am selben Abend zu Ende war: Die Hotelleitung schmiss uns raus.

»Du bist ja so ein grober Klotz, Jo«, warf sie mir vor.

»Aber ich fühl mich jetzt besser. Und das war doch das Ziel des Wochenendes. Wellness halt.«

Ich dachte, Nina hätte danach kapiert, dass sie mich mit

ihrem neumodischen Gesundheitskram in Frieden lassen sollte. Meine Kuranwendungen kommen nun mal aus dem Bierfass, vom Grillrost und aus der Tabakplantage. Das machen Männer seit Jahrtausenden so. Es kann nicht verkehrt sein.

Ich weiß auch nicht, warum mir diese Geschichte gerade jetzt einfällt. Vermutlich weil mir mal wieder klarwird, dass es der Mann von heute einfach nicht richtig machen kann. Ist unmöglich. Egal, was du tust, es ist garantiert falsch.

Ich bin das beste Beispiel dafür. Es ist zwar schon öfter mal vorgekommen, dass ich aufgewacht bin und nicht sicher war, wer neben mir liegt. Diesmal aber ist es schlimmer. Ich bin mir nämlich sicher, wer neben mir liegt, und ich weiß auch, dass etwas zwischen uns passiert ist, was niemals hätte passieren dürfen.

Um es mit Hackis Worten auszudrücken: Ich habe an der letzten Tankstelle vor der Autobahn gehalten und ich habe vollgetankt. Soll heißen, ich habe Katie *klargemacht*. Ich habe sie *rangenommen* (und sie mich). Ich habe mit ihr geschlafen. Und um beim Tankstellenbild zu bleiben: Es war nicht einfach nur *Benzin* und nicht *Super*, es war so etwas wie *Shell V-Power*. Die vollen hundert Oktan. Der Tiger im Tank. Mannomann, wenn etwas den Namen Sex verdient, dann das, was wir hinter uns haben.

Jedenfalls soweit ich mich daran erinnern kann – der viele Alkohol schmälert ein wenig meine Erinnerung. Aber das wiederum ist bei solchen Erfahrungen auf Malle auch ganz normal. (Ich weiß, es gibt verschiedene Meinungen darüber, ob Sex mit Alkohol oder ohne Alkohol besser ist. Aber seien wir doch mal ehrlich: Eine Nacht, wie ich sie gerade erlebt habe, würde man ohne Promille im Blut überhaupt nicht erleben. Insofern stellt sich die Frage gar nicht.)

Katie schläft übrigens noch. Und sie macht Geräusche dabei. Das wollte ich nur mal kurz erwähnen, schließlich meinen die Leute immer, es seien nur Männer, die seltsame Laute von sich geben. Stimmt aber nicht. Katie zum Beispiel schmatzt, gurgelt und schnarcht.

In diesem Moment dreht sie sich auf die Seite, patscht mit ihrem Arm in meine Richtung und murmelt im Halbschlaf: »Jo? Bissu da?«

Sie ist immer noch betrunken. Schnell schiebe ich den Strohballen, den ich in der Nacht als Kopfkissen benutzt habe, zu ihr hin, und ihr Arm sinkt zufrieden darauf nieder.

»Schön. Da bissu ja.« Sie seufzt, grummelt etwas und versinkt wieder in ihrem komatösen, alkoholseligen Schlaf.

Höchste Zeit, mich zu orientieren. Ich richte mich also auf und werfe einen Blick in die Umgebung. Wenn ich alles richtig deute, dann liegen wir in einem Olivenhain. Und wenn ich mir sehr viel Mühe gebe, dann fällt mir vielleicht sogar wieder ein, wie wir hierhergekommen sind.

Die Erinnerung an die letzte Nacht taucht ansatzweise vor mir auf, so als versuchte ich mir einen Film vor Augen zu rufen, den ich vor langer, langer Zeit einmal gesehen habe.

Tatsache ist, dass Katie ihren Willen durchgesetzt hat und wir in eine Diskothek gegangen sind, und zwar ins *Bolero*. Katie rannte die folgenden zwei Stunden zwischen der Theke und der Tanzfläche hin und her, um beide Aufgaben, die sie sich vorgenommen hatte, erfüllen zu können: zu tanzen und mich betrunken zu machen. Beides hat sie geschafft. Wobei der Preis darin bestand, dass sie am Ende nach wie vor viel betrunkener war als ich.

Als wir den Laden schließlich verließen, wollte ich sie davon überzeugen, dass wir uns jetzt doch ein Hotelzimmer nehmen müssten – wir waren nun wirklich alles andere als fahrtüchtig. Aber davon wollte Katie nichts wissen.

»In ein – hicks – Hotel? Nieniemals. Dudu wills ja doch nisch ins Bett mit mir. Hassu ja gesagt. Weil du ja – hicks – unbedingt heirasen musst. Nein, dann – hicks – fahren wir – hicks – nach Hause.«

Sie bestand sogar drauf, selbst am Steuer zu sitzen. Wir stiegen also ins Auto, und wieder schienen wir eine kurvenreiche, dramatisch aussehende Serpentinenstraße entlangzufahren – nur dass es sich in Wahrheit um eine schnurgerade Schnellstraße handelte und unser Schlingerkurs ganz allein an Katies Trunkenheit lag.

Ich überzeugte sie nach wenigen Kilometern dann doch davon, dass es besser wäre, irgendwo anzuhalten und ein paar Stunden zu schlafen, weil wir ansonsten nicht in Palma, sondern an einem Baum oder im Gefängnis landen würden.

Katie stimmte mir ausnahmsweise einmal zu. Allerdings nahm sie leider die Sache mit dem Baum allzu wörtlich. Sie steuerte den Spider erst in einen schmalen Feldweg, dann in einen Olivenhain, und dort brachte sie ihn schließlich ziemlich unsanft am Stamm eines ungefähr dreihundert Jahre alten knorrigen Olivenbaumes zum Stehen. Das Gewächs bedankte sich bei uns, indem es einen ziemlich harten Regen aus Oliven über uns niedergehen ließ.

»Meinsu, die kann man – hicks – essen?«, fragte Katie mich, während sie die Früchte von uns herunterklaubte.

»Nein, glaube ich nicht. Oliven muss man einlegen, bevor sie essbar sind.«

»Schade. Sehen nämlich sehr appetitlisch aus.«

»Das finde ich auch.«

»Und worin soll ich dich – hicks – einlegen, bevor ich dich verspeise? Vielleischt in ein – hicks – Bett?«

»Ich glaube nicht, dass es das hier gibt.«

»Eben.«

Mit diesen Worten zog sie mich aus dem Auto und auf den Boden, wo wir dann unter dem Sternenhimmel von Mallorca endlich das taten, was wir eigentlich die ganze Zeit schon hatten tun wollen und uns geschworen hatten, nicht zu tun.

41. Ordentliche Dellen

Was tut ein Mann, der mit einer Frau geschlafen hat und weiß, dass er in zwei Tagen eine andere Frau heiraten wird? Ganz klar. Er haut ab. Und zwar so schnell wie möglich.

Ich stehe mühsam auf und sehe auf die schlafende Katie hinab. Kann ich es verantworten, sie hier einfach liegen zu lassen? Ich glaube, ich kann. Schließlich sind wir mitten in der Wildnis von Malle. Hier wird sie kaum ein böser Mensch finden und schlimme Dinge mit ihr anstellen. Und wenn, wüsste Katie sich bestimmt gut zu wehren. So gut kenne ich sie inzwischen.

Außerdem wird sie vermutlich in ein paar Stunden aufwachen und stinksauer auf mich sein. Und das ist auch gut so. Macht die Dinge leichter. Ein Mann, der sie einfach mitten in der Landschaft auf einem Lager aus Stroh zurücklässt, der kann ja nichts taugen. Und genau das soll sie von mir denken.

Bevor ich mich aus dem Staub mache, nehme ich noch einmal den Spider unter die Lupe. Der Wagen hat eine ordentliche Delle in der Stoßstange, ist ansonsten aber völlig in Ordnung. Katie wird also kein Problem damit haben, von hier fortzukommen.

Bei mir sieht die Sache schon anders aus. Alles, was ich tun kann, ist zur Straße zurückzulaufen, den Daumen rauszuhalten und zu trampen. Aber warum auch nicht? Schließlich hat sich diese Woche ohnehin zu einem Abenteuerurlaub entwickelt. Dann kann ich jetzt genauso gut mein Glück als Anhalter probieren.

Zuvor schaue ich ins Handschuhfach des Spiders und finde prompt, wonach ich suche: einen Kugelschreiber und einen kleinen Schreibblock.

Ich weiß, dass ein Abschiedsgruß mein Verschwinden nicht besser macht. Aber ganz ohne Worte abzuhauen, käme mir noch schäbiger vor. Also hinterlasse ich ihr ein paar Zeilen:

Liebe Katie,

vielen Dank für die wunderschönen Tage mit Dir – und ganz besonders für die letzte Nacht. Ich werde Dich und das, was wir miteinander erlebt haben, nie vergessen. Aber jetzt ist es Zeit für mich, in mein eigenes Leben zurückzukehren.

Vielleicht kannst Du meine Entscheidung nicht nachvollziehen. Vielleicht bist Du aber auch einfach froh, dass ich weg bin und wir uns nicht zu verstehen geben müssen, dass das mit uns ja ohnehin nur ein Urlaubsabenteuer war.

Ich werde immer an Dich denken. Alles Gute, Dein Jo

Ich sehe Katie lange an, und ein ganzer Tornado an seltsamen Gefühlen wirbelt durch mich hindurch. Einerseits, ganz klar, es bleibt dabei, sind Katie und ich die unterschiedlichsten Menschen der Welt – daran hat auch die vergangene Nacht nichts geändert. Zwar hatten wir Sex zusammen, aber ehrlich, was heißt das schon? Doch nur, dass wir uns in dieser Hinsicht gut verstehen. Aber muss man daraus gleich übertriebene Schlussfolgerungen ziehen? Ich denke, das ist ein Fehler, den man sich sparen sollte.

Andererseits gibt es da noch eine andere Stimme in mir, und die behauptet erstaunlicherweise etwas ganz anderes. Die sagt zum Beispiel, dass es völlig egal ist, ob wir unterschiedlich sind oder nicht. Denn niemand hat festgelegt, dass man sich ähnlich sein muss, um etwas miteinander anzufangen. Im Gegenteil. Es kann sogar sehr spannend sein, sich auf jemanden einzulassen, der ganz anders ist als man selbst.

Aber was bedeutet das? Bisher schien mir völlig klar zu sein, dass ein Typ wie ich von einem Mädchen wie Katie besser die Finger lässt – weil man sie sich sonst sowieso nur verbrennt. Gut, ein kleines Abenteuer wie unseres ist okay. Das ist ungefähr wie ein Ausflug in einen gefährlichen Dschungel oder in den Fanblock der gegnerischen Mannschaft beim Fußball. Letztlich ist man einfach nur froh, wenn man das Ganze heil übersteht und sich wieder zu Hause auf dem Sofa langmachen kann.

Aber stimmt das wirklich? Vielleicht täusche ich mich auch. Vielleicht ist Katie so etwas wie eine Herausforderung für mich, der ich mich stellen sollte. Womöglich geht's gar nicht darum, dass sie nicht zu mir passt, sondern darum, dass ich einfach Angst vor ihr habe. Vielleicht kneife ich nur? Was hat sie in der Nacht im Hotel nochmal gesagt? Dass man sehr wohl für sein Glück kämpfen kann! Ja, vielleicht sollte ich einfach einmal zur Abwechselung genau das tun …

Ach verdammt, ich weiß es auch nicht. Und an diesem Morgen finde ich sowieso keine Antworten auf meine Fragen. Das muss ich übrigens auch gar nicht. Schließlich habe ich meine Antwort schon längst gefunden – sie heißt Nina, sie ist die Lösung, und übermorgen werde ich sie heiraten. So sieht's aus – und nicht anders.

Ich werfe Katie einen letzten Blick zu, und dabei stelle ich beruhigt fest, dass sich der Tornado in meinem Inneren aufgelöst hat. Endlich herrscht wieder Ruhe. Sehr gut. Fantastisch. Alles wieder unter Kontrolle.

Mit diesem tröstlichen Gefühl drehe ich mich um und stolpere den Feldweg hinauf zur Hauptstraße.

42. Melonentod

Es gibt bequeme und weniger bequeme Arten zu reisen, und auf der offenen Ablage eines Gemüsetransporters zu sitzen, wie ich es gerade tue, gehört ganz entschieden zur zweiten Kategorie. (Wenigstens komme ich aber überhaupt vom Fleck. Der Fahrer war so nett, sofort anzuhalten.)

Die frische Luft und die Aussicht sind übrigens ausgesprochen wohltuend, allerdings drohe ich in jeder Kurve von umherfliegenden Wassermelonen erschlagen zu werden. Ich kann mir definitiv eine schönere Art zu sterben vorstellen.

Andererseits ist die Bordverpflegung exquisit – sie besteht nämlich aus mehreren dieser zuckersüßen, saftigen Früchte, die ich mit Hilfe eines Wagenhebers, der auf der Ladefläche herumlag, schlachte und in mundgerechte Stücke zerkleinere.

Anschließend mache ich mich auf der Pritsche lang, lasse mir die Sonne ins Gesicht scheinen und beschließe, dass es mir gutgeht. Nein, es geht mir sogar fantastisch. Das Leben ist schön. Besser könnte es gar nicht sein. Ich habe ein wunderbares Abenteuer hinter mir und ein noch viel wunderbareres Abenteuer vor mir – meine Ehe mit Nina.

Ja, ich fühle mich richtig versöhnt mit meinem Entschluss. Endlich werde ich in meinem Leben so etwas wie ein Ziel erreichen, endlich werde ich den stürmischen Ozean des Singledaseins verlassen und in den sicheren Hafen der Ehe einlaufen.

Schließlich hat mir die Sache mit Katie in den letzten Tagen eindrücklich gezeigt, dass es so einfach nicht weitergeht. Solche kurzfristigen Affären mit Frauen mögen ja ganz anregend sein, aber auf Dauer sind sie auch ermüdend. Kein Mensch kann jahrelang immer nur Actionfilme sehen. Irgendwann wird es einfach Zeit für gemütliche Familienserien. Die sind zwar vielleicht langweilig, aber dafür nervenschonend.

Ich setze mich auf, lehne mich mit dem Rücken gegen das Führerhaus des Transporters und blicke nach hinten auf die Straße. In der Höhe von Manacor setzt der Fahrer den Blinker und biegt in die Straße nach Palma ein, während es rechts nach Inca geht. Dort müsste man auch langfahren, wenn man nach Deia wollte.

Ich muss lächeln, denn mir wird klar, dass diese Fahrt so etwas wie das Symbol meines Lebens ist. Wenigstens wird es das eines Tages sein. Irgendwann in der Zukunft werde ich auf diesen Urlaub zurückblicken, und ich werde genau dasselbe sehen – eine Gabelung. Und ich habe mich nicht für Deia entschieden, nicht für Katie, sondern für Palma, also für Nina, für meine Freunde und für mein vertrautes Leben. Und das erfüllt mich mit einer tiefen Zufriedenheit.

Während sich der Gemüsetransporter allmählich Palma nähert, komme ich auf die Idee, mal wieder mein Handy abzuhören. Ich habe das Gerät aus guten Gründen seit gestern Morgen nicht eingeschaltet. Sollte sich Nina im Nachhinein darüber beschweren, könnte ich immer noch behaupten, dass ich es verlegt hätte.

Ich stelle das Gerät also an und gebe meinen PIN-Code ein. Dann blicke ich gespannt auf das Display, ob ich vielleicht einen Anruf oder eine SMS bekommen habe.

Habe ich. Und nicht nur eine. Treffender wäre daher die Beschreibung, dass mein Handy förmlich in meiner Hand explodiert, so viele SMS, Anrufbenachrichtigungen und Hinweise auf entgangene Telefonate blinken und piepen.

Ich wähle meine Mailbox an, was erstens im Ausland ein technisch schwieriges Unterfangen ist (von wegen *Komfort-*Mailbox) und zweitens ein Vermögen kostet. Egal. Könnte ja etwas Wichtiges sein.

Kurz darauf meldet sich diese entzückende Frauenstimme, von der ich mich immer frage, ob sie einem echten Menschen oder einem Roboter gehört. (Eines Tages wird man das selbst dann nicht unterscheiden können, wenn diese Frau wirklich vor einem steht – eine paradiesische Vorstellung, schließlich wäre dann klar, wofür sich die meisten Männer entscheiden würden. Bestimmt nicht für die Frau aus Fleisch und Blut, schließlich lässt die sich nicht ausschalten.)

Guten Tag. Sie haben sechs neue Nachrichten und eine gespeicherte Nachricht. Erste neue Nachricht, gestern, 13 Uhr 34:

»Hallo, Jo, hier ist Nina. Amüsierst du dich? Torsten und Angelika kommen auch zur Hochzeit, toll nicht? Ich weiß ja, dass du sie nicht leiden kannst, aber du weißt doch, wie gut sie sich mit Mario und Britta verstehen, und die kannst du schließlich auch nicht leiden. Na ja, ich wollte mich nur mal so melden. Küsschen, Nina.«

Wollen Sie die Nachricht noch einmal hören? Dann drücken Sie die eins. Wollen Sie die Nachricht speichern? Dann drücken Sie die zwei. Wollen Sie die Nachricht löschen? Dann drücken Sie die drei.

Ich drücke die drei und wünsche mir dabei, es gäbe auch eine Mailboxstimme für mein ganzes Leben, die mich nun Folgendes fragen würde:

Wollen Sie Ihre Verlobung noch einmal eingehen? Dann drü-

cken Sie die eins. Wollen Sie Ihre Verlobung überdenken? Dann drücken Sie die zwei. Wollen Sie Ihre Verlobung lösen? Dann drücken Sie die drei.

Aber natürlich fragt das niemand. Das Leben hat nun einmal kein automatisches Menü, das man einfach mit einem Tastendruck bedienen könnte. Man muss alles selber machen. Manuell. Aber das ist vielleicht auch besser so. Alles andere wäre doch zu einfach.

Zweite neue Nachricht, gestern, 15 Uhr 34:

»Jo-o? Hier ist Nina. Warum gehst du nicht ans Telefon? Du stellst doch nicht irgendeinen Unsinn an? Ruf doch bitte mal zurück. Bis dann, Nina.«

Dritte neue Nachricht, gestern, 16 Uhr 15:

»Ruf! Mich! An! Die Nummer, unter der du was erleben kannst. Was ist in dich gefahren, Jo? Hier ist Nina. Letzte Chance, es wiedergutzumachen.«

Vierte neue Nachricht, gestern, 22 Uhr 01:

»Jo? Hier ist Nina. Wenn du schon nicht mit mir sprechen möchtest, dann willst du mich vielleicht ja lieber sehen? Habe gerade mal ins Internet geschaut. Es gibt Last-Minute-Flüge nach Palma. Die kosten nur hundert Euro. Würdest du dich freuen, wenn ich zu dir komme? Wenn nicht, ist auch egal. Wir könnten dann am Sonntagmorgen einfach zusammen zurückfliegen. Sag doch Bescheid. Küsschen, Nina.«

Fünfte neue Nachricht, heute, 00 Uhr 15:

»Habe einen Flug gebucht. Ich freu mich ja so. Obwohl du dich nicht meldest. Und im Hotel bist du auch nicht. Muss ich mir Sorgen machen? Wenn dir etwas passiert ist, kannst du was erleben, du! Ach ja, meine Maschine landet morgen – das heißt eigentlich heute – um 13 Uhr in Palma. Du holst mich doch ab, oder? Kein Kuss, Nina.«

Sechste neue Nachricht, heute, 09 Uhr 15:

»Jo? Hier ist Hacki. Verdammt nochmal, wo steckst du? Für deinen kleinen Liebesausflug hatte ich ja noch Verständnis. Aber jetzt übertreibst du. Außerdem steckst du in Schwierigkeiten. In ernsten Schwierigkeiten … Melde dich so schnell wie möglich. Und sieh zu, dass du zurück ins Hotel kommst. Wir warten hier auf dich.«

Ich beende die Verbindung und fühle mich dabei wie ein Steak, das gerade durch den Fleischwolf gedreht wird. Mir ist schwindelig, meine Gedanken rasen und mein Herz wummert in einem ziemlich seltsamen Rhythmus.

Nina kommt nach Malle. Und ich liege hier inmitten von Wassermelonen, weil ich die letzte Nacht mit einer anderen Frau in der mallorquinischen Wildnis verbracht habe. Hilfe!

Ich sehe auf meine Armbanduhr. Hackis Anruf ist gerade einmal eine Stunde her. Und bis zu Ninas Ankunft sind es gerade noch – drei Stunden! Jetzt ist also nicht der richtige Zeitpunkt, um herumzugrübeln. Ich muss Entscheidungen treffen und das Beste aus der Situation machen.

Ich verzichte darauf, Nina vor ihrem Abflug noch anzurufen. Zumal sie mich fragen würde, wo ich gerade bin, und ich ihr dann die Sache mit dem Lastwagen und dem Ausflug nach Cala Ratjada erklären müsste. Also lieber nicht.

Stattdessen wähle ich Hackis Nummer. Er meldet sich nach dem ersten Klingeln.

»Mensch, Jo. Das wird aber auch Zeit. Wo, verdammt nochmal, steckst du?«

»Zwischen ein paar prallen Melonen.«

»Und das am frühen Morgen, du Schwein. Ich beneide dich … Das heißt nein, eigentlich tue ich das gar nicht.«

»Hab schon gehört, Hacki. Nina kommt nach Malle.«

»Und nicht nur sie. Veronika und Gabriele kommen auch gleich mit. Du hast dich doch nicht verplappert?«

»Nein, habe ich nicht.«

»Anscheinend ahnt deine Nina trotzdem was. Veronika meinte jedenfalls, dass sie ziemlich außer sich ist.«

»Dazu hat sie keinen Grund. Schließlich bin ich gerade auf dem Weg zurück zu euch. Und auf dem Weg zurück zu ihr – im wahrsten Sinne des Wortes«, sage ich. »Aber vielleicht können wir das später besprechen. Ich komme so schnell wie möglich ins Hotel, um mich umzuziehen. Besorg schon einmal einen Wagen, damit wir die Frauen vom Flughafen abholen können.«

»Du hast vielleicht Nerven, mein Lieber … Aber jetzt noch mal kurz zu den wirklich wichtigen Dingen. Hast du die Kleine endlich gepoppt? Hat sich dein kleiner Ausbruch wenigstens gelohnt?«

Ich starre für einen Moment ungläubig auf mein Handy. Dann erinnere ich mich – ja, so sind sie, meine Freunde.

»Erstens ist sie keine *Kleine* und zweitens geht dich das gar nichts an …«

Aus dem Gerät ertönt ein mehrstimmiges Lachen. Offenbar hat Hacki die Lautsprechfunktion eingeschaltet, und die drei sitzen gemeinsam vor dem Handy und amüsieren sich über meine Eskapaden.

»Alles klar, Jo«, sagt Hacki, ohne meine Antwort abzuwarten. »Du hast sie also *klargemacht*. Es ist dir anzuhören. Von daher, kleiner Tipp von unserer Seite: Du solltest diesen postkoitalen Tonfall unbedingt aus deiner Stimme bügeln, bevor wir zum Flughafen aufbrechen. Sonst kannst du dich gleich beerdigen lassen.«

Ich spare mir jeglichen Kommentar und drücke die rote Unterbrechungstaste. Na großartig. Das kann ja heiter werden.

43. Prosecco aus Dosen

Ich sehe ganz gerne Doku-Sendungen über militärische Spezialeinheiten: Die *Navy-Seals*, die *Green Berets* oder auch das *KSK* der Bundeswehr. Solche Jungs beeindrucken mich. Sie sind hart, unerbittlich und bis an die Zähne bewaffnet. Eine Handvoll von ihnen genügt, um ganze Länder zu erobern, Diktatoren gefangenzunehmen oder Regierungen abzusetzen und dadurch den Ölpreis zu senken.

Allerdings ist keine dieser Spezialtruppen auch nur annähernd so furchteinflößend wie eine Gruppe von Frauen, die randvoll mit Prosecco sind und dann im Stechschritt aus einem Flughafenterminal treten, dabei laut lachen, insgeheim aber den Verdacht haben, von ihren Männern betrogen worden zu sein. *Das* lehrt Männer wirklich das Fürchten.

Als Nina, Gabi und Veronika aus der Schiebetür des Ankunftsbereiches treten, gehen Hacki, der mich zum Flughafen begleitet hat, und ich instinktiv hinter einer Säule in Deckung. Wir ahnen, dass das, was vor uns liegt – unsere Zukunft –, kein Vergnügen sein wird.

Die Frauen blicken sich suchend um, schütteln missmutig die Köpfe und beschließen dann, erst einmal ein provisorisches Feldlager in der Empfangshalle aufzubauen. Sie lassen ihre Koffer fallen, vertreiben ein paar Teenager von den wenigen Sitzgelegenheiten, rauchen lässig ihre Mentholzigaretten und erzählen sich dabei Dinge, die sie regelmäßig in hysterische Lachanfälle ausbrechen lassen. Wenigstens scheint ihre Stimmung nicht ganz im Keller zu sein.

Ich beobachte die Szenerie und frage mich insgeheim, welche von den drei Frauen die schrecklichste Lache hat. Bei Gabi erinnert das Ganze an Kermit, den Frosch, wenn er wieder einmal einen seiner Asthmaanfälle hat. Veronikas Lachen klingt, als würde irgendwo ein Schimpanse gefoltert. Und Nina – meine Nina – lacht, als hätte sie seit Jahren offene TBC und müsste jetzt eine größere Portion Lungensekret abhusten.

Hacki und ich sehen uns an, und wir bringen es beide nicht übers Herz, unsere sichere Position hinter der Säule aufzugeben.

Gabriele, die Frau von Schröder, wühlt dann in ihrer Tasche und zieht ein Sixpack Dosenprosecco hervor. Die anderen Frauen applaudieren begeistert, bedienen sich, reißen die Dosen auf und stoßen lautstark miteinander an.

»Auf unsere Männer. Die sollen uns erst mal kennenlernen.«

»Genau. Was die können, können wir nämlich schon lange.«

»Der Ballermann wird zur Ballerfrau! Auf Malle!«

Und dann noch einmal alle drei im Chor: »Auf Malle!«

Hacki wirft mir einen panischen Blick zu und wischt sich die Schweißperlen von der Stirn. »Freu dich einfach, dass du dich nochmal ausgetobt hast mit deiner Katie. Damit ist es jetzt nämlich vorbei. Also – wollen wir jetzt?«

Ich nicke ihm entschlossen zu. »Ja, tun wir es. Sehen wir dem Feind ins Auge.«

Dem *Feind*? Ich weiß, dass ich es den Frauen, die dieses Wort jetzt vernehmen, schuldig bin, ein paar Takte zum Thema »Liebe« zu verlieren. Weil sie sonst möglicherweise meinen, dass ich herzlos bin. Das stimmt aber nicht.

Es ist nur so, dass Männer und Frauen sehr unterschiedliche Dinge unter *Liebe* verstehen – und dass sich ihre Ansichten darüber noch viel mehr voneinander unterscheiden:

Frauen denken zum Beispiel, Liebe wäre rosa. Männer gehen eher von einem dunklen Beigeton aus.

Frauen vergleichen eine Hochzeit mit dem Einzug in eine gemeinsame neue, wundervolle Wohnung. Für Männer hat es eher etwas von einer Zwangseinweisung in eine geschlossene Anstalt.

Frauen denken an Schweben. Männer an Fallen.

Frauen freuen sich darauf. Männer finden sich damit ab.

Von daher lasse ich die Frage, warum in Gottes Namen ich Nina überhaupt heirate, nicht gelten. Und sie würde das wohl auch nicht tun. Wir haben uns einfach an den Gedanken gewöhnt. Genauso wie wir uns aneinander gewöhnt haben. Und ich glaube – ja, ich bin sogar der Überzeugung, dass das eine ganze Menge ist.

Von daher habe ich es gar nicht nötig, in irgendwelche verklärenden Gesänge auszubrechen und zu meinen, die Ehe mit Nina wäre das größte Glück auf Erden. Ist es vermutlich nämlich nicht. Es ist einfach in Ordnung. Nicht mehr, aber auch nicht weniger.

Hacki und ich treten nun beherzt hinter der Säule hervor und geraten dadurch ins Blickfeld unserer Frauen. Die bringen sofort ihre Beautycases in Anschlag, werfen ihre Kippen auf den Boden und machen sich bereit für den Empfang.

Was dann folgt, sieht ungefähr aus wie eine Szene aus diversen Wildwestfilmen. Auf der einen Seite stehen die US-Kavalleristen in ihren blauen leicht verstaubten Uniformen. Auf der anderen Seite sind die Indianer mit ihrem Federschmuck, den antiquierten Gewehren und den Whiskeyflaschen. Dann entsendet jede Partei einen Emissär, der sich aus der Reihe der

Krieger löst und mutig und mutterseelenallein vorwegreitet, um seinen Kontrahenten in der Mitte des Niemandslands zu treffen.

Die beiden Abgesandten sind in diesem Fall Nina und ich. Ich lasse Hacki also stehen und gehe ein paar Schritte vorwärts. Nina wiederum lässt Gabi und Veronika zurück und stöckelt in meine Richtung. Wir nähern uns einander sehr langsam, fast wie in Zeitlupe, und sehen uns dabei furchtlos in die Augen.

Nina ist die Erste, die spricht: »Ganz egal, was du getan hast, Jo. Ich verzeihe dir.«

Geschickter Schachzug. Damit hat sie in jedem Fall das Überraschungsmoment auf ihrer Seite.

»Das ist … rührend von dir. Ich weiß gar nicht, was ich sagen soll«, stottere ich und komme mir dabei vor wie ein Schulanfänger, der zum ersten Mal etwas vor der Klasse vortragen muss.

»Rührend? Dann hast du also wirklich etwas ausgefressen?«

Jetzt erst bemerke ich, dass ihr Schachzug sogar noch viel geschickter war, als ich zuerst angenommen habe. Eine regelrechte Falle.

»Ich … So kann man das eigentlich nicht sagen …«

»Wie kann man es denn sonst sagen?«

»Am besten gar nicht.«

Das ist jetzt wenigstens ehrlich. Denn mal ganz unter uns – soll ich wirklich zur Begrüßung sagen: »Ich habe letzte Nacht mit einer anderen Frau geschlafen. Es hat aber nichts zu bedeuten, und darum bleibt es natürlich bei unseren Hochzeitsplänen.«

Ich finde *ehrlich* ist ab und zu nämlich auch ziemlich *feige*. Schließlich könnte ich Nina jetzt auf der Stelle alles beichten und ihr damit möglicherweise große Schmerzen bereiten. In erster Linie würde ich dadurch doch nur mein Gewissen erleichtern und mir so vor allem selber einen Gefallen tun. Ist das wirklich anständig? Oder ist es nicht viel heldenhafter, einfach die Klappe zu halten, mit meinen Schuldgefühlen zu leben und mich darum zu bemühen, die Dinge nach und nach wieder ins Lot zu rücken? Schließlich war die Sache mit Katie nur eine Lappalie. Ich habe sie innerlich bereits zu den Akten gelegt. Warum also ein Drama daraus machen, was in diesem Zusammenhang völlig unangemessen wäre?

Nina überrascht mich dann gleich ein zweites Mal. Sie sagt: »Wenn dir schon nicht einfällt, was du sagen sollst, dann könntest du mich ja wenigstens mal zur Begrüßung in den Arm nehmen.«

»Da hast du allerdings Recht«, sage ich erleichtert und setze ihren Vorschlag in die Tat um.

Übrigens sind Berührungen ohnehin oft viel besser als Worte. Nina schmiegt sich nämlich in meine Arme, und ich merke, wie dankbar sie dafür ist. Das berührt mich. Und das macht mir wirklich ein schlechtes Gewissen. Weil ich die ganze Zeit zwar damit gerechnet habe, dass sie sauer sein könnte und mir vermutlich die Hölle heißmachen würde, wie es nun einmal so ihre Art ist. Aber dass sie vielleicht wirklich Angst davor gehabt haben könnte, mich zu verlieren, damit habe ich nicht gerechnet.

»Ich freue mich sehr, dass du da bist«, sage ich.

»Wirklich?«

»Ja, wirklich. Schließlich bist du die Frau, die ich übermorgen heiraten werde.«

Nina spürt, dass ich es aufrichtig meine, und das versöhnt sie mehr, als irgendwelche Worte es gekonnt hätten.

»Und ich hatte schon Angst, dass du mich und unsere Hochzeit vergessen haben könntest.«

»Habe ich aber nicht.«

Wir sehen uns in die Augen, und dann berühren sich unsere Lippen zum ersten Kuss seit fast einer Woche.

Und er gefällt mir gut, dieser Kuss. Weil er vertraut schmeckt. Es ist ein bisschen so, wie nach einer langen und abenteuerlichen Reise wieder nach Hause zu kommen.

44. Eine Frage der Gewohnheit

Allergien werden meistens mit einer medizinischen Methode behandelt, die man »Desensibilisierung« nennt. Der Körper wird einfach so lange mit Stoffen gereizt, die er nicht mag, bis er am Ende den Widerstand aufgibt und beschließt, dass es ihm einfach egal ist.

Ich denke, dass Beziehungen nach genau demselben Muster funktionieren. Klar, das klingt erst einmal zynisch. Und desillusioniert. Und bitter. Aber wenn man etwas länger darüber nachdenkt, entspricht es möglicherweise doch der Wahrheit. Jedenfalls ab einem gewissen Alter.

Davor, also als Teenager, spielt das alles natürlich noch keine Rolle. Da ist es egal, ob der Junge oder das Mädchen, mit dem man gerade geht, störende Angewohnheiten hat. Bis man es herausgefunden hat, hat man sich sowieso schon längst wieder in jemand anderen verliebt. Mit der Zeit aber verlängern sich die Lebensabschnitte, die man mit einem Menschen teilt, und man gelangt früher oder später an den Punkt, an dem man es einfach nicht mehr aushält.

Sei es, weil die Frau zu laut und zu schrill lacht, der Mann beim Essen schmatzt, sie fleischfarbene Mieder trägt oder er vor dem Fernseher schnarcht. Irgendwann denkt man, dass es nur zwei Möglichkeiten gibt: Mord oder Scheidung. Aber das stimmt nicht. Das Geheimnis einer funktionierenden Beziehung besteht nämlich darin, dass man einfach weitermacht. Dass man *trotzdem* weitermacht. Und zwar so lange, bis einem die Dinge, die eigentlich einen jeden Menschen in den Wahnsinn treiben könnten, egal sind und man sie gar nicht mehr bemerkt.

Jedenfalls denke ich das, seit ich mit Nina die magische Einjahresgrenze überschritten habe, an der ich früher immer gescheitert bin.

Abgesehen davon wird man für sein Durchhaltevermögen belohnt. Mit Dingen, die eben auch ihre Zeit brauchen, bis sie sich entwickeln: Nähe, Geborgenheit, Vertrauen.

Nina zum Beispiel versteht die Dinge, die mein Leben ausmachen. Ich muss ihr nichts erklären. Sie gehört in dieselbe Welt wie ich. Und das ist der eigentliche Unterschied zu Katie.

Das wird mir schon klar, als wir im Auto sitzen und vom Flughafen nach Arenal fahren. Ich muss unwillkürlich daran denken, was Katie über den Ort gesagt hat: dass man ihn eigentlich sprengen müsste.

Nina dagegen sieht aus dem Fenster und sagt: »Oh, ist das schön hier. Und die ganzen Hotels. Toll. Eigentlich ist das unfair, dass ihr Männer bisher immer ohne uns hierhergefahren seid. Ich glaube, ab sofort kommen wir einfach immer mit.«

Hacki, der am Steuer sitzt, zieht die Stirn in Falten und wirft mir einen verstohlenen Blick zu. »Na super, was du uns da eingebrockt hast«, soll das heißen. Ich zucke mit den Schultern und bringe ein gepresstes »Was soll ich denn machen?« über die Lippen.

»Was tuschelt ihr beiden denn da vorne?«, fragt Veronika mit scharfer Stimme von hinten.

»Gar nichts, Schätzchen«, antwortet Hacki sofort.

»Wirklich nicht«, ergänze ich.

»Ach, lass sie doch reden«, sagt Nina großherzig. »Kommt ja sowieso nicht drauf an.«

»Da hast du auch wieder Recht«, gibt Veronika zu.

Und dann hören wir die nächsten Dosen mit Prosecco zischen und dazu eine erneute Lachsalve, die uns in den Ohren dröhnt.

Nachdem die Frauen im *Los Balearos* eingecheckt haben, gehen wir alle gemeinsam an den Strand hinunter, wie üblich in Höhe des *Balneario* Nummer fünf. Es ist dieselbe Stelle, die den Jungs und mir vor wenigen Tagen noch wie das reinste Eldorado vorgekommen ist, eine unerschöpfliche Quelle an Flirtmöglichkeiten, den besten Aussichten auf schöne Bikini-Mädchen, die größte Open-Air-Kontaktbörse der Welt.

Und jetzt? Jetzt sehen Hacki, Schröder und ich uns stumm an, und wir wissen, wie sehr sich seit der Ankunft unserer Frauen alles verändert hat. Die ganze Szenerie, der Strand, die Mädchen, die Bars – es ist nicht mehr dasselbe. Unser Urlaubsareal erscheint uns einfach nur noch langweilig, laut und nervig.

Ganz besonders auf die Nerven geht uns übrigens Benni. Er ist inzwischen mit Michelle und Jacqueline, den Airbag-Mädchen aus unserem Hotel, fest liiert. Und zwar mit allen beiden.

»Ich kann mich halt für keine von ihnen entscheiden. Aber warum sollte ich auch?«, hat er uns erst heute Vormittag erklärt, nachdem ich ins Hotel zurückgekommen war. Er hielt sie rechts und links im Arm und gab ihnen nacheinander einen Kuss.

Die beiden Mädchen glucksten und sagten einstimmig: »Und wir können uns auch nicht entscheiden. Sollen wir ihn nun teilen oder sollen wir ihn einfach beide zusammen nehmen?«

Nina und ich legen uns auf unsere Strandlaken und genießen die Sonne. Und eines muss ich Nina ja lassen, eine super Figur hat sie. Sie ist schlank und drahtig und sieht in ihrem Felina-Bikini richtig scharf aus. Daran ändert auch die Tatsache nichts, dass sie sich während meiner Abwesenheit blonde, rote und grüne Strähnchen hat färben lassen. (»Ist für die Trauung. Hat ein Vermögen gekostet«, hat sie mir vorhin erklärt.)

Auch in dieser Hinsicht habe ich also keinen Grund, mich zu beklagen. Das wird mir klar, als ich einen Seitenblick zu Hacki hinüberwerfe. Seine Veronika könnte – mit der entsprechenden Maske – ohne Probleme die Hauptrolle in der Fortsetzung von *Free Willy* spielen. Und zwar in der Rolle des Walfischs. Veronika bringt geschätzte drei Zentner auf die Waage, was sie allerdings nicht davon abhält, ebenfalls einen Felina-Bikini zu tragen, allerdings in der Größe »Zirkuszelt«. Trotzdem sieht sie darin aus wie eine Rügenwalder Teewurst direkt nach dem Anschnitt.

»Ey, Süßer, kannst du mir mal den Rücken eincremen?«, säuselt sie Hacki gerade ins Ohr.

»Och, nee. Da werde ich ja nie fertig!«

»Jetzt mach schon. Ich will keinen Sonnenbrand kriegen.«

Sie wirft ihm einen ermahnenden Blick zu, woraufhin Hacki resigniert seufzt. Er schüttelt probeweise die Flasche mit der Sonnenmilch. Die verbleibenden zwei Liter sollten für seine Gattin genügen. Und dann beginnt er damit, Veronika einzucremen, wobei er sich rittlings auf ihren Rücken hockt, wodurch die beiden aussehen wie zwei Mammuts bei der Paarung.

Während ich sie aus den Augenwinkeln beobachte, wird mir übrigens klar, weswegen Hacki – trotz seiner ewigen Klagen – im Grunde seines Herzens ein glücklicher Mann ist. Veronika und er passen einfach gut zusammen, körperlich und seelisch. Außerdem merkt man an der Art, wie er sie eincremt, dass die beiden vermutlich ein erfülltes Sexualleben haben (eben wie Mammuts). Hacki blickt zwar gewohnheitsmäßig den ranken und schlanken Mädchen hinterher, aber eigentlich möchte er eine Frau, bei der er etwas in der Hand hat – so wie bei Veronika eben. Ich weiß, dass die beiden glücklich sind, auch wenn sie das selbst möglicherweise nicht wissen. Sie werden garantiert für den Rest ihres Lebens zusammenbleiben, zumal sowieso in naher Zukunft zwei mobile Baukräne nötig wären, um sie zu trennen.

Ich drehe mich zur anderen Seite um, wo mich allerdings direkt der nächste Schlag trifft. Dort liegen nämlich Schröder und Gabi dicht beieinander – wie zwei aufgeschlagene Comichefte. Gabi ist nicht weniger tätowiert als Schröder, auch wenn sich die Motive leicht unterscheiden. Während seine Haut in erster Linie mit Drachen, Silikon-Frauen und chinesischen Schriftzeichen bemalt ist, wird die ihre von Feen, Schmetterlingen und allerlei Blumen verziert. Die beiden liegen wie zwei Schaufensterpuppen aus einem Tattooshop nebeneinander, flüstern sich Zärtlichkeiten ins Ohr und kichern dabei wie verknallte Teenager. Tatsache ist, dass die beiden sich seit ihrer Schulzeit kennen und es auf eine geheimnisvolle Weise geschafft haben, ihre erste Liebe füreinander bis auf den heutigen Tag zu bewahren. Beneidenswert.

Und dann sehe ich zu Nina hinüber. Sie liegt neben mir und fühlt sich offenbar pudelwohl. Alles ist für sie in bester Ordnung, vor allem nach unserem versöhnlichen Wiedersehen am Flughafen. Sie löst Kreuzworträtsel, macht giftige Bemerkungen über andere Frauen, die möglicherweise einen Tick schlanker sind als sie selbst, und gelegentlich unterhält sie sich mit Gabi und Veronika, wobei die drei Pläne für heute

Nacht schmieden. Es soll eine Art Polterabend werden, auch wenn unsere Hochzeit erst übermorgen ist. Aber wir sind ja schließlich auf Mallorca. Da darf man die Dinge nicht so eng sehen.

45. Medizin

Mir ist schlecht. Und das liegt nicht an den drei Litern Cola, die ich in den zurückliegenden Stunden getrunken habe (statt der üblichen drei Liter Bier). Nein, es liegt einfach daran, dass ich so viel Glück um mich herum nicht ertrage. Jedenfalls nicht an einem Tag wie diesem.

Ich brauche Luft. Und ich muss reden. Ja, glaubt es oder glaubt es nicht, aber ich muss einfach mal jemandem mein Herz ausschütten.

Also überzeuge ich Hacki, Benni und Schröder dazu, eine Runde schwimmen zu gehen.

Hacki will davon natürlich nichts wissen. »Schwimmen? Bist du bekloppt? Ich bin hier, um mich zu erholen. Ich gehe nie ins Wasser. Weißt du doch.«

Zum Glück hat Schröder bereits verstanden, worum es eigentlich geht. »Mensch, Hacki. Jetzt mach hinne. Wir wollen nicht ins Wasser. Wir wollen nur weg«, sagt er leise.

»Weg wovon?«

Schröder wirft eindeutige Blicke in Richtung der Frauen – und Hacki geht endlich ein Licht auf. Er schlägt sich demonstrativ gegen die Stirn und sagt dann mit einer übertrieben lauten Stimme, so dass es auch die Frauen hören können: »Jawoll, schwimmen. Super. Da bin ich schon die ganze Zeit scharf drauf. Ich gehe für mein Leben gerne ins Wasser.«

Wir stehen auf und nähern uns so weit den Wellen, dass zwischen uns und unserem Strandlager genug Menschen sind, die uns vor den Blicken unserer Frauen abschirmen. Dann schwenken wir ab und kehren in einem weiten Bogen an Land zurück, wo wir uns in der nächsten Bierbar niederlassen.

»Also, Jo. Was ist los?«, erkundigt sich Schröder, dem nicht entgangen ist, dass ich nicht gut drauf bin.

»Es ist Folgendes …«, beginne ich und erkläre den Jungs, dass es offenbar Frauen gibt, die eine Art Depotwirkung haben – so wie diese Vitaminkapseln, die angeblich vierundzwanzig Stunden wirken, oder die Zahnpasta, die einem scheinbar weiter die Zähne putzt, obwohl man längst im Büro sitzt oder im Bett liegt.

»Verstehe ich nicht«, meint Benni. »Meinst du wirklich, Frauen haben Vitamin C? Wäre ja nicht schlecht – du lutschst an ihnen und wirst auch noch gesund dabei.«

Schröder bringt ihn mit einer Geste zum Schweigen und wendet sich wieder mir zu.

»Es geht um Katie, stimmt's? Sie geht dir nicht aus dem Kopf, oder?«

»Ganz genau. Und bei der Vorstellung, am Sonntag Nina zu heiraten, wird mir schlecht.«

»Ging mir vor meiner Hochzeit genauso«, meint Hacki sofort.

»Klar, weil du vorher das ganze kalte Büfett, das für die Feier gedacht war, alleine verputzt hast«, antwortet Benni.

Wir haben es alle noch lebhaft in Erinnerung. Als der Standesbeamte die berühmte Frage stellte – »Willst du, Harald Hackmann, die hier anwesende … –, konnte Hacki nur einen Laut von sich geben, der von ferne an ein *Ja* erinnerte. In Wahrheit war es ein gewaltiges *Bäuerchen*, das den ganzen Raum mit einem Duft nach Kartoffelsalat und Hering erfüllte.

Schröder wartet ein paar Sekunden, bevor er den Faden wiederaufnehmen kann.

»Wenn ich es richtig sehe«, sagt er dann, »ist es noch keine zwölf Stunden her, dass du dich von Katie verabschiedet hast. Kein Wunder, dass sie dir noch im Kopf herumspukt. Das ist normal. Sex braucht eine Weile, bis er abklingt. Ist wie nach einer Grippe. Eine Zeit lang fühlst du dich noch wie zerschlagen, obwohl du eigentlich schon wieder gesund bist. Aber irgendwann wachst du morgens auf und fühlst dich wieder gut. So wird es dir mit Katie auch gehen. Eine Weile denkst du noch an sie. Und irgendwann ist alles vergessen.«

»Und wenn es nicht so ist?«

»Es ist so! Mach dir also einfach keine Gedanken, Jo. Hacki hat schon Recht – vor der Hochzeit ist man immer nervös. Und man zweifelt immer daran, ob die Frau, die man heiratet, wirklich die Richtige ist.«

»Aber das ist doch genau der Punkt, Jungs. Ich zweifele gar nicht daran, dass Nina die richtige ist. Ich bin mir nur nicht sicher, ob es richtig ist, die richtige Frau *jetzt* zu heiraten. Oder ob man sich nicht einfach auch mal was trauen muss.«

Hacki und Schröder wechseln tiefgründige Blicke, sehen dann zu mir und grinsen.

»Was trauen? Du machst dir einfach zu viele Gedanken, Jo. Aber dagegen gibt es ein gutes Mittel«, sagt Hacki, hebt die Hand und ordert eine Runde Bier für uns.

46. Keine Geheimnisse

Die drei Frauen nehmen uns noch am Strand das Versprechen ab, ihnen am Abend all die Plätze zu zeigen, die wir auch ohne sie besuchen würden. Allerdings nehmen wir ihnen im Gegenzug das Versprechen ab, dass sie all das mit uns trinken, was wir auch ohne sie trinken würden.

Und genauso machen wir es dann auch. Zwischen sechs Uhr abends und zwei Uhr morgens genießen wir gemeinsam unsere *Happy-Hour-Strategie*. Wir stoßen so lange miteinander an und trinken so lange Brüderschaft, bis wir alle wieder miteinander versöhnt sind. Übrigens heben die anderen ihre Gläser meistens auf Nina und mich – auf unsere Hochzeit, unsere Zukunft, unser Glück.

Und mit leiser Stimme fügen Benni, Schröder und Hacki immer wieder hinzu: »Und darauf, dass du dich vorher noch mal so richtig ausgetobt hast.«

Zur Besiegelung unseres Paktes gehen wir alle zusammen in einen Touristenshop und lassen uns T-Shirts drucken. Sie sind dunkelblau. Auf der Brust steht in großen gelben Buchstaben, die von einem Herz eingerahmt sind:

Jo und Nina

Und auf dem Rücken kann man die Beschriftung lesen:

Drei, zwei, eins: meins!

Nachdem wir die Schinkenstraße ausgiebig genossen haben, ist klar, wo wir den Rest der Nacht verbringen werden. Da, wo wir jede Nacht in Arenal versumpfen: im *Oberbayern*.

Wir schlendern hinunter zur Uferpromenade und reihen uns in die Schlange ein, die sich vor dem Eingang gebildet hat. Ausgerechnet in diesem Moment zieht mich Nina von den anderen fort und deutet auf den nahe gelegenen Strand.

»Was meinst du, Jo? Gönnen wir uns eine kleine Auszeit? Nur du und ich, alleine am dunklen Meer?«

»Klar, wenn du willst.«

Wir geben den anderen das Versprechen, bald nachzukommen, und trennen uns von der Gruppe. Die anderen kichern und rufen uns hinterher, dass wir die Hochzeitsnacht wohl nicht mehr abwarten können.

Nina und ich überqueren den Uferweg, auf dem sich wie üblich die Nachtschwärmer in einer endlosen Polonaise zwischen den *Balnearios* drängeln. Unterbrochen werden sie dabei nur vom Hupen der Tschu-Tschu-Bahn, die die ganze Nacht die Promenade abfährt, und dem ständigen Klingeln der viersitzigen Pedalautos, die man überall für einen total überteuerten Preis mieten kann.

Nina und ich ziehen uns die Schuhe aus und gehen barfuß hinunter zum Wasser.

Wieder liegt der Strand einsam und verlassen da, und wenn nicht die Lichter und der Lärm von Arenal zu uns hinüberwehen würden, könnten wir uns glatt wie auf einer einsamen Insel fühlen.

»Komm, wir spazieren ein wenig nach dahinten. Da ist es ruhiger«, sagt Nina und zeigt in Richtung Can Pastilla – dorthin, wo ich Katie kennengelernt habe.

»Ach nein. Lass uns einfach hierbleiben. Dann ist der Rückweg nicht so weit«, sage ich.

Nina hakt mich unter, und wir schlendern ein wenig auf und ab, während die warmen Wellen unsere Füße umspielen.

»Was ist eigentlich los, Jo?«, fragt sie, als wir gerade zum zehnten Mal umgedreht sind, um denselben Strandabschnitt erneut entlangzuspazieren.

»Was soll denn los sein?«

Sie bleibt stehen, löst sich von meiner Seite und sieht mir ins Gesicht. »Das würde ich gerne von dir wissen – falls du darüber sprechen möchtest. Ich kann dich natürlich nicht dazu zwingen, aber immerhin sind wir so gut wie verheiratet. Ich finde, da habe ich ein Recht darauf zu wissen, was in dir vorgeht.«

Ist euch schon mal aufgefallen, dass Frauen immer dann nett sind, wenn man es am wenigsten brauchen kann? Und dass sie immer dann das Richtige sagen, wenn man am wenigsten damit rechnet?

Bei Nina ist es in diesem Moment genauso. Ich könnte ohne Probleme damit umgehen, wenn sie jetzt sauer auf mich wäre und sich hart und abweisend zeigen würde, wie sie es sonst in solchen Momenten immer getan hat. Schließlich ist mir klar, dass ihr klar ist, dass irgendetwas ganz und gar nicht in Ordnung ist. Jetzt aber reagiert sie ganz anders also sonst. Auf einmal ist sie verständnisvoll und vorsichtig, wie ich es selten bei ihr erlebt habe.

Es dauert eine Weile, bis ich meine Sprache wiederfinde. »Die ganze Situation ist nicht gerade einfach«, sage ich dann. »Immerhin haben wir uns ganz schön was vorgenommen mit unserer Hochzeit. Ist es nicht normal, dass man da mal ins Grübeln gerät?«

»Bereust du es denn? Wäre es dir lieber, wir würden es nicht tun? Und einfach so weitermachen wie bisher?«

»Und du?«, frage ich. »Bereust du es?«

Meine Gegenfrage verschafft mir etwas Zeit. Mir ist klar, dass Nina meine Strategie durchschaut, denn sie zeigt es mir mit einem wissenden Lächeln. Wir setzen uns in den Sand und blicken gemeinsam aufs pechschwarze Meer hinaus.

»Nein, das tue ich nicht«, sagt sie dann. »Ich bin mir meiner Sache ganz sicher. Absolut sicher.«

»Das freut mich zu hören.«

Sie dreht sich zu mir und drückt mir einen Kuss auf die Wange. »Das ist schon seltsam, oder? Seit über zehn Jahren fährst du schon nach Mallorca. Und seit immerhin fast zwei Jahren sind wir ein Paar. Aber du bist bisher nicht auf die Idee gekommen, mich hierher mitzunehmen. Eigentlich ist das schade. Ich glaube, es könnte mir hier gefallen.«

»Wir können das nachholen, versprochen«, sage ich – und dabei klammere ich mich an das Gefühl, das diese Worte bei mir auslösen müssten. Ich tue einfach so, als wenn alles in Ordnung wäre. Als wenn ich mit Zuversicht auf unsere gemeinsame Zukunft schauen würde und als ob ich gerne gemeinsame Pläne mit Nina schmieden würde.

Es verstreichen einige stille Minuten. Dann spüre ich Ninas Hand auf meinem Arm.

»Gibt es etwas, das du mir sagen möchtest, Jo? Hast du etwas zu beichten?«

»Und wenn es so wäre?«

»Dann möchte ich, das du mir die Wahrheit sagst. Ich möchte keinen Mann heiraten, der ein Geheimnis mit in die Ehe bringt. Oder der vielleicht einfach nicht den Mut hat, ehrlich zu sein.«

»Mach dir keine Sorgen, Nina. Es gibt kein Geheimnis«, sage ich und frage mich gleichzeitig, wie meine Stimme dabei klingt und ob mir anzuhören ist, wie ich mich gerade fühle.

Anscheinend ist es das nicht. Nina beugt sich zu mir herüber und schließt mich in die Arme. »In Ordnung, Jo. Ich akzeptiere das. Aber eins sollst du wissen: Ich gebe dir keine zweite Chance, es dir noch einmal anders zu überlegen. Schließlich möchte ich wissen, woran ich bin.«

»Natürlich, dazu hast du jedes Recht.«

47. Schlaflos in Arenal

In dieser Nacht mache ich kein Auge zu. Ich liege im Bett, bin hellwach und beobachte den Vorhang, der sanft in der Brise schaukelt, die durch die offene Balkontür hereinweht. Nina liegt neben mir, träumt friedlich und dreht sich gelegentlich von einer Seite auf die andere. Ab und zu beginnt sie zu schnarchen, hört aber nach ein paar Minuten wieder auf damit. Dann liegt sie reglos da, und wenn sich das Laken nicht ein wenig im Takt ihrer Atemzüge heben und senken würde, wüsste ich nicht einmal, ob sie noch lebt.

Nachdem wir vorhin ins Hotel zurückgekehrt sind, haben wir miteinander geschlafen. Und auch dabei stellte sich eine seltsame, wohlige Vertrautheit ein. Kein aufregender Sex. Aber auch nicht das Gegenteil. Es war wie die erneute Wiederholung eines Spielfilms im Fernsehen – du kennst zwar die meisten Details, aber eigentlich guckst du ihn trotzdem gerne. Es fühlte sich an, als wäre ich nach Hause zurückgekehrt – die Zeit der Abenteuer ist vorbei. Dann ist Nina in meinen Armen eingeschlafen.

Seitdem liege ich auf dem Rücken, starre an die Zimmerdecke und hänge meinen Gedanken nach. Alles, was ich will, ist, mich mit meinem Schicksal zu versöhnen. Ich spüre sogar, dass ich es könnte. Es ist keineswegs unmöglich. Schließlich weiß ich nach den Erfahrungen der letzten Stunden endlich wieder, wo ich hingehöre. Genau dahin, wo ich jetzt bin. An die Seite von Nina. Und bestimmt nicht an die Seite von Katie. Denn das würde sowieso nicht gutgehen. Weil Katie mich und meine Art zu leben auf Dauer sowieso nicht ertragen könnte. Sie würde mich früher oder später todsicher verachten. Und sie und ihre Art zu leben würden mir auf Dauer auch auf die Nerven gehen. Ich bin nun mal der *Currywurst-Typ*. Und kein *Entrecote-mit-Mousse-de-Champagne-Mann*.

Aber wenn das gar nicht stimmt? Und wenn ich in Wahrheit einfach nur nicht bereit bin, ein Risiko einzugehen? Schließlich könnte ich mich doch zur Abwechslung mal auf jemanden einlassen, der ganz anders ist als ich. Und bei dem dennoch einfach alles stimmt. Denn mal ehrlich – eigentlich ist Katie doch fantastisch. Und sogar die Tatsache, dass sie nicht zu mir passt, ist nicht wirklich schlimm. Denn wer sagt eigentlich, dass ein Mann und eine Frau zusammenpassen müssen? Klar, wenn man auf einer Wellenlänge ist, sind viele Dinge einfacher. Aber kommt es darauf an, dass die Dinge einfach sind? Dann könnte man doch genauso gut alleine bleiben. Oder sich statt einer Frau einen Hund zulegen.

48. Schauspieler

Am nächsten Tag fühle ich mich ziemlich seltsam. Ausnahmsweise liegt das nicht nur an dem Alkohol vom Abend vorher und auch nicht daran, dass ich in der Nacht mehr oder weniger kein Auge zugemacht habe.

Nein, ich vermute einfach, dass mein Unterbewusstsein eine Art Ausnahmezustand ausgerufen hat. Das ist ein ganz normaler biologischer Schutzmechanismus, den zum Beispiel Soldaten im Krieg erleben oder Menschen, die in einem abstürzenden Flugzeug sitzen. Oder eben Männer, die den Traualtar vor Augen haben.

Angenehm ist das übrigens nicht. Den ganzen Tag laufe ich herum, als hätte ich unsichtbare Inlineskates an den Füßen. Oder als würde ich über eine einzige gigantische Hüpfburg klettern. Und meine Umgebung – das Hotel, der Pool, sogar Nina und die Jungs – erscheint mir seltsam verschwommen und unwirklich zu sein.

Und am allerunwirklichsten fühle ich mich selbst. Ich komme mir nämlich vor wie ein Schauspieler, der damit beauftragt wurde, die Hauptrolle in einem fremden Leben einzunehmen – so als müsste er mich selbst ersetzen. Alles, was vorher selbstverständlich war, kommt mir auf einmal unbekannt und seltsam vor. Oder, um es ein wenig unkomplizierter auszudrücken: Ich fühle mich verlogen und niederträchtig.

Aber immerhin scheine ich die Sache mit dem Schauspielern ganz gut zu machen. Jedenfalls merkt niemand, wie es in mir drin aussieht. Und Nina schon gar nicht. Sollte sie insgeheim doch etwas bemerken, dann verdrängt sie es vermutlich. Oder sie findet es einfach normal, dass ein Mann vor der Hochzeit nervlich angespannt ist.

Nach dem Frühstück, das wir ausnahmsweise im Hotel einnehmen (es gibt also doch Frühstück!), gehen wir an den Strand hinunter. Wir breiten unsere Badetücher aus, und ich versuche, den Schlaf nachzuholen, den ich in der Nacht nicht bekommen habe.

Aber auch jetzt gelingt es mir nicht abzuschalten. Außerdem schwitze ich. Kein Wunder. Vom wolkenlosen Himmel brennt eine gnadenlose Mittelmeersonne. Als meine Körpertemperatur gefühlte 43 Grad erreicht, beschließe ich, dass es Zeit für eine Erfrischung ist. Ich gehe hinüber zu dem Surfboard-Verleih und miete mir für zwei Stunden ein Brett.

Aber selbst das verschafft mir keinen Trost. Anders als sonst scheint die Magie des Windsurfens nicht zu wirken. Ich fühle mich nicht frei, nicht schwerelos, nicht lebendig. Im Gegenteil. Es ist eine träge, eher langweilige Angelegenheit.

Klar, das könnte auch daran liegen, dass einfach kein Wind weht. Weshalb außer mir auch niemand auf die Idee kommt, es überhaupt zu probieren. Mein Segel hängt schlaff in meiner Hand, und ich dümpel mehr oder weniger bewegungslos auf den Wellen. Ein paar Kinder planschen um mich herum und grinsen mich mitleidig an. Vermutlich weil sie mich für einen Anfänger halten. Und ich selbst komme mir auch so vor. So macht Surfen jedenfalls keinen Spaß.

Erschöpft bin ich trotzdem, als ich mich schließlich wieder neben Nina in den Sand fallen lasse. Es ist der letzte Tag auf Malle. Und es ist mein letzter Tag als Junggeselle. Morgen in aller Frühe werden wir in den Flieger steigen und nach Deutschland zurückkehren. Und nur drei Stunden später werden wir zum Standesamt fahren, das sich die Sonntagstrauung auch noch saftig bezahlen lässt. Dort werden wir unsere Unterschrift unter ein Dokument setzen, das die Leute immer noch – neben ihrer Geburtsurkunde und ihrem Totenschein – für das wichtigste Schriftstück ihres Lebens halten. Und das ist es wohl auch.

49. Womit ich leben kann

Zum Abendessen gönnen wir uns etwas Besonderes. Es gibt eine Austernplatte als Vorspeise und gegrillten Hummer als Hauptgericht (was Hacki nicht davon abhält, zuvor einige Hamburger zu verdrücken, und zwar gemeinsam mit seiner Veronika). Dazu stoßen wir mit Prosecco an, diesmal allerdings nicht aus Dosen, sondern aus Gläsern.

Nach dem Essen schlendern wir wie üblich durch Arenal, trinken hier und dort etwas, ohne dass einer von uns wirklich in Stimmung käme. Ich bin daher sofort einverstanden, als Nina noch vor Mitternacht vorschlägt, ins Hotel zurückzukehren und einfach ins Bett zu gehen. (Ist wohl ein kleiner Vorgeschmack aufs Eheleben. Die Spaßzeiten sind einfach vorbei.)

Wir verabschieden uns von den anderen und machen uns Hand in Hand auf den Weg zurück zum *Los Balearos*. Und ungelogen, ich kann mich an keinen einzigen Moment in meinem Leben erinnern, an dem ich mich so einsam gefühlt habe wie jetzt. Ich halte meine Verlobte an der Hand, und ich werde mich gleich ausziehen und mit ihr ins Bett gehen. Aber geht es mir deshalb vielleicht gut? Nein, tut es nicht. Ich fühle mich stattdessen wie betäubt. Und mein einziger Wunsch ist, dass jetzt irgendetwas passiert. Irgendein Ereignis, das die Dinge noch einmal ändern könnte. Zum Beispiel ein Erdbeben, das urplötzlich eine klaffende Spalte im Boden aufreißt, in die Nina reinfällt. Oder ein defekter Satellit, der zufällig genau über ihrem Kopf abstürzt. Oder eine kleine Mafiaschießerei auf der Straße, bei der ein unglücklicher Querschläger ganz zufällig meine Verlobte erwischt …

Aber so funktioniert das Leben nun einmal nicht. Die Dinge treiben einfach so dahin, und man kann nichts daran ändern.

Ja, ich weiß schon, ihr müsst es nicht sagen: Ich bin doch ein Waschlappen. Und eigentlich sind alle Männer Waschlappen. Wir tun immer so, als wären wir diejenigen, die die Dinge in die Hand nehmen, die alles organisieren, managen, regeln. Dabei sind es – jedenfalls im Privatleben – in Wirklichkeit die Frauen, die den Gang der Dinge bestimmen. Wir Kerle dümpeln nur wie ein morsches Stück Holz auf den Wellen des Lebens und sehen tatenlos dabei zu, wohin die Strömung uns treibt. Und vor allem in die Arme welcher Frau. Nicht gerade etwas, worauf man stolz sein kann.

Als Nina und ich in die Straße einbiegen, in der das Hotel liegt, bemerke ich unter den Leuten, die uns entgegenkommen, eine seltsame Unruhe. In Arenal ist das eigentlich nichts Ungewöhnliches. Es kann nämlich alles Mögliche bedeuten – von einem überraschenden Freibierangebot in der Schinkenstraße bis hin zu einem Spontan-Konzert von Jürgen Drews.

Diesmal aber ist es irgendwie anders. Wie wenn ein Tsunami auf den Ort zurollt. Die Masse Menschen kommt mir vor wie ein Schwarm Heringe, in den ein Hai vorstößt. Die kleinen Fische wissen zwar nicht so recht, was vor sich geht, aber dennoch haben sie Angst und schwimmen aufgeregt in alle Richtungen.

Ich will gerade auf eine Gruppe Kegelbrüder zugehen und einen von ihnen fragen, was denn passiert ist, als Nina mich energisch zurückzieht.

»Ist doch egal, Jo. Lass uns einfach ins Hotel gehen und uns nicht drum kümmern.«

»Sofort, Nina. Ich will mich nur mal eben erkundigen, was ...«

»Ach, jetzt komm schon ...«

In diesem Moment wird meine Frage ganz von selbst beantwortet. Denn auf einmal beginnen die Menschen zu rennen. Sie wedeln dabei wild mit den Armen und schreien herum: »Es brennt, es brennt! Das müsst ihr euch ansehen. Das ist vielleicht ein Feuer.«

»Na, siehst du, Jo. Die Leute wollen wieder mal nur gaffen. Das haben wir zum Glück nicht nötig. Außerdem geht uns das gar nichts an.«

Nina lässt mich auch jetzt nicht los. Im Gegenteil. Der Griff ihrer Hand verstärkt sich und schneidet mir förmlich in die Muskeln. Mir wird klar, dass sie das gestern Abend völlig ernst gemeint hat, als sie sagte, es wäre meine letzte Chance gewesen. Ab jetzt würde sie mich so lange nicht mehr aus den Fingern lassen, bis ich auf dem Standesamt die nötigen Dokumente unterschrieben habe.

Leider bin ich damit nicht einverstanden. Weil tief in mir drin eine Stimme sagt, dass ich eben doch etwas mit dem zu tun habe, was hier gerade vor sich geht. Ich weiß nicht, ob es eine Vorahnung ist, ein hellsichtiger Moment oder wirklich eine Art übersinnliche Fähigkeit. Ich weiß nur eines – ich muss genau in die Richtung, aus der jetzt immer mehr aufgeregte Menschen gerannt kommen. Und in die sich andere aufmachen, nämlich die neugierigen Gaffer, um bloß nichts zu verpassen. Von dort ziehen jetzt auch schwarze Rauchwolken und ein ziemlich intensiver Brandgeruch zu uns herüber.

Ich reiße mich von Nina los, und zwar so unsanft, dass zwei ihrer künstlich verlängerten Fingernägel abbrechen.

»Hey, du Grobian. Pass doch auf«, schreit sie und betrachtet kopfschüttelnd ihre verunstaltete Hand. »So kann ich schließlich unmöglich heiraten.«

»Och, damit kann ich leben«, antworte ich spontan.

»Du hast ja keine Ahnung, wie aufwendig das war, die machen zu lassen. Außerdem …« Nina stockt und sieht mich mit Augen an, die von Sekunde zu Sekunde größer werden, bis sie am Ende aussieht wie eine Figur aus den *Simpsons*.

»Außerdem frage ich mich gerade, was das eigentlich heißen soll? Was meinst du mit: ›Damit kann ich leben‹? Willst du mich etwa gar nicht heiraten? Ist es das? Ist es das, Jo?«

»Nina, ich …«

»Hast du mir nicht neulich erst gesagt, dass ich die Erfüllung all deiner Träume bin? Und dass du es kaum noch erwarten kannst, mir endlich den Ring, den ich mir ausgesucht habe, an den Finger zu stecken? Und dass du jeden Tag und jede Stunde und überhaupt immer an mich denkst?«

»Nina! Ich glaube, du verwechselst das mit der letzten Folge von *Verbotene Liebe*. Ich habe nicht …«

»Und wenn schon. Jedenfalls hast du mir etwas versprochen. O ja, und glaub bloß nicht, dass du jetzt so leicht davonkommst. Außerdem glaube ich, dass du einfach nur nervös bist, Jo. Vielleicht sollten wir zu einer Apotheke fahren und dir ein Beruhigungsmittel kaufen. Du wirst sehen, das wirkt Wunder.«

Diesmal bin ich derjenige, der sich in eine Comicfigur verwandelt. Mir wird nämlich klar, dass Nina all das, was sie gerade von sich gibt, vollkommen ernst meint. Das mit der *Verbotenen Liebe* genauso wie das mit den Beruhigungspillen. Nur was es bedeutet, das scheint ihr nicht so genau klar zu sein. Und auch mir fällt es nicht leicht, dahinterzukommen. Doch so ganz im Dunkeln tappe ich allerdings nicht. Wenn ich darüber nachdenke, wird mir zum Beispiel klar, dass Nina mir damit mehr oder weniger zu verstehen gibt, dass ich bei ihrem Traum von Ehe, Liebe und einer gemeinsamen Zukunft gar keine Rolle spiele. Ich bin nur so eine Art Platzhalter. Ein Statist. An meiner Stelle könnte auch jeder andere Mann stehen.

Aber dazu bin ich nicht bereit. »Wenn du unser Leben wirklich für die Folge einer Telenovela hältst, dann such dir bitte einen anderen Hauptdarsteller aus. Ich stehe dafür nicht zur Verfügung.«

»Aber Jo! Wie kannst du so etwas nur sagen? Ich erkenne dich ja gar nicht wieder.«

»Das liegt wahrscheinlich daran, dass du dir bisher nie die Mühe gemacht hast, überhaupt hinzusehen. Es war dir auch immer egal, was ich eigentlich möchte. Weil es dir doch eigentlich immer nur um dich selbst geht.«

»Um wen denn sonst? So funktioniert das Leben nun einmal. Wenn man sich nicht um sich selbst kümmert, tut es niemand. Die Lektion habe ich schon vor langer Zeit gelernt.«

»Ich kann dir nicht einmal widersprechen, Nina. Weil ich anscheinend gerade dabei bin, dieselbe Lektion zu lernen.«

Ihre gerade noch so riesigen Augen schrumpfen auf einmal zu schmalen katzenhaften Schlitzen zusammen. »Und was, bitte schön, heißt das?«

»Das heißt, dass es endlich an der Zeit ist, das zu tun, was *ich* tun möchte.«

»Ach, so ist das? Der Herr probt wohl gerade den Aufstand? Vergiss es, mein Lieber. Dafür ist es jetzt nämlich zu spät. Mir entwischst du nicht mehr!«

Nina steht vor mir und erinnert mich mehr an *Gozilla* als an die Frau, mit der ich in weniger als vierundzwanzig Stunden vor den Traualtar treten soll. Der Eindruck wird dadurch noch verstärkt, dass der Schwall an Schimpfworten, den sie auf mich niedergehen lässt, immer mehr zu einem einzigen, langgezogenen Fauchen wird.

Okay, ein paar einzelne Wortfetzen sind zu verstehen. In denen geht es unter anderem darum, dass ich ungehobelt, unsensibel, unverlässlich und auch ansonsten total unmöglich sei.

Klar, Nina ist stinksauer und wenn ich ehrlich bin, kann ich sie sogar verstehen. Ich weiß, dass ich mich ihr gegenüber nicht gerade wie ein Gentleman benehme. Und schon gar nicht wie ihr Verlobter. Im Gegenteil, mein Verhalten ist in gewisser Weise wirklich ziemlich hart. Und rücksichtslos. Aber vielleicht ist es einfach höchste Zeit dafür. Und das erklärt auch, warum ich mich dabei ziemlich gut fühle. Es kommt mir vor, als würde das morsche Stück Holz zum Leben erwachen. Und endlich zu handeln beginnen.

Darum weiß ich auf einmal, dass ich keine Wahl habe. Ich muss es tun. Ich muss gehen.

»Es tut mir leid, Nina. Aber ich kann nicht anders. Ich muss es tun …« Mit diesen Worten lasse ich sie einfach stehen und renne los.

Um die Richtung, die ich einschlagen muss, brauche ich mir übrigens keine Gedanken zu machen. Ich lasse mich einfach nur vom Strom der Menschen mitziehen, die alle dasselbe Ziel zu haben scheinen. Ein solches Happening will sich schließlich keiner entgehen lassen.

Einmal bleibe ich kurz stehen und frage ein paar Leute, die noch halbwegs nüchtern sind, was denn eigentlich passiert ist.

»Nix Schlimmes. Da hinten brennt gerade so eine Hotelruine nieder. Aber da wohnt sowieso keiner mehr drin. War uralt, der Kasten. Wir wollten gucken gehen, aber die Polizei hat uns vertrieben. Unverschämtheit.«

Ich habe also Recht gehabt. Das hier hat wirklich etwas mit mir zu tun. Auf einmal merke ich, wie Panik in mir aufsteigt. Und zwar eine Panik, wie ich sie bisher höchstens ein einziges Mal empfunden habe, nämlich als während des WM-Endspiels 1990 bei uns in der Straße der Strom ausfiel.

50. Darth Vader

Ich biege um die nächste Ecke, und dann sehe ich es. Das *Isla Mallorca* steht lichterloh in Flammen. Der Brand hat sich bereits so stark ausgebreitet, dass mein Sachverstand als freiwilliger Feuerwehrmann genügt, um eines sofort zu wissen – da ist nichts mehr zu retten. Die Flammen werden nicht mehr zu zügeln sein, bevor das Haus restlos niedergebrannt ist.

Die spanische Feuerwehr sieht das offenbar genauso. Vor dem Gebäude haben zwei Löschfahrzeuge Aufstellung genommen. Deren Spritzen richten sich aber nicht auf das Hotel, sondern auf die beiden danebenliegenden Gebäude. Es sind zwei moderne und ziemlich hässliche Hotels, die sie mit dem Wasser kühlen, damit die Flammen nicht übergreifen. Klar, warum sollte man das *Isla Mallorca* auch retten? Es sollte ja sowieso abgerissen werden.

Ich drängle mich durch die johlende Menschenmenge. Die meisten Gaffer halten frisch gezapfte Biere in ihren Händen und singen dazu Lieder wie »Hurra, hurra, die Schule brennt« oder »Da steht ein Pferd auf dem Flur«.

Viele von ihnen kommentieren außerdem das Geschehen: »Hübsches Feuerchen.«

»Schade, dass wir nicht näher drankommen, dann könnten wir ein paar Würstchen grillen.«

»Um den alten Klapperkasten ist es sowieso nicht schade.«

»Vielleicht sollten wir noch ein paar Tische von der Kneipe da vorne reinwerfen. Damit es besser brennt.«

Ich schiebe mich bis in die vorderste Reihe durch. Eine Kette aus Polizisten gibt sich alle Mühe, die nach vorne drängenden Touristen zurückzuhalten. Sie gehen dabei nicht gerade sanft vor. Hier und da entstehen ein paar Handgemenge, und nicht selten sind es die Polizisten, die den Kürzeren ziehen. Mit einer angetrunkenen Menge deutscher Ballermann-Besucher sollte man sich eben besser nicht anlegen.

Aber das ist im Moment mein geringstes Problem. Mir stellt sich nämlich eine ganz andere Frage. Ist sie womöglich noch da drin? Ist Katie oben in ihrem Zimmer, vielleicht gefangen in den Flammen, und niemand hier unten weiß etwas davon? Schließlich gehen alle davon aus, dass das Hotel verlassen war.

Ich weiß, dass es nur eine Methode gibt, das herauszufinden. Ich muss da rein. Ich muss in das brennende Gebäude, denn bis ich irgendeinem Polizisten oder Feuerwehrmann klargemacht habe, worum es geht, könnte es längst zu spät sein.

Ich mach mich klein und will gerade an der Polizeisperre vorbeischlüpfen, als ich einen eisernen Griff an der Schulter spüre. Ich drehe mich ärgerlich um, aber meine Laune macht sofort einen gewaltigen Sprung nach oben: Es ist – Schröder.

»Was ist los, Jo? Wo willst du hin?«

»Ich muss da rein, Schröder. Halt mich also bitte nicht auf.«

Er lässt mich immer noch nicht los. »Habe ich nicht vor. Aber sag mir lieber, worum es geht. Dann sage ich dir, ob wir dir vielleicht helfen können.«

Erst jetzt sehe ich, dass auch Hacki und Benni da sind. In aller Kürze bringe ich die Jungs auf den Stand der Dinge: dass dies das Hotel ist, in dem Katie wohnt. Und dass sie möglicherweise immer noch da drin ist. Und dass vermutlich niemand davon etwas weiß.

Schröder hört mir schweigend zu, nickt dann mit dem Kopf und beweist mir einmal mehr, warum er mein Freund ist. Weil es für ihn nichts zu diskutieren gibt. Sondern nur noch zu handeln.

»Alles klar, Jo. Komm mit. Und ihr anderen auch«, schreit er und zieht mich schon mit sich aus der Menge hinaus.

»Wohin willst du, verdammt nochmal?«, frage ich.

»Nach hinten. Hier kommst du sowieso nicht durch.«

Wie zur Bestätigung sehen wir, dass es direkt an der Absperrung inzwischen zu ernsten Krawallen zwischen ein paar Touristen und der Polizei gekommen ist. Einige der Besucher hatten nämlich tatsächlich gerade damit begonnen, die Idee, das Feuer mit den Möbeln der umliegenden Kneipen noch ein wenig mehr anzuheizen, in die Tat umzusetzen.

Wir arbeiten uns endgültig aus der Menschenmenge heraus, rennen noch ein paar Meter, bis wir uns einigermaßen ungestört unterhalten können.

»Moment mal, verstehe ich das richtig?«, erkundigt Hacki sich als Erstes. »Da drin ist womöglich noch ein Mensch? Und keiner weiß etwas davon?«

»Ich kann es nicht ausschließen«, antworte ich – aber mehr muss ich auch nicht sagen.

Der Gesichtsausdruck der Jungs verändert sich von einer Sekunde auf die andere. Wir sind jetzt nicht mehr die angetrunkenen, spaßsüchtigen Arenal-Touristen, die wir gerade eben noch waren – wir sind jetzt die freiwilligen Feuerwehrleute aus Deutschland, die einen Eid abgelegt haben: dass wir alles tun werden, um Flammen zu bekämpfen, Menschenleben zu retten und Hab und Gut vor der Feuersbrunst in Sicherheit zu bringen. So wie wir es oft genug in der Heimat getan haben. Und so, wie wir es jetzt ebenfalls tun werden.

»Also schön, Jungs«, sagt Schröder daher. Er ist auch zu

Hause unser ehrenamtlicher Wehrführer. »Die Aufgabe ist klar – wir müssen da rein. Und da es vorneherum nicht gehen wird, müssen wir einen anderen Weg finden. Und … Wo, verdammt nochmal, ist eigentlich Benni?«

Unser Youngster, der gerade noch bei uns gestanden hat, ist verschwunden. Wir blicken uns um, als er auch schon wieder auftaucht. Und zwar mit Dingen in der Hand, die unsere Herzen höher schlagen lassen.

»Seht mal. Das habe ich mir gerade von den spanischen Kollegen ausgeliehen. Lag auf ihrem Löschzug …«

Mit diesen Worten präsentiert Benni einen Schutzanzug, eine Axt und ein Atemgerät. Ich nehme ihm die Dinge sofort aus der Hand. Ist zwar nicht meine Größe, aber darauf kommt es jetzt auch nicht an.

»Es geht los, Leute. Ich werde es auf der Rückseite probieren«, rufe ich – und will schon loslaufen.

In diesem Moment erreichen uns die Frauen. Nina stellt sich mir in den Weg.

»Was hat das hier zu bedeuten, Jo? Was hast du vor? Und was willst du mit der Maske?«

»Ich habe jetzt keine Zeit für Erklärungen, Nina. Schröder wird dir alles sagen.«

»Nein, das wird er nicht, Jo. *Du* wirst das tun. Und im Übrigen wirst du hier garantiert nicht den Helden spielen und da reingehen. Das hier geht uns nichts an. Da soll sich die Feuerwehr von Arenal drum kümmern.«

»Aber Nina, ein Menschenleben ist in Gefahr – und ich habe die Pflicht, etwas zu unternehmen.«

»Ein Menschenleben? Oder ein *Frauenleben*?«, fragt sie mich, und ihre Augen verengen sich zu schmalen Schlitzen. Mir wird klar, dass sie mich die ganze Zeit durchschaut hat. Und dass sie vorgehabt hatte, nichts weiter dazu zu sagen – bis jetzt.

»Das ist doch egal, um wen es geht«, antworte ich. »Ich muss in das Gebäude und sie retten. Das hier hat jetzt nichts mit uns zu tun!«

»Ach ja? Wirklich nicht?«

Ich stehe vor Nina und merke auf einmal, wie mich eine seltsame Ruhe überkommt. So als wenn etwas, das mich lange Zeit gequält hat, auf einmal verschwunden ist. Etwas, das mir die Kehle zugeschnürt hat. Und jetzt kann ich endlich wieder atmen. Meine Gedanken, die gerade noch so schwer und verworren waren, sind auf einmal glasklar und messerscharf.

Und daran ist Nina nicht ganz unschuldig. Weil sie Recht hat. Sie wollte mir nicht glauben, dass das hier – mein Verhalten – nichts mit uns zu tun hätte. Und ihr Zweifel ist berechtigt. Das hier hat nämlich sehr wohl etwas mit uns zu tun. Mit mir und mit ihr. Und mit Katie.

Darum weiß ich, dass ich keine Zeit zu verlieren habe. »Geh mir aus dem Weg, Nina.«

»Tue ich nicht.«

»Zwing mich nicht, etwas zu tun, was ich nicht will.«

»Ich bin doch nicht blöd, Jo. Ich weiß, dass wenn ich dich jetzt gehen lasse, ich dich nie wiederbekomme. Und das kann ich nicht zulassen.«

»Falsch, Nina. Weil es ausnahmsweise gar nicht auf dich ankommt. Und nicht auf das, was du willst. Sondern nur auf mich.«

Mit diesen Worten trete ich einen Schritt nach vorne und schiebe Nina zur Seite – sanft, aber bestimmt. Ihr Gesichtsausdruck verändert sich und die Haut nimmt in etwa die Farbe der Flammen an.

»Na gut, Jo. Du hast es nicht anders gewollt. Dann tu doch, was du willst. Dann geh doch da rein und kümmere dich um die kleine Schlampe, die dich mir weggenommen hat. Und weißt du, was ich dir wünsche? Dass ihr beide darin umkommt – verbrennen sollt ihr. Hörst du, Jo? Verbrennen!«

Ja, so sind Frauen. Sie sind schlechte Verlierer. Aber wir Männer sind auch nicht besser. Von daher kann ich ihr nicht wirklich einen Vorwurf machen.

Ich reiße mich von Nina los, die sich mit letzter Verzweiflung an mich geklammert hat – ungefähr wie ein Terrier, der sich in ein Hosenbein verbissen hat. Dass ich dabei auch noch die restlichen ihrer aufwendig zurechtgemachten Fingernägel abbreche und sie darum noch empörter als zuvor hinter mir herschreit, nehme ich nicht mehr zur Kenntnis.

Etwas weiter hinten führt eine kleine Gasse zur Rückseite des Gebäudes. Auch hier sind die Fenster mit Brettern vernagelt. Im Vorbeigehen reiße ich so lange an den Bohlen, bis ich eine finde, die nur locker befestigt ist. Schröder und Hacki, die mir gefolgt sind, verstehen sofort, was ich vorhabe. Schröder setzt den Stiel der Axt als Hebel an, wir anderen fassen mit an – und zehn Sekunden später ist der Weg frei.

Ich schlüpfe in aller Schnelle in den Schutzanzug, setze die Sauerstoffmaske auf und fühle mich augenblicklich wie Darth Vader.

»Wünscht mir Glück, Jungs«, sage ich, auch wenn es unter der Maske kaum noch zu verstehen ist.

»Alles Gute, Jo«, sagt Schröder. »So wie ich die Lage einschätze, hast du höchstens zehn Minuten. Danach wird der ganze Laden einstürzen. Versuch dich dann nach vorne durchzuarbeiten. Wir sprechen in der Zwischenzeit mit den spanischen Kollegen. Und Jo – sei nicht leichtsinnig.«

»Doch, Jungs, genau das bin ich. Und es ist höchste Zeit dafür.«

51. Absprung

Ich klettere durch die zersplitterte Scheibe in das Innere des Hotels und finde mich in einem Raum wieder, der vermutlich mal ein Lager für Lebensmittel war. Er steht zwar nicht in Flammen, aber die Luft ist von dichtem Qualm erfüllt. Ich kann höchstens zwei oder drei Meter weit sehen. Die Notbeleuchtung, die noch bei meinem ersten Besuch in den Räumen gebrannt hat, scheint ausgefallen zu sein. Schemenhaft erkenne ich eine Tür, zu der ich mich vorarbeite. Zum Glück lässt sie sich problemlos öffnen.

Ich trete auf einen Korridor hinaus. Auch hier herrscht dichter Qualm. Unter einigen Türen züngeln kleinere Flammen hervor. Ich renne los, und zwar so schnell, wie der schwere Anzug es zulässt. Fieberhaft rufe ich mir ins Gedächtnis, was ich noch über den Grundriss des Hauses weiß. Ich biege um eine Ecke, folge einem weiteren Gang, biege erneut um die Ecke und stehe am Ende der großen Halle. Dichter Rauch erfüllt die Luft. Der Empfangstresen ist nur noch ein Haufen Asche.

Ohne Sauerstoffgerät wäre ich nach weniger als einer Minute ohnmächtig. Sollte Katie also wirklich noch im Gebäude sein, würde sie höchstwahrscheinlich irgendwo besinnungslos liegen. Schon jetzt ist die Temperatur unerträglich. Die reinste Sauna. Schröders Schätzung mit den zehn Minuten war nicht übertrieben.

Ich taste mich an der Wand bis zur großen Doppeltreppe vor, die in den ersten Stock führt. Auch hier stehen Vorhänge, Dekorationen und Teile des Teppichbodens in Flammen. Zum Glück ist die Treppe nicht aus Holz, sondern aus Stein. Ich haste die Stufen hinauf und gelange in den weitläufigen Speisesaal – dort oben haben Katie und ich in der Schicksalsnacht unsere Walzerrunden gedreht.

Von da aus spurte ich den Korridor zur rückwärtigen Dienstbotentreppe. Ein Blick in die angrenzenden Räume genügt mir übrigens, um festzustellen, dass sich mein Verdacht, den ich schon die ganze Zeit über hatte, bestätigt: Dieser Brand hat keine natürliche Ursache, denn ganz offenbar ist er an mehreren Stellen gleichzeitig ausgebrochen. Wenigstens hat mir der Übeltäter eine winzige Chance gelassen. Er hat sich nämlich im vorderen Teil des Hotels wesentlich mehr Mühe gegeben, seinen Brandbeschleuniger auszubreiten. Weiter hinten dagegen erkenne ich nur ein paar kleinere Brandherde. Das verschafft mir etwas Zeit.

Zum Glück ist hier im rückwärtigen Teil des Gebäudes die Hitze nicht ganz so schlimm. Auch die Luft ist klarer. Ich steige die steilen Stufen empor, die Katie und mich noch vor kurzem zu allerlei Fantasien über Hausgespenster und verliebte Hotelangestellte inspiriert haben. Jetzt dagegen merke ich, wie ich mir Mühe geben muss, keine düsteren Gedanken aufkommen zu lassen. Ich klammere mich an die Hoffnung, dass Katie auf ihrem Zimmer geblieben oder zumindest nach oben geflüchtet ist. Sollte sie den Versuch gemacht haben, sich nach unten Richtung Ausgang vorzuarbeiten, hätte sie keine Chance gehabt zu überleben.

Der dritte Stock ist nur noch ein Inferno aus Flammen, dichtem Qualm und einer unerträglichen Hitze. Im vierten Stock bietet sich mir dasselbe Bild. Erst im fünften Stock ist es erträglicher. Hier scheinen die Flammen noch nicht angelangt zu sein. Es ist kühler, und ich wage es, die Maske vom Gesicht zu nehmen und tief durchzuatmen. Meine Haare kleben mir am Gesicht, und unter dem Schutzanzug rinnt mir der Schweiß den Körper hinunter.

Ich laufe weiter den Flur entlang. Wo genau war noch einmal Katies Suite? Ich reiße einige Türen auf – nichts. Andere Türen sind verschlossen, ich hämmere dagegen, und als ich keine Antwort erhalte, trete ich sie kurz entschlossen ein. Die Räume sind verlassen. Ich nähere mich den vorderen Zimmern, wo bereits erste Flammen über den Boden und an den Wänden züngeln.

»Katie? KATIE!«

Keine Antwort. Endlich erkenne ich den Flur wieder, von dem ihr Zimmer abgeht. Hier, die zweite Tür ist es. Sie steht offen. Ich stürme hinein – niemand. Immerhin scheint sie eben noch hier gewesen zu sein. Anscheinend hat sie versucht, ihre Sachen zu packen, nachdem sie das Feuer bemerkt hat. Dann aber war die Hitze vermutlich zu groß geworden, so dass sie alles hat stehen und liegen lassen und geflohen ist. Aber in welche Richtung?

Ich verlasse die Suite und renne nach vorne, wo sich ein größerer Gesellschaftsraum und die Haupttreppe befinden. Flammen schießen von unten durch das Treppenhaus, und dunkler Qualm quillt nach oben, so dicht, als wäre er flüssig.

Wenn Katie wirklich nach unten geflohen ist, wäre alles zu spät – sie wäre in ihr Verderben gerannt. Und auch mein Fluchtweg ist abgeschnitten. Ich kann nur weiter nach oben und hoffen, dass die Jungs die spanischen Kollegen davon überzeugen konnten, das Richtige zu tun.

Ich renne die Stufen empor und rufe immer wieder ihren Namen – keine Antwort.

Dann durchsuche ich den sechsten Stock. Alle Türen sind verschlossen. Aber immerhin sind hier noch keine Brandherde ausgebrochen. Im siebten Stock, der bereits unter den Dachschrägen ist, befinden sich die Zimmer für die Angestellten.

»Katie? Bist du hier?«

Keine Antwort. Stattdessen höre ich ein seltsames gewitterartiges Grummeln aus den Tiefen des Gebäudes. Ich weiß, dass das nichts Gutes zu bedeuten hat. Irgendwo da unten braut sich das Verderben zusammen. Die Mauern geben durch die Hitzeeinwirkung nach. Das gesamte Gebäude zittert, als könnte es die Anstrengung des Feuers nicht mehr lange ertragen. Sollte es passieren, wäre ohnehin nichts mehr zu machen. Das ganze Hotel würde einstürzen. Es wäre das Ende.

Ich öffne die Türen zu den Dienstbotenkammern. Auch hier füllt sich jetzt der Korridor mit dichtem Qualm. Ich weiß, dass ich nur noch wenige Minuten habe. Schon jetzt muss ich damit rechnen, dass die Flammen jede Sekunde durchbrechen.

Panisch reiße ich die nächste Tür auf. Endlich ein Hoffnungsschimmer. Eine Dachluke ist unverschlossen, so als hätte sie möglicherweise jemand als Ausstieg aufs Dach genutzt. Ich steige auf den Nachttisch, der unter dem Fenster steht, und will gerade durch die Luke klettern, als ich merke, dass sich die Zimmertür, die ich gerade noch mühelos öffnen konnte, seltsam nach innen wölbt. Der Lack auf dem Holz wirft Blasen und rinnt in schmalen Rinnsalen zu Boden. Ich stemme mich so schnell es geht durch die Dachluke nach draußen, als hinter mir mit einem infernalischen Donnern die Tür birst und ein Regen aus messerscharfen Holzsplittern durch die Luft prasselt. Es hat nicht viel gefehlt, und es wäre für mich zu spät gewesen.

Das Dach ist steil an dieser Stelle. Ich hangle mich an einem Erkerfenster entlang nach oben auf den Giebel. Die Dachlandschaft des Hotels ist unübersichtlich, ein Labyrinth aus Vordächern, Erkern, Mäuerchen und Schornsteinen.

»Kaaatiiie?« Meine Stimme reicht kaum aus, um das Knacken des Holzes, das Prasseln der Flammen und das seltsame Grummeln des Gemäuers zu übertönen.

Ich stelle mich aufrecht auf den schmalen Giebel und versuche es noch einmal aus Leibeskräften: »KATIE!«

»Jo?«

»Katie! Wo bist du?«

»Na, wo schon? Hier vorne.«

Dann sehe ich sie. Sie steht auf einem winzigen Vorsprung an der Dachkante, während direkt vor ihren Füßen die Flammen aus den darunterliegenden Fenstern nach oben züngeln.

»Ich komme zu dir. Halt dich fest. Und sieh nicht nach unten«, rufe ich ihr zu. Trotz meiner Situation muss ich schmunzeln. Ich erinnere mich an unseren Ausflug ins Tramuntana-Gebirge und an den *Mirador*, an dem wir angehalten haben. Eigentlich bin *ich* derjenige, der nicht schwindelfrei ist und der nicht nach unten sehen sollte, nicht sie.

Inzwischen ist es Katie gelungen, die Aufmerksamkeit der Schaulustigen unten auf sich zu lenken. Aber anstatt dass sie die Feuerwehrleute holen, zeigen sie aufgeregt nach oben und rufen dabei: »Aus-ziehen! Aus-ziehen!«

Ach, ihr Ballermänner. Wäre ich nicht gerade in Lebensgefahr, ich würde euch am liebsten alle in den Arm nehmen.

Katie sieht die Sache anders. »Ihr seid ja wohl total bescheuert! Sagt gefälligst der Feuerwehr Bescheid!«, schreit Katie hinunter.

»Zeig uns mal die Möpse«, singt der Chor der Schaulustigen als Antwort.

»Die Feuerwehr, ihr Idioten!«

»Spring doch, Süße. Wir fangen dich.«

Ich lasse mich vorsichtig auf die Dachschindeln nieder, um zu Katie hinunterzugleiten. Kein leichtes Unterfangen, denn wenn ich zu viel Schwung bekomme, schieße ich nicht nur selbst über das Dach hinaus in die Tiefe, sondern reiße sie möglicherweise gleich mit mir.

»Achtung, Katie – ich komme.«

»Ich fange dich auf.«

»Geh lieber aus dem Weg.«

»Ich denke gar nicht dran.«

»Musst du eigentlich immer widersprechen?«

»Nur, wenn es nötig ist.«

Ich schüttele ungläubig den Kopf. Aber was soll's. Das Thema lässt sich später noch klären. Ich rutsche vorsichtig nach unten, versuche dabei, mich mit dem ganzen Körper abzubremsen. Es gelingt mir kaum, zumal der Stoff des Schutzanzuges beschichtet ist, und so werde ich immer schneller.

»Achtung, Katie. Geh zur Seite. Ich kann kaum bremsen.«

»Sag mir bitte nicht, was ich tun soll!«

»Vorsiiiiicht.«

Sie verkantet ihre Füße in der Regenrinne und breitet die Arme aus, um mich aufzufangen. »Ich tue, was ich will. Merk dir das!«

»Ich kooooooomme!«

Und so lande ich genau in Katies Armen. Für einen Moment halten wir uns eng umschlungen, torkeln dabei gefährlich hin und her und drohen gemeinsam über den Rand des Vordachs hinauszutrudeln. Ein erschrockenes Raunen geht durch die Menge – bis wir uns schließlich fangen und erleichtert Luft holen.

»Ist das deine Art, mich zu retten? Du bist ja fast gefährlicher als das Feuer!«, sagt Katie, während sie mich immer noch in ihren Armen hält.

»Ist das deine Art, dich zu bedanken? Ich habe mein Leben riskiert, um dich zu finden.«

»Ach! Jetzt auf einmal, ja? Typisch Mann. Ihr wisst einfach nicht, was ihr wollt.«

»Wovon, bitte schön, redest du?«, frage ich.

»Ich rede davon, dass du dich einfach im Morgengrauen davongestohlen und mich mitten in der Wildnis allein zurückgelassen hast.«

»Ich habe in dem Moment geglaubt, es wäre das Beste für uns beide.«

»Das *Beste*? Weißt du, wie ich wach geworden bin? Davon, dass mir ein halbwilder Esel das Gesicht abgeschleckt hat. Im ersten Augenblick dachte ich ja noch, du wärst das – aber was meinst du, wie erschrocken ich war, als ich die Augen aufgemacht habe!«

»Du hast Recht, Katie. Ich bin wirklich ein Esel. Oder sagen wir, ich war einer.«

»Ich finde, du bist immer noch einer. Kein Mensch rettet eine Frau und riskiert dabei sein Leben, nur um einen Tag später eine andere zu heiraten.«

»Doch. Und zwar dann, wenn er gar nicht heiraten wird.«

»Was soll das denn heißen?«

»Das soll heißen, dass ich eingesehen habe, was für ein Idiot ich war.«

»Stimmt, das warst du wirklich.«

»Und es heißt, dass ich niemals eine andere heiraten könnte, weil es ja bedeuten würde, dass ich nicht mit dir zusammen sein kann. Und …«

Sie gebietet mir mit einer Geste Einhalt, sieht mich ziemlich misstrauisch an und meint: »Moment mal! Du willst also mit mir zusammen sein?«

»Mehr als alles andere.«

»Und warum? Um dich bei nächster Gelegenheit wieder einmal davonzustehlen und mich irgendwo in der Pampa zurückzulassen?«

»Bestimmt nicht, nein, ganz im Gegenteil.«

»Und würdest du …« Sie stockt, schüttelt gedankenverloren den Kopf und fängt dann einfach an zu lachen. Keine Ahnung, was in ihr vorgeht. Es kommt mir so vor, als würde ihr erst jetzt klar, was ich ihr eigentlich gerade gesagt habe. Und wenn ich ehrlich bin, dann wird es mir selber auch gerade erst so richtig klar.

»Was?«, frage ich sie ungeduldig, denn immerhin hat sie ihren Satz nicht beendet. »Was würde ich?«

»Und würdest du mich dann vielleicht auch … küssen?«

»Jetzt?«

»Natürlich! Manche Dinge lassen sich nicht aufschieben.«

In diesem Moment passieren mehrere Dinge gleichzeitig. Ich küsse Katie, während direkt unter uns die Fensterscheiben des siebten Stockes bersten und mit einer immensen Entladung gewaltige Flammen ins Freie schießen. Und unten vor dem Hotel grölt die Menge vor Begeisterung und stimmt denselben Gesang wie vorher an: »Aus-ziehen! Aus-ziehen!«

Das Problem ist allerdings, dass die Hitze immer stärker wird. Katie schreit plötzlich auf, und gemeinsam weichen wir von der Kante des Vordaches zurück. So entkommen wir zwar den Flammen, aber auch weiter oben auf dem Dach ist es jetzt so heiß, dass wir kaum atmen können.

Dann sehen wir, wie tief unter uns die Menschenmenge zurückweicht und endlich ein Einsatzfahrzeug der Feuerwehr vorfährt. Sie haben uns entdeckt! Aufgeregte Polizisten und Feuerwehrleute rennen herum. Die Drehleiter wird entsichert, und der Einsatzleiter nimmt an der Schaltkonsole auf dem Wagen Platz.

Ein Beamter winkt zu uns hoch und brüllt etwas auf Spanisch, was ich nicht verstehe. »Wir sollen versuchen, ganz an die Seite des Daches zu gelangen«, übersetzt Katie.

»Welche Seite?«

Sie zeigt auf einen Punkt, der etwa zehn Meter von uns entfernt ist. Um dorthin zu kommen, müssten wir entweder auf der Regenrinne balancieren oder hinauf auf den Giebel klettern, uns dort entlanghangeln und erneut nach unten rutschen.

In diesem Moment wird mir klar, dass wir gar keine Wahl haben. Direkt über uns beginnen nämlich einige der Dachschindeln seltsam zu klappern, ihre Farbe zu verändern und dann nach oben zu hüpfen, als wären sie Deckel auf dampfenden Wasserkesseln.

Inzwischen haben sogar die Betrunkenen und Schaulustigen erkannt, dass das hier kein von TUI organisiertes Midnightspecial ist. Und auch nicht die Dreharbeiten zu einer neuen Folge von *Stirb langsam* mit Bruce Willis. Nein, das hier ist die Wirklichkeit. Und es geht um Leben oder Tod.

Wir hören erneut eine Stimme durch das Megafon, die ich diesmal aber sehr wohl verstehe. Es ist nämlich nicht Spanisch, sondern Deutsch. Es ist Schröder.

»Hörst du mich, Jo? Das Dach fliegt euch gleich um die Ohren. Seht zu, dass ihr da wegkommt. Ihr müsst ganz an den Rand. Da holen wir euch ab! Los, beeilt euch!«

Ich nehme Katie an der Hand und balanciere einfach los wie ein Hochseilartist. Die Regenrinne knarzt unter unseren Füßen, sie löst sich sogar hier und da vom Dach – aber sie hält. Während wir uns dem äußersten Rand des Daches nähern, schraubt sich von unten die Drehleiter in die Höhe. In dem Korb steht ein spanischer Feuerwehrmann und direkt neben ihm Schröder mit der Sprechtüte.

»Los, macht schneller. Beeilt euch. Es geht um Sekunden«, schreit er.

»Jaja, immer mit der Ruhe«, murmelt Katie neben mir.

»Ich glaube, Schröder hat Recht«, sage ich.

»Ihr Männer habt ja immer Recht.«

An immer mehr Stellen schießen jetzt Flammen durch das Dach. Die Drehleiter ist vielleicht noch fünf Meter von uns entfernt. Katie beginnt seltsam zu torkeln. Auch mir wird schwindelig. In der heißen Luft um uns herum ist kaum noch Sauerstoff vorhanden. Wir versuchen uns gegenseitig zu stützen, halten die Luft an. Es fühlt sich an, als würde mir gleich der Kopf explodieren. Katie scheint kaum noch bei Bewusstsein zu sein. Ich ziehe sie an mich, damit sie nicht vom Dach stürzt. An Schröders Blick erkenne ich, dass er weiß, wie es um uns steht.

»Schneller, schneller«, schreit er. Aber die Drehleiter bewegt sich nicht mehr – sie ist nicht hoch genug.

Unten am Boden greifen die spanischen Kollegen zum altbewährten Mittel. Sie spannen ein Sprungtuch auf.

Ich kann nicht mehr sprechen, deute nur in die Tiefe. Katie klopft sich mit dem Zeigefinger gegen die Stirn.

»Ich springe niemals da runter«, will sie mir sagen.

»Und ob du springst.«

»Nein, tue ich nicht.«

»Wir springen zusammen.«

»O nein.«

»O doch.«

Ich nehme sie an der Hand – und stoße mich so weit es geht vom Dach ab.

52. Der König von Mallorca

Früher dachte ich immer, das Leben wäre eine ziemlich träge Angelegenheit, bei der sich eigentlich nie wirklich etwas ändert. Ungefähr so wie in den amerikanischen Fernsehserien, in denen es zwar immer wieder neue Namen, neue Schauspieler oder neue Ort gibt. Aber eigentlich geht es doch immer wieder nur um das Gleiche.

Heute weiß ich, dass das nicht stimmt. Weil sich die Dinge mitunter ziemlich schnell verändern, rasend schnell geradezu. Eine einzige Sekunde genügt, und du bist nicht mehr derselbe Mensch, der du gerade noch warst.

Alles, was dazu nötig ist, ist Mut. Du musst dir ein Herz fassen und Entscheidungen treffen. Du musst handeln, wenn es darauf ankommt. Und du darfst keine Angst davor haben, möglicherweise einen Fehler zu begehen. Alles ist besser als einfach immer weiterzumachen, nur weil du dich nicht traust, die Dinge in die Hand zu nehmen.

Ich habe diesen Mut gehabt, als ich mich entschieden habe, Katie aus dem Feuer zu retten. Von Anfang an ahnte ich dabei, dass mein Leben danach nicht mehr dasselbe sein würde.

Und so ist es auch gekommen. Inzwischen ist eine ganze Nacht vergangen, und mein Leben ist wirklich nicht mehr wiederzuerkennen. Woran ich es merke? Unter anderem daran, dass ich in einem knallroten Alfa Spider durch Mallorca fahre – obwohl ich doch eigentlich um diese Uhrzeit längst verheiratet sein sollte. Neben mir sitzt eine Frau, die nicht meine Braut ist und die ich dennoch liebe. Auch wenn sie ein paar Angewohnheiten hat, die ich ziemlich anstrengend finde. Trotzdem möchte ich mit ihr mein Glück versuchen. Ob ich es wirklich finde, dieses Glück, das weiß ich nicht. Aber ich möchte es riskieren. Darauf kommt es an.

Es gibt noch etwas, woran ich merke, dass mein Leben nicht mehr dasselbe ist. Wir flitzen nämlich durch den äußersten Nordosten der Insel in Richtung des berühmten Cap Formentor. Es ist eine steile, enge Serpentinenstraße, und wieder einmal erheben sich links von mir steile Berge in die Höhe und rechts von mir klafft ein mehrere Hundert Meter tiefer Abgrund. Trotzdem wird mir nicht schwindelig. Im Gegenteil, ich fühle mich, als könnte ich fliegen. Ich genieße es. Das will wirklich etwas heißen.

Diese ganzen Veränderungen haben nicht erst gestern Nacht begonnen. Sondern schon lange davor. Zum Beispiel als ich mich entschloss, trotz meiner bevorstehenden Hochzeit nach Malle zu fahren. Doch vor einigen Stunden erst sind mir einige Dinge, die ich bisher nur geahnt habe, so richtig klargeworden.

Katie und ich hatten uns gerade von unserem Sprung in die Tiefe erholt. Wir lagen immer noch in dem Sprungtuch der Feuerwehr und taten das, was wir eigentlich schon die ganze Zeit hatten tun wollen. Wir küssten uns. Und zwar »wie Tiere«. Jedenfalls hätte Hacki es wohl so ausgedrückt.

Die spanische Feuerwehr stellte sich aber als ziemlich unromantisch heraus. Der Wehrführer, ein Typ mit dunkler Haut und noch dunklerem Schnauzbart, redete wasserfallartig auf uns ein. Es klang wie Flamenco, nur nicht so melodisch.

»Was sagt er?«, erkundigte ich mich bei Katie.

Die kicherte. »Er meint, ein Sprungtuch der mallorquinischen Feuerwehr sei kein Ehebett. Und wir sollten doch bitte mit diesen unzüchtigen Dingen aufhören und uns erst einmal im Krankenwagen behandeln lassen.«

»Sag ihm, dass das, was wir hier tun, die beste Behandlung ist, die es gibt.«

Katie übersetzte, und der Feuerwehrmann verdrehte die Augen. Immerhin konnte er sich eine gewisse Rührung nicht verkneifen. Genau wie seine Leute, die in ihren Uniformen rund um das Sprungtuch standen und uns applaudierten.

»*Viva los heroes, viva amor*«, skandierten sie und ließen uns hochleben. Und zwar im wörtlichen Sinne. Sie spannten das Tuch ruckartig so auf, dass Katie und ich in die Höhe flogen und kurz darauf wieder weich landeten. Es machte wirklich Spaß, hatte aber auch etwas Melancholisches, da hinter uns das *Isla Mallorca* gerade zu einem Haufen Asche zusammensank.

Als ich gerade Katies Intensivbeatmung fortsetzen wollte, schoben sich Benni und Hacki durch die Menge zu uns durch. Zwischen sich führten sie jemanden, den ich zwar nicht kannte, aber der sich ganz offenbar mit den beiden angelegt hatte.

Es war ein großer, breitschultriger Typ mit blonden Haaren und einem Anzug, der zum größten Teil angekokelt war. Hacki hatte ihm den Arm hinter dem Rücken verdreht, was den Blonden jedoch nicht davon abhielt, sich immer wieder befreien zu wollen. Allerdings gab er jeden einzelnen dieser Versuche schnell wieder auf und stöhnte dabei mit schmerzverzerrtem Gesicht.

»Seht mal, Leute. Diesen Herrn haben wir auf dem Grundstück hinter dem Hotel erwischt. Er war gerade dabei, ein paar Benzinkanister verschwinden zu lassen. Scheint kein Unfall gewesen zu sein, dieses Feuer.«

Ich spürte, wie Katie neben mir erstarrte und den aus dem

Dunkeln aufgekreuzten Kerl mit böse funkelnden Augen betrachtete. »Gerd! Sag, dass das nicht wahr ist«, flüsterte sie und schüttelte fassungslos den Kopf.

Gerd? Dieser Typ war also ihr Exfreund, der sie so schmählich betrogen hatte. Und der sie jetzt offenbar auch noch um ein Haar umgebracht hätte. Mir wurde so einiges klar. Offenbar hatte der ach so erfolgreiche Immobilien-Hai die Geduld verloren, als er auf die Abrissgenehmigung für das Hotel warten musste. Und wie diese Typen so sind – sie wissen sich sehr gut selber zu helfen. Also hatte er kurzerhand höchstpersönlich für den Abriss des *Isla Mallorca* gesorgt, und zwar mit Hilfe seines Feuerzeuges. »Warmer Abbruch« nennen wir so etwas bei der Versicherung. Es konnte mich nicht wirklich wundern. Ich habe genug ähnliche Fälle erlebt.

Jener Gerd war allerdings noch schlimmer und rücksichtsloser als die meisten dieser Typen, immerhin stand das Gebäude mitten im Ort, und der Brand hätte ohne weiteres auch auf bewohnte Nachbargebäude übergehen können. Aber selbst jetzt wollte er offenbar seinen Kopf aus der Schlinge ziehen.

Er setzte einen Dackelblick auf und sagte mit schlingernder Stimme: »Glaub ihnen kein Wort, Katie. Alles Lügen. Es ist reiner Zufall, dass ich hier bin. Ich habe nichts mit dem Ganzen zu tun. Ich schwöre es …«

Katie kletterte vom Sprungtuch, baute sich vor Gerd auf und sah ihm in die Augen. »Reiner Zufall, ja?«

»Ja, genau.«

»Und das schwörst du?«

»Natürlich tue ich das.«

»Weißt du, was ich am allerwenigsten leiden kann, Gerd? Schlechte Verlierer. Und das bist du. Ein sehr schlechter Verlierer sogar. Ich hoffe, dir ist wenigstens klar, dass ich für deine Gier beinahe mit dem Leben bezahlt hätte.«

»Glaub mir doch, Katie. Ich wusste gar nicht, dass du hier bist. Das ist alles ein Missverständnis!«

Hacki, der immer noch Gerds Arm fest im Griff hatte, hielt mit der anderen Hand den Benzinkanister in die Höhe. »Und das hier? Ist das auch ein Missverständnis? Es wird kein Problem für die Polizei sein, deine Fingerabdrücke hierauf zu identifizieren, Freundchen. Und den Rest werden die Brandsachverständigen auch schnell herausfinden.«

Gerd senkte die Augen und seufzte. Uns allen war klar, dass sein Schweigen ein Schuldeingeständnis war.

»Gratuliere, Gerd«, sagte Katie. »So weit ist es mit dir also gekommen. Jetzt begehst du sogar schon Verbrechen für deine Millionen.«

Die leicht unverschämte und überhebliche Note verschwand endgültig aus seinem Gesicht. Mit leiser, erschöpfter Stimme sagte er: »Es tut mir leid, Katie. Ich habe das wirklich nicht gewollt. Ich weiß auch nicht, was in mich gefahren ist.«

»Ich weiß es aber«, entgegnete Katie, und auch sie sprach jetzt um einige Nuancen leiser. »Du bist ein Spieler, Gerd. Und zwar einer, der bereit ist, für seinen Sieg über Leichen zu gehen. Aber diesmal bist du zu weit gegangen. Dafür wirst du die Konsequenzen tragen müssen. Vielleicht hast du sogar Recht und das Leben ist wirklich eine Art Monopoly-Spiel. Aber du erinnerst dich, auch da gibt es ein Gefängnis. Glaub mir, diesmal wirst du nicht drum herumkommen. Und das ist auch gut so.«

»Aber …«

»Nein, Gerd. Kein Aber.«

Sein Körper verlor das letzte Maß an Spannung, und der Griff, mit dem Benni und Hacki ihn bisher festgehalten hatten, diente nur noch dazu, ihn zu stützen. »Du hast Recht, Katie. Ich sehe es ein. Vielleicht tut es mir sogar ganz gut, einmal für eine Zeit von der Bildfläche zu verschwinden und über die Dinge nachzudenken.«

Katie nickte nachdenklich. Wir alle verspürten eine tiefe Beklemmung. Es war schon seltsam, wie viel eine einzige Nacht verändern konnte. Und wie schnell sich die Karten neu gemischt hatten.

»Lass uns einfach von hier verschwinden«, sagte Katie zu mir. »Ich bin erledigt. Ich brauche jetzt eine lange, lange Pause, um mich wieder zu erholen.«

»Einverstanden. Nur eine Sache muss ich noch erledigen. Gib mir zwei Minuten.«

»Ich gebe dir alle Zeit dieser Welt.«

Ich ging auf Nina zu, die verstört am Rande des Geschehens stand und nicht so recht wusste, was hier vor sich ging und worin eigentlich ihre Rolle bestand. Ich zog sie mit mir mit, bis wir, abgeschirmt durch das Löschfahrzeug der Feuerwehr, so etwas wie eine Privatsphäre hatten.

»Ich wollte mich bei dir entschuldigen, Nina. Ich habe mich nicht fair verhalten. Dir gegenüber nicht – und mir selbst gegenüber auch nicht.«

»Das stimmt. Das hast du wirklich nicht«, sagte sie. Ihre Stimme klang nicht weniger erschöpft als meine eigene. In ihrem Blick sah ich die tiefe Verletzung, die ich ihr zugefügt hatte. Ich verspürte ein schlechtes Gewissen und wusste doch zugleich, dass ich keine Wahl gehabt hatte.

»Mir sind in den zurückliegenden Tagen einfach einige Dinge klargeworden. Darum weiß ich, dass es besser so ist, wie es ist. Ich wünschte mir auch, ich hätte das alles früher erkannt und ich hätte einen besseren Weg gefunden, es dir zu sagen. Das tut mir unendlich leid, Nina. Ich hoffe, du glaubst mir.«

Nina rang sichtlich um Fassung. Ein paar Tränen kullerten über ihre Wangen und hinterließen breite, ausgefranste Spuren aus Make-up und Kajal. Es dauerte lange, bis sie sich so weit im Griff hatte, dass sie wieder sprechen konnte. »Ja, ich glaube dir, Jo. Ich bin mir nur nicht sicher, ob es das besser macht. Aber darauf kommt es eigentlich auch nicht mehr an. Außerdem muss ich zugeben, dass ich nicht ehrlich zu dir war. Und zu mir selbst übrigens auch nicht.«

Ich sah sie fragend an. Sie wischte sich mit den Händen über die Augen und schnäuzte sich dann laut die Nase.

»Was meinst du damit, dass du nicht ehrlich warst?«, fragte ich sie.

»Ich habe es gewusst, Jo. Schon lange.«

»Du hast was gewusst?«

»Dass du mich nicht liebst. Es war mir schon klar, seit wir über die Hochzeit gesprochen haben. Oder sogar noch davor. Aber ich habe es verdrängt. Ich habe die Augen davor verschlossen. Weil, du wirst es nicht glauben, es bei mir anders ist. Ich liebe dich wirklich. Ich weiß, dass ich nicht immer fair zu dir war und dass ich dir viel zu viele Vorschriften gemacht habe und dass ich versucht habe, aus dir einen Menschen zu machen, der du nicht bist. Ich habe das nicht böse gemeint. Im Grunde hatte ich die ganze Zeit Angst, dass du dir eines Tages über deine eigenen Gefühle klarwirst und dass dann genau das passiert, was wir gerade erleben.«

»Aber die Idee mit der Hochzeit? War das dann nicht ein Fehler?«

»Ja, das war es wohl. Sie entstand aus einer Mischung aus Trotz und Verzweifelung heraus. Vielleicht habe ich gehofft, dass die Zeit etwas an den Dingen ändert. Dass wir zueinanderfinden. Du bist ein anständiger Kerl, Jo. Ich hoffe, deine neue Freundin weiß das.«

Ein Lächeln spielte um Ninas Lippen, und ich bewunderte die Größe, die sie durch ihre Worte zeigte. Ich spürte, wie auch mir die Tränen in die Augen stiegen. Ich hatte Nina unterschätzt oder falsch gesehen. Vielleicht habe ich es mir auch einfach nur selber leichtgemacht, indem ich sie für meine eigene Unfähigkeit, Entscheidungen zu treffen, in gewisser Weise zur Verantwortung gezogen habe. Ich habe so viele Dinge einfach ihr überlassen, und wenn sie dann in eine Richtung liefen, die mir nicht passte, dann habe ich ihr die Schuld gegeben. Ich habe es mir wirklich zu leichtgemacht. Das war nicht fair.

Ich trat einen Schritt auf sie zu, um sie ein letztes Mal in die Arme zu nehmen. Nina aber wich zurück und schüttelte den Kopf. »Nein, Jo. Tu das bitte nicht. Es ist gut, dass wir jetzt kurz miteinander geredet haben. Aber du wirst verstehen, dass ich trotzdem stinksauer auf dich bin. Du wirst es schon noch merken, wenn wir uns das nächste Mal treffen, um ein paar Dinge zu klären, die wir nun einmal klären müssen. Ich bin die Verliererin in diesem Spiel. Damit muss ich mich abfinden.«

Ich stand da und nickte. Sie hatte Recht. Es gab nichts mehr zu sagen. Kein Wort mehr würde das Ganze besser machen. Ab und zu muss man einfach einsehen, dass man derjenige ist, der einem anderen Schmerzen bereitet. Man muss es akzeptieren. Es gibt keine Entschuldigung, es gibt keine Rechtfertigung.

Nina hob noch einmal die Hand und winkte mir zu. Sie lächelte kurz, drehte sich dann um und verschwand in der Nacht. Ich blieb eine Weile so stehen, und in meinem Kopf drehten sich die Gedanken. Ich fühlte mich schlecht und gut zugleich, euphorisch und niedergeschlagen und unendlich erschöpft. Ich wusste, dass ich noch sehr, sehr lange an diese Nacht denken würde.

Dann kehrte ich zu Katie zurück, und gemeinsam schlenderten wir davon. Ohne dass wir darüber sprechen mussten, wussten wir, wohin wir wollten – ans Meer. Und zwar genau an die Stelle, an der wir uns kennengelernt hatten.

Das Cap Formentor ist die äußerste nordöstliche Spitze von Malle, ein rauer, kraftvoller Ort. Die Landschaft ist felsig und nur von einer spärlichen Vegetation bewachsen. In der Tiefe tobt ein wildes strahlend blaues Meer, und rund ums Jahr weht einem ein kräftiger Wind um die Ohren.

Hinter dem Leuchtturm, der sich auf dem Kap erhebt, führt ein schmaler Weg an die äußerste Felsenspitze. Es ist eigentlich verboten, dort entlangzugehen, aber natürlich tun Katie und ich es trotzdem. Diesmal gehe ich voran, und zwar mit sicheren Schritten. Kein Schwindel mehr, auch hier nicht.

Dann stehen wir gemeinsam auf einem Felsstück und blicken aufs Meer hinaus. Ganz schwach zeichnet sich im Dunst die Silhouette von Menorca, der Nachbarinsel, ab, aber ansonsten verliert sich unser Blick in einer dunstigen Endlosigkeit. Katie steht vor mir auf einem kniehohen Findling und breitet die Arme aus. Ich halte sie fest, so dass sie die Augen schließen und sich fühlen kann wie eine der Möwen, die vor uns im Wind segeln.

Dann hopst sie von dem Stein herunter, und ich nehme ihre Stelle dort oben ein. Diesmal bin ich derjenige, der die Arme ausbreitet. Ich muss schreien, so wie ich es sonst eigentlich nur alleine tue, wenn ich auf dem Surfboard stehe. Aber sie darf es ruhig hören, sie darf überhaupt alles.

»Ich bin der König von Mallorca«, schreie ich, so laut es nur geht. Und die einzige Antwort, die ich erhalte, ist das krächzende Lachen der Möwen.

Douglas Adams

»Unentbehrlich, unübertroffen. Nichts war wie zuvor nach der Lektüre seiner Bücher. Unzählige Stunden ausgelassenen Lesevergnügens verdanken seine Leser Douglas Adams. Aber die Welt verdankt ihm noch mehr.« ***Frankfurter Allgemeine Zeitung***

978-3-453-40045-0

Per Anhalter durch die Galaxis
978-3-453-14697-6

Das Restaurant am Ende des Universums
978-3-453-14698-3

Das Leben, das Universum und der ganze Rest
978-3-453-14605-1

Macht's gut, und danke für den Fisch
978-3-453-14606-8

Einmal Rupert und zurück
978-3-453-08230-4

Der Elektrische Mönch
978-3-453-19908-8

Der lange dunkle Fünfuhrtee der Seele
978-3-453-21072-1

Der tiefere Sinn des Labenz
978-3-453-87960-7

Die Letzten ihrer Art
978-3-453-06115-6

HEYNE

Frank Goosen

»Goosen erzählt fesselnd, mitreissend, klar und versteht eine Menge davon, wie man Lust erzeugt.«
Thomas Brussig

»Ein bewundernswert gescheiter Erzähler« **Die Welt**

978-3-453-21224-X

978-3-453-40022-4

978-3-453-40108-8

978-3-453-40124-2

HEYNE

Funny van Dannen

»Der begabteste Seelenfänger, den wir zur Zeit haben.« **Die Zeit**

»Funny van Dannen trifft mit seinen Texten das Bedürfnis der neuen Zeit.«
Tagesspiegel

978-3-453-59009-0

978-3-453-59008-3

HEYNE